현대시조 작가론 IV

역동과 초록정신의 시조시학

고요아침
叢書
0 3 5

현대시조 작가론 IV

역동과 초록정신의 시조시학

이지엽

연구집

고요아침

현대시조작가론 IV는 1970년대 이후의 작가들의 작품세계를 살핀 연구서이다. 한 작가의 전모를 살피기보다 특정 시기의 작품을 살핀 것이므로 일정한 한계를 지닐 수밖에 없다. 그러나 가급적 한 시인이 지니는 특징적 면모를 살피는 것에 치중하였기 때문에 이 시인들을 살피는데 조금이라도 도움이 될 수 있으리라 판단된다.

늘 앞만 보고 달리다 보니 글을 쓰기에만 바빴지 이를 반추하고 정리할 시간을 갖지 못했다. 앞으로는 차분히 우리의 문학을 돌아보고 자리매김을 해보는데 많은 시간을 갖고자 한다.

현대시조 작가론은 과거 태학사에서 Ⅰ,Ⅱ,Ⅲ을 내었다. 물론 이번의 IV는 그 뒤를 이은 것이다. 앞으로 몇 권이 될는지 모르겠지만 힘이 닿는 데까지 계속적으로 작업을 해볼 생각이다.

쓰고 싶었지만 미뤄둔 작가론이 많이 있다. 작품성이 떨어져서 그렇게 된 것은 결코 아니라는 말씀을 드리고 싶다.

요 근래 2~3년 동안은 박물관과 미술관을 여는데 힘을 쏟았다. 시에 그린한국시화박물관과 여귀산미술관, 진도수석박물관이 바로 그것이다. 작가들을 위한 레지던스 하우스까지 운영하다 보니 다소 일이 벅차기도 하지만 이제는 많이 안정화 되어가고 있다. 숙박 등 모든 것을 무료로 운영하니 글을 쓰는 분들이 많이 다녀가면 좋겠다는 생각이다.

미처 다루지 못한 분들에게는 죄송스럽다. 아마 정년을 하게 되면 차분한 시간을 낼 수 있지 않을까 생각하며 계속 일을 줄이려고 노력하고 있다. 창작의 길도 그렇지만 연구의 길도 끝이 없다. 그 길의 여정을 벗어나긴 힘들겠지만 그래도 가는 길에 좋은 시 한 편은 우리를 울게 하고 웃게 하며 다시 서게도 한다. 나는 아직도 그 길의 도중에 있는 것이 행복하고 고맙다.

2023년 8월
이지엽

차례

제1부

제2부

제3부

제**1**부

하늘과 사막의 절대 순수와 자유의지
― 김호길론

　　김호길 시인은 아주 이채로운 경력을 가지고 있다. 1965년 육군 소위로 임
관되어 보병 소대장으로 군 생활을 시작했고 1966년에는 육군항공학교를 졸업
하여 육군 조종사를 지냈다. 1970년에는 월남전에 헬리콥터 조종사로 참전하기
도 하였으며 1973년 대한항공에서 조종사로 근무하였다. 1981년에는 대한항공
을 사직하고 해운회사 L.A. 지사장으로 옮겼으며 1982년에는 중앙일보 미주기
자로 활동하기도 했다. 1984년에는 해바라기 농원을 설립하여 농부가 되었다.
지금은 자제분이 맡아서 농원을 운영하는데 어느 정도 성공을 거두고 있다고 한
다. 군인, 조종사, 기자, 농부의 이채로운 직업을 다 경험하고 이 다양한 직업들
의 달인이 되었음은 물론 거기에 등단한지도 어언 50년 원로 시인으로 활동하
고 있으니 이런 분이 어디에 있겠는가. 우리나라는 물론이고 세계 문학사에도
없을 것이다. 김호길 시인은 1967년 ≪시조문학≫지에 「하늘 환상곡」이 3회 천
료 되어 등단한 이래 그동안 『하늘幻想曲』(1975년), 『수정목마름』(1990), 『절
정의 꽃』(2000), 『사막시편』(2012) 등 총 4권의 시조집을 출간했다. 이 시조집
은 이들 시집에서 각 25편씩을 골라 뽑아 총 100편을 선집하고 제 5부에 신작을
모은 것으로 말하자면 김호길 시인의 시적 변모과정을 일목요연하게 살펴볼 수
있는 좋은 기회를 제공하고 있다. 그래서 이 글은 각 시집에 나타난 시인의 시적
특성을 단계적으로 정리해봄으로써 김호길 시인이 평생 동안 추구해왔던 문학
적 지향점을 살펴보고자 한다.

1. 하늘환상곡 - 절대 순수 서정과 자유의지

쓰디쓴 아픔 삼켜 바람소리 누벼가는
여린 나래 밑동에서 울려나는 노래
그 가락 물살 일구며 지금 해가 피고 있다

안타까움의 노을빛, 바람이랑 갈아 온 사연
이 하늘 바다가 엮어 온 이야기를
실실이 풀어내리다, 금빛 은빛 너울 타고……

― 「하늘 환상곡 1」 2,3수

임이여, 상기 고운 하나 믿음과 사랑은
바람 찬 마음바닥 봄빛처럼 나부껴와
끝없이 일구어내는 아, 홍사의 아지랭이―

볼 부벼 임의 품속 정을 부벼 저려 오는
그 푸른 그리움을 바람 비 지나가고
한 생각 이다지 맑아 퉁기는 듯 찌잉 운다

― 「하늘 환상곡 2」 1,2수

「하늘 환상곡」 연작은 시인의 조종사로서의 체험이 어우러진 우리나라 항
공문학의 최초 작품이자 유일한 작품이라 할 수 있다. 그러나 이 유일성이 작품
의 진가를 높여주는 것이 아니라, 이 작품이 보여주고 있는 격조 높은 시정신과
섬세한 서정성, 그리고 가락의 유연성이 이 작품의 진가를 더 높이고 있다. 이은
상 시인도 『하늘幻想曲』 서문에서 김호길 시인의 시적 특징을 명주올처럼 보드
랍게 짜내는 서정의 솜씨, 우리 조국과 산하를 훌륭하게 승화시키고 있는 점, 활
달하고 광대무변한 하늘의 세계를 구사하는 점 등 세 가지로 들고 있다. (『하늘

幻想曲』, 금강출판사, 1975, 12~13면)「하늘 환상곡」에 드러난 주된 정서는 '하늘'이 가지고 있는 절대 순수에 대한 지향과 자유의지이다. 「하늘 환상곡 1」은 하늘이 가지고 있는 변화무쌍한 모습을 담아내고 있다. 근본적으로 하늘에는 아픔을 삼키는 바람소리가 있고, "안타까움의 노을빛"이 있다. 그렇지만 그것을 잡아주는 '해'가 있다. "금빛 은빛 너울"이 있다. 가락이 있다. "여린 나래 밑동에서 울려나는 노래" 곧 생명과 화합의 노래가 있다. 「하늘 환상곡 2」의 첫수에서는 "바람 찬 마음바다"이더라도 늘 "봄빛처럼 나부껴와/ 끝없이 일구어내는" 항산의 하늘을 형상화하고 있고, 둘째 수에서는 "한 생각 이다지 맑아 퉁기는" 정갈하고 고결한 하늘 이미지를 잘 포착해내고 있다. 이 작품에 나타난 이미지를 종합해보면 시인의 시적 지향은 대개 다음 두 방향으로 함축된다.

1)항산의 하늘(봄빛처럼 나부끼며 끝없이 일구어냄)→ 정갈하고 고결한 하늘(한 생각 지순하게 맑게 퉁기는 영원성)→ 절대 순수의 서정
2)유연성과 가락성(금빛 은빛 너울)→ 생명과 화합의 노래(여린 나래 밑동에서 울려나는 노래)→ 자유 의지

요컨대 이 절대 순수의 서정과 자유의지는 김호길 시인의 시「하늘 환상곡」을 관통하는 주제이다. 그러나 이 주제는 「하늘 환상곡」뿐만이 아니라 후기의 사막 시편에도 그대로 적용되는 놀라운 사실을 우리는 직면하게 된다.

2. 수정 목마름-형식에 대한 새로움과 도전의지

설움도 고삐를 풀면 비로소 환희로 피나 머리 둘 데 없는 하늘 땅 몇 만리 밖을 맨발로 헤매던 바람 다시 돌아왔거니

삶과 죽음의 권속은 한 이불 밑이런가 살은 듯 죽어 있고 죽은 듯 살아 있는 하찮은 풀포기 위에도 은빛 풍성한 세례여

소나무 잎에 앉은 햇빛 참새처럼 모인 햇빛 무슨 도란도란 잔치라도 벌였는지 저들도 일만 시름을 감싸주는 것이려니

학은 어디로 갔나 가지마다 수놓은 학은 졸음 속 해오라비 등허리 밋밋한 능선을 지켜 나래 끝 서운瑞雲을 일구던 학을 찾아 보아라

이 간절한 수정 목마름 애태우는 넋의 언어 늘 깨어 있어라 온 세상 잠속에도, 그 말씀 천지에 가득 메아리로 남았다

— 「수정 목마름」 전문

「수정 목마름」은 시조로서는 특이한 시도를 하고 있음이 주목된다. 형식상으로 보면 5수로 된 작품인데 한 수를 한 행으로 처리하여 초장 중장 종장의 구분을 별도로 하지 않고 줄글의 형태로 쓰고 있다. 산문시의 형태를 따르고 있는데 음보를 구분해보면 한 행이 한 수로 된 시조의 형식을 지키고 있다. 이렇게 줄글의 형식을 쓰는 이유는 장 구분보다는 보다 유장한 효과를 의도하고, 장 구분에서 오는 의미 분할 구조를 통합적으로 보여 한 수로서의 가치를 강조하고자 함일 것이다. 이를테면 둘째 수에서 중장에 해당하는 "살은 듯 죽어 있고 죽은 듯 살아 있는" 대목이 초장에도 걸려 "삶과 죽음의 권속은 한 이불 밑"으로 이해되지만, 종장과도 연관을 맺어 "하찮은 풀포기"를 수식하는 관형어구로도 역할을 하고 있어 초장과 중장, 종장이 유기적으로 연결되고 있다는 것이다. 이점을 시인은 잘 묘파하여 줄글의 독특한 형태로 보여주었고, 이런 점에서 「수정 목마름」은 새로운 시조 형식을 보여주고 있는 문제적 작품이라 하지 않을 수 없다.

아늑한 밤의 품속에
깜박이는
떠
  돌

이

별

― 「홑시조 연습 ― 야간비행」(『수정 목마름』, 동학사, 1990년, 89면)

시집 『수정 목마름』에는 「홑시조 연습」이라는 제목 아래 '시인' '고향' '가슴' '벼루' '밤' '야간비행' '日暮' '전나무' '생활' '어떤 작업' '三章詩人' '개나리' 등 총 12편의 절장시조가 실려 있다. 1990년 초반의 상황은 을 감안한다면 시조에 대한 형식 논쟁이 보수적인 흐름을 유지하고 있던 시기라고 볼 수 있다. 1980년대 등단한 〈80년대 동인〉과 〈오류〉 동인 일부가 시조 형식 실험을 하기는 했지만 김호길 시인은 형식문제에 관한한 이들보다 더 진보적인 인식을 보여주었다.

바다 냄새 한 소쿠리 이고/ 아낙이 오른다
차창 밖 잡힐 듯 잡힐 듯/ 파도가 기어오르고 (「삼천포행」 첫수 초·중장)
너와 나 사이도 어쩌면/ 한 구만리쯤 아득하고 (「베니스 시초」 첫수 중장)
딱./ 딱./ 딱./ 부리로 쪼아/ 번쩍/ 불침을 놓는다 (「딱따구리」 종장)
천치를 창조하신 하느님/ 감히 당신께 여쭙니다 (「질의」 초장)
수평선 저쪽/ 갈매기 한 마리/ 어디론가 사라진다. (「일몰 1」 중장)

평시조에서도 음보의 자유로움을 추구한다. 구태여 축약하여 표현하면 불가능하지 않겠지만 자연스런 호흡을 억제하지 않고 음보가 늘어나는 것을 과감히 수용하고 있음을 볼 수 있다.

사실 60년대 등단한 시인들 중 형식에 관해서는 옴니버스 시조 형식을 제창한 윤금초 시인을 제외하고는 상당히 보수적이라고 할 수 있는데 김호길 시인은 한발 더 나아가 절장에서 사설까지 폭넓은 시조의 운용을 보여주고 있는 것이다. 절장만 하더라도 1행으로 된 "천사랑 아기별이랑 물레 잣는 긴 이야기"('별' 전문)가 있고 2행, 3행, 4행, 그리고 인용 작품처럼 6행으로까지 늘어난 형태까지 다양한 시도를 보여주고 있다. 이러한 실험적 시조는 분명 80년대 이후의 젊은 시인들에게 상당한 진폭으로 영향을 미쳤다고 볼 수 있다.

3. 아픔과 허무, 부평초처럼 떠도는 삶

좌절을 모르고 앞만 보고 달려가는 시인에게도 아픔과 허무가 있다. 함몰하는 좌절이 있고 절며 절며 걷는 외로움과 빈 둥지로 남는 허무가 있다. 기존의 평론들에는 이 허무의식을 거의 얘기하지 않고 있다. 그러나 역설은 상통하는 것일까. 치닫는 비약에 못지않게 시인은 누구보다 아파하고 고뇌한다.

속이 끓는 속의 바다/ 아픈 이랑을 타고
몸부림 몸부림으로/ 밀려오는 생각 하나
불붙는 생각 하나도/ 못 다스린 속의 바다

밤의 한 겹 저쪽에는/ 한 하늘이 무너진다
가슴을 치고 가슴을 찢는/ 그 오뇌의 골짜기로
함초롬 속눈썹 걸린/ 샛별 하나 돋고 있다

그대 무슨 다한多恨이랴/ 그 하늘에 은한 띄우고
피안 밖 물굽이 넘어/ 사려로 새긴 나날
까치도 못 건넌 강을/ 절며 절며 가고 있다

—「밤바다에서」전문

시인은 자꾸 무너진다. "밤의 한 겹 저쪽에는/ 한 하늘이 무너"지듯. "가슴을 치고 가슴을 찢는/ 그 오뇌의 골짜기"를 건너가야 한다. "속이 끓는 속의 바다"다. 어느 누가 이를 위로해 줄 것인가. 어느 누구도 위로해주지 않는다. "함초롬 속눈썹 걸린/ 샛별 하나 돋"는 희망이 있긴 하지만 너무 약하여 '훅'불면 꺼져버릴 것 같다. 불확정적이고 불확실하다. 오로지 나만이 나의 삶을 이겨야 하기에 "절며 절며 가"야만 하는 외로움만이 있을 뿐이다. 동시에,

하루 낮 하룻밤을
그대 생각했다

그것의 몇 배 천의 천 배 만의 만 배 무량급 무량수 그걸 영원쯤이라고 헤아리는 순
간에도

스산한 겨울 까치집
빈 둥지로 남은 영혼

─「겨울 음吟」 전문

아무리 달려가도 거기에 남는 것은 "스산한 겨울 까치집"이거나 "빈 둥지"이
니 얼마나 허무하겠는가. 이에 대한 강조를 시인은 중장의 반복을 통해 보여준
다. 숫자로 헤아릴 수 없을 정도의 무한대로 '그대'를 생각해도 그것은 빈 둥지라
는 것이다. '그대'는 시적자아가 끊임없이 사랑해온 존재인 셈인데 '고향'이거나
'조국'이다. 시인에게 "고향은 언제나" "꿈이고 또 신앙이"고, "정이고 또 사랑이
다" "오봉산 나락논에서 쫓겨나온 새떼 같은" 버림받은 존재지만 "뒤뜰에 채마밭
일구는 그런 꿈"(「고향생각」)을 꾸는 항상 그리운 존재이다.

수없이 생각해도 "스산한 겨울 까치집/ 빈 둥지로 남은 영혼"이니 얼마나 을
씨년스럽겠는가. 그렇게 남은 추운 나무의 추운 집. 절절하게 외롭지 않으랴. 이
작품은 적어도 그렇다. 지금까지 살아오면서 어느 한곳에 정착할 수 없었던 시
인 자신의 삶에 대한 회한에 부쳐진 가슴 아픔이 그대로 배어있는 작품인 것이
다. 국내에서도 그의 삶은 조종사였고 군인이었기에 부평초 같았고 정착과는 거
리가 멀지 않았던가. 외국에서는 농부로 살더라도 조국을 떠나있다는 이유 하나
만으로도 그 삶이 공중에 떠있는 삶일 수밖에 없었다. 종국에는 "세상사 티끌 속
누벼 마지막 돌아갈 기향"이 곧 고향이기 때문에 이방인의 삶은 자연 외롭고 허
무했으리라.

「바보 농부」에는 저간의 답답한 심경을 자복하며 "본 적도 없고 들은 적도

없고 말도 안 통하는" 그곳에 "빈손으로" 들어간 무모함을,

> 미쳤지, 진짜 미쳤지 어쩜 그럴 수가 있는가.
> 파일럿은 왜 치우고 사막 농부가 웬 말이냐
> 그때는 죽으러 갔지, 살러 간 것은 아니란다.

> 요렇게 죽지도 않고 그래도 괜찮은 농부가 되어
> 시도 쓰고 할일 더 많아 아직 꿈꾸고 있잖아
> 용기가 죽을 용기가 없던 난 그래 바보 농부란다.

— 「바보 농부」 2,3수

"죽으러 갔지, 살러 간 것은 아니"라는 역설적인 항변을 통해 보여준다. 미쳤다는 자탄에는 남들로부터 수없는 멸시와 손가락질을 받았으리라는 짐작을 가능하게 한다. 그러나 시적자아는 이러한 외로움과 허무, 그리고 조소 섞인 비아냥에 전혀 흔들리지 않는다. 이국의 오랜 생활을 통해 오히려 자신을 더 철저하게 옥죄임하며 극복한다.

> 지옥에도 하늘이 있더라.
> 나는 이미 그곳을 날았다.
> 그래서 내 이름은
> 지옥 하늘 비행사
> 이미 난 그곳 천둥 번개를
> 꿰뚫고 날아왔나니.

— 「지옥 하늘 비행사」 부분

"지옥 하늘 비행사"가 되어 "천둥 번개를/ 꿰뚫고 날아"가는 불굴의 도전정신으로 무장하며 사막에서도 그는 일어선다. 그 내용은 『사막시편』(2012)의 작품을 통해 잘 나타나고 있다.

4. 사막, 도전과 행복의 땅을 위한 노래

두 눈은 시나브로 슬픔의 호수였다.
천부天賦의 등짐을 지고 발길 따라 걸었다.
불타는 사막과 구릉, 구릉과 사막을 건너며.

—「낙타를 위하여」 첫 수

시인은 「낙타를 위하여」라는 작품을 통해 사막시편을 관통하는 정신을 보여준다. 낙타는 사막을 지키며 산다. "천부天賦의 등짐을 지고" "불타는 사막과 구릉"을 건너며, "시도 때도 없는 뿌우연 황사 바람 속"을 걸어가야 한다. 그렇지만 이 낙타는 남다른 특성을 지니고 있다. "두 눈은 시나브로 슬픔의 호수였다." (첫 수 초장) "뚜벅뚜벅 걸음을 옮겼다, 오아시스를 그리며"(둘째 수 중장) "걷다가 또 걷다가 선 채로 영원이 되리니"(셋째 수 중장)에서 보듯 유순한 감성과 동시에 우직함과 영원성을 가지고 있다. 이 작품은 남들이 선망하던 좋은 직장을 버리고 자진해서 사막을 택해 농부가 된 시인 자신에게 바쳐진 노래일 수 있다. 조국과 고향을 결코 잊지 못하는 "슬픔의 호수"를 지닌 따뜻한 사람이라는 것을. 그렇지만 한 번 작정한 일을 결코 포기 하지 않는 우보천리牛步千里의 우직함을 지녔다는 것. 애오라지 한길 시조사랑의 정신을 지니고 있다는 것이다.

나도 뜨거운 바위 밑 고개 처박고 살겠다고
이 꼴 저 꼴 안보고 바위처럼 살겠다고
열사의 사막에 와서 농사꾼이 되었더란다.

—「사막거북」 둘째 수

이 작품 또한 시인의 자전적인 내용을 "사막거북"을 통해 보여준다. "처절한 고통의 땅을 고향으로 삼아 살"아간다는 것이다. 이국에 와서 농부가 된 내용을 부나 명예를 얻기 위한 것이 아니라 "뜨거운 바위 밑 고개 처박고 살겠다고/ 이 꼴 저 꼴 안보고 바위처럼 살겠다고" 하는 것이니 다분히 저항적이라고 볼 수 있다. 그러면서 그는 자신을 결코 미화하지 않는다. "너 이놈 새까만 석탄 덩어리, 막 원석으로 캐어놓은!"(「고백」)이라고 혹시라도 자만해지지 않을까 불순해지지 않을까 노심초사하며 자신을 경계한다. 마찬가지 의미에서 시인을 표상하는 작품으로 「해바라기 송頌」과 「패랭이꽃」을 들 수 있다. 「해바라기 송頌」에는 "뜻으로 신념으로/ 한세상 펼쳐 보이는// 그대 의지만큼/ 발돋움해 피어난 꽃"의 의지가 잘 나타나고 있다. 모든 것이 자신을 힘들게 해도 결코 좌절하지 않고 나아가겠다는 굳은 신념을 표출하고 있는 것이다. "실한 소리의 메아리/ 알알이 박혀 있다// 넉넉히 짐짓 넉넉히// 굽어보는 기상으로"나 "풀잎처럼 바람 앞에/ 쉽게 굴신屈身을 않노라"에서 보듯 해바라기 꽃이 지니고 있는 특성을 잘 묘파 해내면서 이를 자신의 의지와 연결시키고 있는 것이다.

> 높새바람 부는 들머리/ 하도한 잡초들 사이//
> 겨자씨만한 하늘을/ 담아 올린 패랭이꽃//
> 진실로 눈물 겨웁기/ 저미도록 아프다//
>
> 바늘구멍으로도/ 한 우주를 보는 이치//
> 목숨의 위대한 뜻을/ 깃발처럼 펄럭인다
> 시인아 추운 영혼아/ 너도 울면 안 된다
>
> ─「패랭이꽃」 전문

해바라기와는 달리 패랭이는 연약한 꽃이다. "겨자씨만한 하늘을/ 담아 올린" 연약함이 있지만 "바늘구멍으로도/ 한 우주를 보는 이치"를 가진 지혜롭고, "목숨의 위대한 뜻을/ 깃발처럼 펄럭"이는 큰 꽃이다. 시인은 이 작지만 큰 역할을 하는 「패랭이꽃」을 통해 "시인아 추운 영혼아/ 너도 울면 안 된다"고 시적자아 스스로를 위로하고 있다.

아마 불행할지도 몰라, 미루어 짐작하지 마라.
비우고 마음 텅 비우고 고요에 귀 기울이는
사막은 신령한 영기靈氣가 그득하게 고여 있다.

이곳의 바위, 이곳의 모래, 이곳의 모든 것들이
살아 있든 죽어 있든 존재하는 모든 사물이
은밀히 저들만의 언어로 교류하고 있거니.

세상의 얇은 잣대로 사막을 재지 마라.
사막은 행복하다, 행복이 넘치는 곳이다.
마음을 텅 빈 자만을 가슴 열고 반긴다.

—「사막은 행복하다」 전문

　　시인은 이 불모의 사막에서 새로운 삶을 경작했다. 생각해보면 사막은 우리
가 살아가는 현실과는 전혀 다른 곳이다. "이곳의 모든 것들이/ 살아 있든 죽어
있든 존재하는 모든 사물이/ 은밀히 저들만의 언어로 교류하"는 곳이다. "세상
의 얇은 잣대"가 이곳에서 통하지 않는다. 진중하게 눌러두는 묵직함이 필요한
곳이라는 얘기다. 그러니 "마음을 텅 비운 자만을 가슴 열고 반"기는 곳이다. 시
인은 결국 이곳이 절망과는 정반대인 "행복이 넘치는 곳"으로 보고 있다.
　　그가 지향하는 것은 '무소'이거나 '독수리'다. 그래서 "뿔 하나/ 허공을 가누
고/ 제 그림자 더불어 달려라!"(「무소처럼」)에서 보듯 거침없이 행동에 옮기고
"날개 밑/ 펼쳐진 사막/ 그가 다스리는 원의 세상."(「독수리」)처럼 원대함을 가
지고 사막 전체를 품기 원한다. 이런 이유에서 그는 오히려 "오로지 감사할 일만
/ 남아 있는 저 사막."(「감사하네, 저 모든 것」)이라고 말하면서 사막은"행복이
넘치는 곳"이라는 것을 다시 한 번 확인해 준다. 긍정과 사랑으로 가장 자신을
힘들게 하고 외롭게 했던 사막과 화해를 시도하고 있는 것이다.
　　모두에서 우리는 김호길 시인의 문학적 지향점이 절대 순수의 서정과 자유

의지에 있음을 보았다. 「무소처럼」이나 「독수리」에서의 활달한 행동과 원대함은 '절대 순수의 서정과 자유의지'와 결코 무관한 주제가 아니다. 처음에 세웠던 뜻을 일이관지一以貫之하고 있는 것은 시인이 그만큼 결곡하고 성실한 자세로 실제의 삶에 응전해왔음을 보여주는 좋은 반증이 아닐 수 없다.

5. 글을 마치며 — 시간, 슬픔, 그리고 죽음을 넘어서 사랑으로

전 세계에 걸쳐 수많은 청중들의 공감을 불러일으키면서도 그 어떤 권위도 요구하지 않았고, 강연을 할 때도 늘 한 개인이 다른 개인에게 이야기하듯이 얘기하던 지두 크리슈나무르티 Jidu Krishnamurti는 만약 우리가 삶의 움직임을 전부 다 이해하고자 한다면 매우 깊이 이해해야 할 세 가지가 있다고 전제했다. 시간, 슬픔, 그리고 죽음인데 시간을 이해하는 일, 슬픔의 진짜 중요한 의미를 충분히 납득하는 일, 그리고 죽음과 함께하는 일 — 이것들 모두가 사랑의 명료함을 요구한다고 한다. 시간이 가진 의미를, 슬픔이 가진 놀라운 깊이를, 그리고 죽음과 함께 오는 순수함을 정말로 이해할 때 자연스럽게 쉽게 저절로 사랑하게 된다고 생각한다. 김호길 시인은 이 세 가지의 의미를 잘 알고 있다. 시력 50년을 거치면서 그는 군인, 조종사, 기자, 농부의 이채로운 직업을 다 경험하였다. 각 삶에 대해 그는 지금도 이를 모두 유지하고 있다. 군 동기들과 만나고 있으며, 월남전 참여로 국가에서 주는 위로금을 감사하게 생각하고, 현재 국내에서 항공기 면허를 가장 많이 보유하고 있으며 아직도 멕시코 농원을 운영하고 있다. 시간을 잘 이해하고 이를 초월하고자 노력한다. 그리고 슬픔에 대하여도 "슬픔이 너무 크면/ 눈물도 마르고 만다./ 눈물은 영혼의 사치/ 기댈 수 있어야 눈물도 있다./ 기댈 곳 절망뿐이어라./ 물 한 방울 없는 사막."(「슬픔이 너무 크면」)이라 얘기한다. 슬픔의 바닥을 경험하고 이를 잘 알고 있는 것이다. 또한 시인은 인간의 삶으로서는 극지인 사막에서의 삶을 얘기하면서 "이곳의 무생물은/ 있는 그대로 숭고하다./ 살다가 죽은 것은/ 그 여정이 눈부시고/ 아직도 숨 쉬는 모두는/ 그 투쟁이 거룩하다."(「생과 사」)고 얘기한다. 죽음에 대한 두려움을 시인은 생각하지 않는다. 시간이 가진 의미를, 슬픔이 가진 깊이를, 그리고 죽음과 함께 오는 순수함을 이해할 때 시인은 이제야 사랑의 편안한 품에 들 수 있으리라. 시인이 외지로 떠돌며 느끼던 외로움이 이제 언제나 가슴 벅차게 다가왔던 자랑스러운 모국 이 땅 위의 사랑과 희망으로 다시 피어나 남은 생애를 건강하게 이어가 주길 바라는 마음 간절하다. ▨

낮고 친숙한 초록 사유와 재미성

― 김원각론

1. 동화와 투사의 동일성 원리

김원각 시인의 이번 『달팽이의 생각』 시집에는 에코이즘의 결정판이라고 할 만한 초록의 싱싱한 사유와 이 사물에 접신하는 자세가 낮음과 애정과 친근함으로 잘 형상화되어 있다. 말하자면 자연과 더불어 살아가는 일상이 삶이 건강한 사유 속에 잘 스며들고 있다는 점인데 그러한 까닭인지 그의 시는 따뜻하고 안온하다. 자아와 세계가 온전히 한 몸을 이루는 동일화의 전형을 보여준다.

집을 나와 임진강변 언덕에 올라서니

들과 산이 여름 끝에 가을 상 차린 것 보라고

들국이 손짓하길래

그 옆에 가서 앉았다

― 「교외」 전문

설악산 밤하늘에 별이란 별 다 내려와

왁자지끌 떠들어대는 별들의 수다소리

두 귀가 시끄러울수록

깊은 잠이 들었다

—「설악 1박」 전문

　「교외」는 자아가 세계 속으로 나아가는 투사로 이루어진 작품이고 「설악 1박」은 세계가 자아 속으로 들어오는 동화로 이루어진 작품이다. 투사이든 동화이든 둘은 하나가 된다. 중요한 것은 하나가 되어 일체화를 이룬다는 것이고 그 세계가 모두 자연의 부분 집합이라는 점이다. 하나가 된다는 것은 틈새가 없어지는 것이고 그래서 불협화음이 없는 완전성을 추구하게 된다. "들국이 손짓하길래 그 옆에 가서 앉"은 것은 들국과 동일시되었다는 것을 의미하는데 "왁자지끌 떠들어대는 별들의 수다소리"가 "두 귀"에 들어와 "깊은 잠"이 된 것은 그만큼 완벽하게 깊숙이 하나가 되었음을 의미한다. 이 완전함은 어그러진 세계가 아니라 둥그런 세계이다. 화해와 부드러움의 세계다. 따뜻함과 평화의 세계다. 그의 작품에서 느껴지는 무봉의 날렵함과 일치성은 여기에서 비롯되고 있다.

방에 가득 쌓인 책들, 면도서관에 기증한 날

밤바람에 솔잎 소리가 글을 읽기 시작하더니

그 뒤로

별, 구름, 벌레들이

책이 되어 주었다

—「정리」 전문

이씨 구멍가게 외상 술값 갚은 날

뒷짐 지고 마당에 나와 쳐다보는 별빛이어

이 값은 얼마나 될까

5년째 외상인데

—「외상값」 전문

　두 작품은 모두 자연이 값으로는 칠 수 없는 무한대의 가치가 있음을 얘기하고 있다. 자연이 도서관이 되고 무한량의 상상력을 주는 창고인데 사람들은 그것을 받기만 한다. 시인은 두 작품 모두에서 이 가치를 아는 과정을 아주 자연스럽게 끌고 나간다. 「정리」에서는 "별, 구름, 벌레들이 책이 되어 주"기전 이를 그렇게 만드는 상황을 "밤바람에 솔잎 소리가 글을 읽기 시작하"는 것으로 접근하고 있다. 바람소리와 글 읽는 소리를 동일화하면서 자연물과 지적인 책의 동일화를 어렵지 않게 이끌고 있는 것이다. 「외상값」에서는 "뒷짐 지고 마당에 나와 쳐다보는 별빛"을 하고 많은 날 그중에서도 "외상 술값 갚은 날"로 설정을 한다. 밀려둔 외상 술값을 갚았으니 얼마나 개운하겠는가. 그 개운함으로 바라보는 별빛이니 그만큼 상큼하고 아름다울 것이다. 그것은 도저히 값으로 환산이 불가능할 것이다. 시인은 시상을 이끌어 가는데 이처럼 도입과 연결하여 마무리하는 것에 대해까지도 세심한 배려를 하고 있다. 이러한 자연스러움으로 인하여 그의 작품은 어느 작품을 놓고 보아도 자연스럽다. 작위적인 표현을 극도로 제한하고 있는 것이다.

자기를 봐달라고 고개 쳐든 꽃 앞에선

사람들은 그냥 서서 흘깃 보고 가지만

그 아래

숨은 야생화

허리 굽혀 바라보네

―「겸손」 전문

산 속 바위 옆에다 엉덩이 까고 똥 누는데

박새 네 마리가 와서 뭐라뭐라 나무란다

미안해 이 바위 일대가

너희 땅인 줄 몰랐다

―「미안하다」 전문

　　동시에 그의 작품들은 자연보다 위에 군림하지 않는다. 늘 낮은 자세를 견지한다. 자연이 주인이고 인간은 어디까지나 거기에 세든 존재라는 인식을 가지고 있다. 키 높이에서 자연스레 바라볼 수 있는 꽃은 그냥 보아 지나칠 수도 있지만 "아래 숨은 야생화"를 보기 위해선 "허리 굽혀 바라보"는 것이다. 그게 시인은 "겸손"이 아니냐고 반문한다. 동시에 이 겸손이 얼마나 중요한 덕목인가를 강조한다.

　　인간이 주인이 아니고 자연이 주인이라는 인식은 「미안하다」라는 작품에서도 잘 나타난다. "박새 네 마리가 와서 뭐라뭐라 나무"라는 것은 그렇게 하면 안되는 행위를 한 것 때문에 빚어진 것인데 결국은 인간의 포식적인 욕망이 잘못된 것이라는 것을 이 작품은 은연 중 깨쳐 보여주고 있다.

2. 사랑의 아픔과 치유

김원각 시인은 사랑의 시인이다. 아주 작은 것에도 마음 아파하고 거기에서 마음을 끊어내지 못한다. 아픔을 절감하면서도 피하지 않고 정면으로 받아들인다. 그러기에 어떤 시들은 아프다. 아픔에 길들여진 까닭일까. 이 상처를 부드럽게 감싸는 힘이 훈훈한 아우라를 만든다.

꽃 피는 봄밤에도 낙엽 지는 가을에도

그대에게 보내는 사랑 시 한 편 못 썼네

내 사랑 상처가 많아서

생각 끝이 아파서

— 「내 사랑은」 전문

사랑은 아낌없이 자신을 내주는 것

김수환 추기경의 이 말씀 들었을 때

몸 닳궈 끓어낸 된장

뚝배기가 왜 떠올랐을까

— 「뚝배기」 전문

시인은 「내 사랑은」에서는 사랑에 "상처가 많아서/ 생각 끝이 아"프다고 말한다. 순탄치 않았던 삶의 여정 가운데 겪은 사랑의 상처가 시까지도 절필하게 만들었다는 아픈 술회를 하고 있다. 그리고 「뚝배기」에서는 김수환 추기경의 말을 인용하여 "사랑은 아낌없이 자신을 내주는 것"이라고 말한다. 된장국의 구수함은 자신의 몸을 기꺼이 달궈 끓여내는 뚝배기가 있기에 가능하다는 것이다. 이것은 자신도 그렇게 몸 끓이는 사랑의 상처가 혹독했음을 시사하는 것에 다름이 아니다. 그러나 시인의 마음은 그 아픔을 앓으면서도 주변의 다른 것이 아프면 그냥 지나치지를 못한다.

추위는 옷 몇 겹으로 막을 수 있었으나

수리 안 된 마음 지붕에 새는 빗물 못막았네

최초의 한 방울 빗물이

수심장강愁心長江 이룰 줄이야

—「번뇌」 전문

누운 내 발가락 끝에 나비 한 마리 앉더니

이내 실망한 듯 팔랑대며 뜨는 걸 보면

아직도 풀꽃 향기가

내 몸에 덜 배었나보다

—「봄날은 간다」 전문

시인이 시인인 것은 아마도 이런 마음 때문일 것이다. 추위에는 결단코 맞서지만 지붕에 스미어 있는 듯 없는 듯 파고드는 물줄기에는 자신의 틈새를 보

이고만 마는 존재이다. 그렇게 스미어든 "최초의 한 방울 빗물이/ 수심장강愁心
長江 이"루어 마음을 크게 무너뜨리고 그로 인해 상처를 받게 되는 것 아니던가.
섣부르게 마음이 들떠 풀밭에 누워보지만 "풀꽃 향기가 내 몸에 덜 배"어 "발가
락 끝에 나비 한 마리"도 제대로 앉게 하지를 못하는 풋내 나는 순수성을 지니고
있는 존재가 아니었던가.

　　저토록 처절하게 자신에게 엄하구나

　　덧없는 한 때의 영화 미련 없이 떨어내고

　　시린 손 허공 꼭 잡고

　　마음 비우는 겨울나무

—「고행」 전문

　　행복과 불행은 한 지붕 두 얼굴

　　불행을 쫓아내면 행복도 따라 간다

　　두 가닥 잘 꼬인 새끼줄

　　마음 단단히 묶는 법

—「한 몸」 전문

　　그러나 시인은 사랑법을 나름대로 깨우친다. "겨울나무"와 "잘 꼬인 새끼줄"
을 보며 마음을 비우고 마음을 단속하는 법을 배운다. 「고행」을 통하여서는 "처
절하게 자신에게 엄"한 모습을 보고 그러지 못한 자신을 탓한다. "덧없는 한 때

의 영화 미련 없이 떨어내고/ 시린 손 허공 꼭 잡고/ 마음 비우는 겨울나무"를 마음판에 새긴다. 사랑의 문제만 그러하던가. 사람의 일 모두가 그렇지 않던가. 시인은 시인이기에 어쩔 수 없이 무르던 마음을, 상처의 시린 손을 깍지 껴며 다잡는다. 그리고 새끼줄을 꼰다. 불행이라는 것을 묶어 보내면 행복도 따라가겠지만 마음을 단단히 묶는 것이 다가오는 불행에 틈을 주지 않을 것이기에 그렇게 자신을 담금질하는 것이다.

3. 능청거림과 여유

김원각 시인의 작품에는 또한 능청거림이 있다. 빈틈없이 메워서 꽉 짜인 구조가 아니라 어딘가 모르게 약간은 비어있어서 숨어들기 편한 느슨함을 보여준다. 이 느슨함이 그의 시의 가장 큰 매력이다.

> 법당에 날아든 참새, 부처 어깨에 앉았다
>
> 그래, 중생은 다 오라 부처는 미소 짓고
>
> 주지는 장삼을 흔들며 휘이 휘이 내쫓고 있다
>
> ─「별곡」 전문

> 도둑이 창에 걸린 달 그냥 두고 갔다며
>
> 료칸 * 이 바라보며 좋아하던 둥근 저 달
>
> 훔친들 둘 곳 있겠냐
>
> 그래서 나도 두고 본다
>
> ─「달도둑」 전문

법당에 하필이면 참새가 날아들고 그것이 어쩌자고 부처 어깨에 앉았다. 주지는 그것이 큰 불경을 저지른 것 같아 애써 내보내려 하지만 참새는 쉽게 도망가지 않는다. 참새는 마치 "중생은 다 오라 부처는 미소 짓"는 그 모습이 좋아서 도망가지 않는 듯하다. 그러나 단순히 이는 이것만을 의미하지 않는다. 절이라고 하는 곳이 "참새"같은 존재, 다시 말해 가난하지만 부처님을 좋아하는 무지렁이 백성들이 사랑하는 곳이거늘 주지는 너무 현실적인 이득을 쫓아 돈 안 되는 중생들을 그리 탐탁하게 여기지 않는다. 「별곡」은 그런 현실을 빗대고 있는 것이다. 이에 반해 「달도둑」은 도둑도 가져갈 수 없는 달을 완상하고 있는 여유를 재미있게 형상화한 작품이다. 나도 그 달을 훔치고 싶지만 둘 곳이 마땅찮다. 아니 너무 크고 환해서 둘 곳이 없다. 감추면 감출수록 빛이 나서 그 도둑질이 다 들통이 날 것이 뻔하다. 그래서 그 자리 두고 나도 본다는 것이다. 어쩔 수 없이 물끄러미 바라보는 이 어정쩡한 모습 안에는 일본의 선사를 흉내 내본 것도 도둑놈의 새까만 마음도 다 들어 있다. 의젓함과 비루함이 버무려지면서 그것을 마치 농으로 받아넘기는 능청거림의 묘미가 있는 것이다.

산방에 날아든 검붉은 왕벌 한 마리

쫓으려 가니 도리어 휙 돌아 쏘아본다

응 그래 이 산 속에선

너와 나 같은 벌레다

— 「산방에서」 전문

누가 차올린 공인가 한반도 상공 지나가네

하늘 운동장 한가운데, 별들의 함성 들리는 곳

아 저기 뛰어올라가

힘껏 한 번 차봤으면

—「둥근 달」 전문

　「산방에서」에서는 자신에 대한 몸 낮춤 의식을 보여준다. "너와 나 같은 벌레"라는 동류의식 하에서는 몸을 낮추면서도 친근하게 다가가려는 재미성이 엿보인다. 쫓아가던 "왕벌 한 마리"가 갑자기 "도리어 휙 돌아 쏘아"보는데 그런다고 어쩔 거냐. "응 그래" 나도 이렇게 너를 쏘아볼 수 있다. 산속에선 너나 나나 매한가지다. 우쭐거리며 폼을 재는 시적화자의 장난기가 선명하게 그려지고 있다. 「둥근 달」에서는 거침없이 표출하고자 하는 자아의 욕망을 그려내고 있다. 그러나 "별들의 함성 들리는 곳"에서 차는 것이니 불가능한 일이다. 달을 "누가 차올린 공"으로 보는 것도 재미있지만 금방 눈앞에서 방금이라도 힘껏 차보일 듯한 포즈를 생생함으로 표출하고 있는 것도 시에 탄력을 더하고 있다.

손톱만한 야생화 보면 손톱만한 마음 행복

사발만한 꽃을 보면 사발만한 마음 행복

한 뿌리 즐거움 타고

마음 절로 컸다 작았다

—「마음-화원에서」 전문

마지막 사람 내렸다, 늦은 밤 버스 종점

산비탈 무덤 하나 인생의 종점이다

출발은 떠들썩했으나

종점은 고요하다
—「종점」 전문

「마음-화원에서」의 작품에는 마음의 들고 남을 간명하게 보여준다. "손톱만한 야생화"와 "사발만한 꽃"을 볼 때의 마음이 각기 다르다는 것이다. "손톱만한 마음 행복"과 "사발만한 마음 행복" 사이의 마음이 결국 "한 뿌리 즐거움"이라는 것이다. 이렇게 보면 슬픔과 기쁨도 한 뿌리이고 죽음도 그 위에 존재하게 됨을 알게 된다.

「종점」은 "늦은 밤 버스 종점"을 그렸다. 그래서 "출발은 떠들썩했으나 종점은 고요"한 다소 싱거운 사실을 얘기하고 있다. 그런데 중장의 "산비탈 무덤 하나 인생의 종점이다"의 의미가 자못 심장하다. 버스 종점을 대번에 "산비탈 무덤 하나"로 데려가기 때문이다. 마치 어떤 죽음의 자화상을 그려낸 느낌이다. 그러나 그것은 그렇게 진지하다기보다는 여유롭다. 종점의 고요가 잡힐 듯이 다가온다. 심각한 주제도 김 시인의 손끝에서는 숨을 트게 하는 여유를 보여준다. 시인만이 가지고 있는 특유의 호흡에서이다. 시집의 표제작인 「달팽이 생각」에도 시인의 이러한 생각이 잘 배어있다.

다같이 출발했는데 우리 둘 밖에 안 보여

뒤에 가던 달팽이가 그 말을 받아 말했다

걱정마 그것들 모두

지구 안에 있을 거야

—「달팽이 생각」 전문

더디게 가면서도 달팽이는 여유를 보여준다. 이 여유에는 "걱정마"라는 단정적인 어구가 보여주듯 마음을 일시에 편하게 만들어주는 마력이 있다. 동시에 "지구 안"이라는 넓은 공동체 안의 편함과 어느 것에도 걸리지 않는 자유로움이 느껴진다. 바로 느림의 미학이다. 그러나 우리는 오늘날 인터넷이나 스마트폰 등의 발달로 인해 가공할만한 속도의 시대에 살고 있다. 속도는 욕망을 부르고 욕망은 죽음을 부르기 마련인 법. 이를 경계하고 오히려 용서와 화해와 여유를 갖자는 것이 바로 「달팽이 생각」인 것이다.

김원각 시인의 이번 시집에는 세계와의 합일을 꿈꾸는 동일성과 아픔을 치유하는 사랑의 정신과 의젓함과 비루함 사이에서 줄타기하는 듯한 능청거림의 묘미가 살아있다.

거의 모든 시편들은 자아와 세계가 온전히 한 몸을 이루는 동일화의 전형을 보여준다. 이 완전함은 어그러진 세계가 아니라 둥그런 세계이다. 화해와 부드러움의 세계다. 따뜻함과 평화의 세계를 지향하고 있는 것이다. 또한 그의 시편들은 아주 작은 것에도 마음 아파하고 거기에서 마음을 끊어내지 못한다. 아픔을 절감하면서도 피하지 않고 정면으로 받아들이기 때문에 가끔은 독처럼 아픈 시가 우리를 먹먹하게 만든다. 그러나 놀랍게도 시인은 이 상처를 부드럽게 감싸고 훈훈한 아우라를 만들어 치유하는 능력을 보여준다. 그의 시들은 어느 시를 읽어도 편하게 다가온다. 약간은 비어있어서 숨어들기 편한 느슨함을 보여준다. 이 느슨함이 그의 시의 가장 큰 매력이다. 그런가 하면 이 능청거리는 여유 안에 은연 중 세계를 향하는 날카로움이 번득인다.

김원각 시인은 시조에서 가장 쓰기 어렵다는 단시조만으로 한 권의 시집을 묶음으로서 시조 입신의 경지를 새롭게 보여주었다. 이렇게 쓰는 것이 그의 시를 혹시나 오독하지 않았나 저어되면서도 평을 쓰는 내내 몇 번이고 읽고 음미하는 행복한 시간을 가지게 해준 점에 대해 감사드린다. ▨

제주 해녀의 애환과 강인함을 적시한 감동어린 보고서

— 정인수론

1.

정인수 시인은 1974년 월간 ≪한국문학≫ 신인상에 「삼다도」가 당선되어 1993년 첫 시집 『三多島』를 출간했다. 시인의 첫 시집 『三多島』는 크게 3부로 나뉘어 있다. 고향 제주도의 풍경과 소회를 담은 〈故鄕詩集〉, 「아내를 위한 斷章」, 「十長生圖」, 「漢拏山 의 봄」 연작을 담은 〈連作詩集〉, 현대인들 특히 소시민의 일상을 내면화 시켜서 그려내고 있는 〈心境詩集〉이 그것이다. 첫 시집에 나타난 정인수 詩의 가장 큰 특징은 현실과 이에 응전하는 삶의 이목구비가 서정적으로 잘 형상화되고 있다는 점이다.

바람의 파도 끝에

파아란

불

켜

기어올라,

소라 속

뒤틀린 세상

비비 틀어 올리다가,

얽어맨

노오란 띠지붕 감돌아

밀감잎에 스민다."

— 「三多島」 중 '2. 바람' 전문

　"뒤틀린 세상/ 비비 틀어 올리"는 현실을 읽어내면서도 "띠지붕 감돌아/ 밀감잎에 스"미는 바람의 모습을 세밀하게 그려내고 있다. "불/켜"를 과감하게 한 행씩으로 잡고 "노오란 띠지붕 감돌아"를 종장의 둘째 음보로 최대한 늘이는 등 가락을 안배하여 완급을 조절하는 솜씨가 수준급이다. 당시의 시조단 상황을 고려하면 "불/켜"를 과감하게 한 행씩으로 잡는 것은 거의 모험에 가까웠을 것이다. 아마도 이런 혁신적인 작품이 나오게 된 바탕에는 그가 일찍부터 써오던 자유시의 분방한 사고와 기법적 측면이 크게 작용한 것이 아닌가 싶다. 시조의 전체 작품들이 깔끔하면서도 단정한 격조를 지니고 있다. 특히 이 시집에서 주목되는 것은 3부의 〈心境詩集〉이다. 〈心境詩集〉의 대부분은 시의 구성이 사물의 외견에서 시작하여 시적 자아의 내면으로 모아지는 방식을 취하고 있다. 약간의 감상성이 보이긴 하지만 전반적으로 모더니티한 면을 담고 있다. 이 모더니티는 때로 "깨어 있기엔/ 너무나 많이 이즈러진 세상"(「躁鬱의 가을」)이나 "감동이 없는 時報 음악과/ 칠흑 같은 칠판 앞에서/ 시를/ 문제집으로 배우는 아이들……"(「校庭」)에서 보듯 당대에 대한 비판적 시각을 보여주기도 한다.

　　뱀이 허물 벗듯 가죽이라도 벗자.

　　가죽 속에는 자꾸자꾸 새 살이 나고,

　　새 살 속에는 어린 마음이 피어나고

　　늙어도 홍안紅顏으로 이 밤을 꼬박

　　떡국 써는 할머님 곁에 올빼미처럼 앉아 있자

— 「除夜」 전문

그중에서 유독 「除夜」라는 작품이 주는 여운이 두고두고 필자의 마음을 사로잡았다. 어둑신한 고적감이 있으면서도 여명의 푸른 기운이 감도는, 그래서 무어라 단정 지을 수 없는 신비한 겹무늬들이 아우라처럼 감싸고 있는 영감의 시라는 생각이 들었다.

2.

정인수 시인이 이제 17년 만에 두 번째 시집 『海女노래』를 낸다. 시력 36년 만에 두 권의 시집이니 엄청난 과작인 셈이다. 무엇이 이 시인으로 하여금 이렇게 절필에 가까운 시간을 보내게 한 것일까. 『海女노래』의 시편을 받아들고 비로소 그 의문이 풀렸다. 이만한 시집이라면 평생이 걸릴 법도 하다는 생각이 들었다. 시인은 자서에서 이 시집의 제목이 '해녀노래'이지만 실상은 '제주해녀의 추억'이라고 밝히며 1970년대 이전의 향수로 거슬러 올라가 본 셈이라고 적고 있다. 동시에 "생소한 소재들인 듯하나, 나이 든 제주도민이라면 누구에게나 기억 속에 아련히 남아있는 것들"이라고 하고 있다. 그러나 제주도의 정서를 어느 정도 알고 있다고 자부해오던 필자에게 이 시집은 아주 색다른 느낌으로 다가왔다. 그리고 그동안 알아왔던 것들이 얼마나 피상적이었는가를 새롭게 반성하는 계기가 됐다.

『海女노래』는 제주 해녀들의 삶이 그대로 녹아있는 감동 어린 보고서이다. 그리고 이것은 동시에 우리 시사에 제주 해녀의 애환을 적시한 최초의 현대 시집이 될 것이다. 근대화의 과정 속에서 숱하게 자행되어 왔던 시대의 왜곡과 질곡의 문제를 페미니즘의 시각에서 밀도 있게 파헤친 중요한 의미를 가지고 있다고 판단된다. 그러므로 이 시집은 단순한 보고報告의 수준을 넘어 보고寶庫의 차원이라고 할 수 있는데 이를 단적으로 보여주는 작품 두 편을 먼저 살펴보기로 하겠다.

    육지물질 나갈 때는

난바르도 겪었었네.

배에서 보름쯤을
물질하고 먹고 자고,

하루에 여남은 번이나
물에 들고 나고 들고…

—「난바르」 전문

새해 들어
첫 물질 날
해녀들은 바당 속에,

한 해 물질 무사안녕
지를 바쳐 빌고 빈다.

"요왕지, 몸지 드럼수다.*
열아홉 살 제주 고씨…"

—「지드림」 전문

우선 제목에 나타나고 있는 "난바르"나 "지드림"용어들이 생소하다. "난바르"는 해녀일행이 배를 타고 나가서 여러 날 동안 배에서 먹고 자면서 치르는 물질을 말하고, '지'는 쌀을 한지에 싼 것을 말하니 "지드림"이라는 것은 정성을 다하여 한지에 싼 쌀을 드리는 것을 말한다. 쌀이 귀하던 시대부터 내려온 관습이라는 것을 감안하면 바다를 지배하는 용왕신에게 자신이 지닌 가장 귀한 것을 바치는 의식이라고 볼 수 있다. "난바르"에 대한 기록은 제주 해녀사에서 빼놓을 수 없는 중요한 대목이다.

해녀가 부산 등지에 나오면 물상객주物商客主에게 의지하여 사오삭 동안을 유숙도 하고 돈도 꾸어 쓰는 터인데 소위 물상객주라는 자들의 교활한 농락으로 말미암아 해녀들은 반년동안이나 부모와 자식을 이별하고 고향을 떠나 멀리멀리 바다를 건너와서 뜨거운 볕에 살을 태워가며 벌어 놓은 돈을 거의 다 소비하고 고향으로 돌아갈 때에는 도로 객주에게 빚을 얻어 쓰고 빈손만 쥐고 돌아가게 될 비참한 운명에 있다.

동아일보 1920년 4월22일의 기록이다. "가련可憐한 해녀海女의 운명運命"이라는 제하의 이 글은 "죽도록 애써서 잡놈만 살찌어 보호할 방책에 성의 없는 당국"이라는 부제가 있어 당시의 정황을 비교적 상세히 고발하고 있다. 일본 상인들과 물상객주들이 해녀의 남편을 꾀어서 비싼 변리로 돈을 취해주고 해녀가 어물을 잡으면 무리한 헐값으로 비싼 이자를 모두 회계하여 받는 흉악한 수단을 동원하고 있음을 알 수 있다. 말하자면 해녀들의 "난바르"가 수난과 아픔의 역사를 단적으로 보여주는 중요한 예증이라 할 수 있다. 시인이 노래한 또 다른 작품「바깥물질」을 보면 (한반도, 일본각처,/ 동북아로 뻗은 행로.// 이른 봄에 떠나고선/ 추석 전에 돌아오는,// 철새의 대 이동 같던/ 제주해녀 바깥물질…//) 난바르를 다닌 영역이 상당히 넓게 분포하고 있었음을 알 수 있다. 물론 이렇게 할 수밖에 없었던 이유는 제주라는 한정적 공간에서 물질을 하는 것만으로는 생활고를 해결할 수 없는 현실적 상황에서 기인하고 있다. 일제 강점기 뿐만 아니라 조선시대에도 수탈이 심한 것을 알 수 있는데 『조선왕조실록』세조世祖 6년(1460) 12월 29일조에 보면 "중추원 기건奇虔이 제주濟州를 안무按撫하는데 백성들이 전복全鰒을 바치는 것을 괴롭게 여기니 역시 3년 동안 전복을 먹지 않았다고 한다."(中樞院使奇虔按撫濟州民病所貢鰒魚亦三年不食鰒歷數道觀察使大司憲所至有名謚貞武淸白守節貞民克服武)는 기록이 보인다. "배에서 보름쯤을/ 물질하고 먹고 자고"하는 "난바르"생활이 얼마나 고단했을까. "난바르"에는 남자들도 힘든 일을 억척스레 정면으로 뚫고 나간 제주 여성의 당당함이 그대로 노정되어 있다.

모여들면 언제든지
시끄러워 좋은 불턱…

와자지껄 짖어대면
속이 다 후련하다.

쌓였던 근심걱정들이
불꽃 속에 사라진다.

ㅡ「불턱 1」 전문

물질을 갓 배우는
조무래기 해녀들은

상군 우러르길
부처님 보듯 한다.

어쩌다 게석한줌 받는 날은
동네방네 자랑이다.

ㅡ「게석한줌」 전문

「불턱」이나 「게석한줌」 또한 마찬가지다. '불턱'은 탈의장이 생기면서 지금
은 거의 없어졌지만 바닷가 바위 알맞은 곳에 돌담을 둥그렇게 둘러 만든 불을
쬐는 곳을 말한다. 해녀들은 여기에서 옷도 갈아입기 마련이어서 "남정네도 피
해가는 바닷가 은밀한 곳"임에 틀림없다. 이곳에서 해녀들은 인용 작품에서 드
러나듯 동병상련同病相憐의 심정으로 하나가 되어 애환을 훌훌 털어낼 수 있었을
것이다. 또한 「불턱 2」의 "쬐는 불 옆구리마다에/ 저며 오는 통증"을 서로 위로
하면서 해녀로서의 고단함을 이겨내는 유일한 통로이자, 소중한 쉼터로서 역할

을 했을 것이다. 「게석한줌」은 상군해녀들이 나이 어린 소녀나 할머니한테 미역 한줌, 소라, 전복 등을 선물하는 풍속을 그리고 있는데 이 또한 물질 만능의 시대로 접어들면서 그 귀한 의미가 거의 사라져가고 있는 실정이다. 시인은 이런 작품들을 통해 현대에 들어 점차 사라져가고 있는 시설이나 풍속을 생생하게 재현해내고 있는 것이다.

3.

이학규李學逵의 『낙하생집洛下生集』(1819)에는 「채복녀採鰒女」라는 작품이 보인다. (심경호 『한시기행』. 이가서, 2005, 209쪽.)

거센 파도 집채 같은 흰 물결은
뭍에 서서 보아도 무섭거늘,
사람에게 저 물 속에 들어가게 하니
맨손으로 호랑이 잡는 어리석음과 무어 다르랴.

洶洶白銀屋　　立地猶愁予
敎人到彼中　　奚翅撲虎愚

"난바르"에서도 지적했지만 "맨손으로 호랑이를 잡는 어리석음"만큼이나 당당하고 강인한 해녀의 삶과 정신이 이 시집에서는 가장 큰 비중으로 다루어지고 있다.

칠성판 등에 지고
명정포 머리에 이고

오락가락 저승길에

온 몸을 내던지는,

　함부로 흉내낼 수 없는

　저 바다의 숨비소리…

―「해녀노래」 전문

　파도를 견디며 물질을 하는 해녀들은 이미 목숨을 내걸고 작업을 하고 있다고 봐야 옳다. "오락가락 저승길에/ 온 몸을 내던지"고 있는 것이다. 전복 등을 따기 위해 참은 숨을 몰아쉬는 "숨비소리"는 삶과 죽음의 경계에서 나는 소리다. 이런 어려운 과정을 거쳐 상군해녀가 됨으로써 혼자만의 독자적 영역을 확보하게 되는 것이니 당연히 여자이지만 남자도 감히 넘볼 수 없는 경제 주체로서의 당당한 독립적 지위까지 갖게 된다고 할 수 있다.

　「혼수출가婚需出嫁」에도 열아홉에 동경까지 가서 물질을 하고 그 딸들 여섯도 혼수 장만은 물론 재산을 일군 "동김녕리 김연순" 해녀의 삶을 소개하고 있고 「할망해녀 1」에서는 바다가 더 좋아 "육지로 시집갔다가도/ 도망쳐온 할망해녀…"에 대해 얘기한다. 다음의 대목들에서도 해녀들의 당당하고 강인한 삶과 정신을 여실히 느낄 수 있다.

　전복을 따기도 전에/ 차오르는 물숨이여.(「물질」)
　밭에 가면 억척 농군/ 집에 들면 현모양처.(「제주해녀마라도해녀」)
　빗창날 번득이는 곳에/ 뒤집히는 소라 전복…(「마라도해녀」)
　흉몽도 어지간하면/ 입 깨물고 물에 든다.(「몽조夢兆 3」)

　4.

　정인수 시인의 작품에는 사실성과 재미성이 고루 녹아 있다. 많은 양은 아니지만 특히 사설시조에는 이러한 시적 특성이 잘 배어나온다.

음 3월 초파일은
동김녕리 줌수굿날.

"바당에 나갓당 넉날일은 읏일 듯 ᄒᆞᆸ네다."
"아이고 고맙수다!"
"어떵ᄒᆞ당 ᄒᆞᆫ번 넉날일이 이실거우다. 멩심ᄒᆞᆸ서!"
"아이고 막아줍서!"*

명도칼 번득이는 점괘마다
두 손 모아 조아리는…

— 「줌수굿」 전문

　제주시 구좌읍 김녕리의 해녀굿을 배경으로 한 이 작품은 중장에서 심방의
점괘설명과 해녀의 반응을 재미있게 다루고 있다. 사설의 가락은 이 중장에서
살아나고 있다. 심방의 점괘설명은 5음보로 길고 해녀는 2음보로 짧게 답한다.
긴 말이 필요 없이 간명하게 심리상태를 축약하고 있는 셈인데 이 양자 간의 대
화가 장長 — 완緩, 급急 — 단短 가락을 타고 있어 묘미를 배가하고 있다. 또 다른
사설 「콩잎쌈」 작품에도,

　예닐곱 장을 손바닥 위에 포개 펴서 보리밥 한 숟갈 듬뿍 퍼 놓고 된장 바르고 꼬깃
꼬깃 쌈을 싸서 한 입에 잡숫던 모습… 나도 따라 먹으면서 풀 냄새 비릿하여 상을 찌
푸리면 된장 발라 주시면서,
　"에이구! 불쌍ᄒᆞᆫ 거. 어멍도 어시…"
　아아! 콩잎에 된장, 그 비릿하면서 코시롱한 맛!
　할머니께선 평생을 콩잎에 된장 바르듯, 손바닥만 한 예닐곱 장의 가난을 꼬깃꼬깃
펴시다가 콩밭에 묻히셨지.
　이아침 콩잎 쌈이 먹고 싶다. 코시롱한 된장맛…

할머니에 대한 추억이 정감 있게 그려지고 있다. 이 정감은 "어멍"이나 "어시…" "코시롱"등의 제주사투리의 적절한 활용에서 기인하지만 극적인 시적 구성도 한 몫을 하고 있다. 과거를 회상체로 읊조리다 "아아! 콩잎에 된장, 그 비릿하면서 코시롱한 맛!"으로 축약해서 끊어내고 중장의 마지막 마디에서 할머니에 대한 가장 인상적인 부분 ─ "콩잎에 된장 바르듯, 손바닥만 한 예닐곱 장의 가난을 꼬깃꼬깃 펴시다가" ─ 을 다시 보여줌으로써 그 애정과 깊이에 공감을 느끼게 한다. 질박하면서도 세세한 서정이 돋보이는 수작이다. 「울릉도 사설 ─ 도동에서」라는 작품도 학교와 읍사무소, 군청, 교육청, 향토 사료관, 독도박물관, 삭도승강장, 약수공원… 모두가 10분 거리에 있는 사실을 재미있고 실감나게 그려내고 있다.

5.

정인수 시인의 작품은 정중동의 성격을 지니고 있다. 고요함 가운데 흐르는 무엇인가가 있다. 문득 쳐다본 자리에 파문을 일으키며 조용히 흐른다. 요란하지 않으면서도 사물의 본질을 잡아내고 있다는 얘기다.

둘레에 일제히 고개 숙인/ 고목들이 우연찮다.(「탐라삼제1 ─ 삼성혈三姓穴」)
풍란을 품어 기르던/ 늙은 가지 휘는 소리…(「비자림榧子林」)
세상사 난타를 맞아/ 오그라든 고추여.(「물맞이」)
손 털고 돌아서보니/ 눈에 밟히는 별 한 자리…(「가슴에 묻다」)
어미야! 엎질러진 물이다./ 가슴에나 묻어라!(「가슴에 묻다」)

고高, 양良, 부夫, 삼신인三神人이 땅에서 용출한 혈穴이 보존되고 있는 신성한 곳이니 "일제히 고개 숙인/ 고목들"이라고 보았다. 시인만이 볼 수 있고 잡아낼 수 있는 대목이다. 「비자림榧子林」에서는 기품이 느껴진다. "늙은 가지 휘는 소리"는 시대의 난파도를 견디어온 할망해녀의 숨비소리쯤 될 것이다. 그 소리들이 풍란을 품어 기르고, 자식을 길러내는 곳이 제주다. 「물맞이」에서는 세상사의 이면을 생리적인 현상에까지 자연스레 연결을 시킨다. 「가슴에 묻다」에서는 "눈에 밟히는 별 한 자리" 섬세함도 섬세함이지만 "가슴에나 묻어라!"에서 보듯 애착을 끊어내려는 모진 견딤의 자세에서 무엇에 견줄 수 없는 뜨거운 호흡이 느껴진다.

단종대斷種臺에 누운
내 아들을 생각한다.

감금실監禁室에 갇힌
내 부모를 생각한다.

나락의 단말마에 질린
내 형제를 생각한다.

— 「소록대교를 건너면서」 둘째 수

동시에 시인은 조국을 생각한다. 아마 시인이 제주 해녀를 그려내고자 작정한 이면에도 우리 것을 소중히 여기는 이 정신이 짙게 배어있음을 우리는 인정하지 않을 수 없다. 「소록대교를 건너면서」에서 "길이라도 가지 않던/ 길을 걸어"가면서 시인은 지나온 시대를 생각한다. 왜곡되고 굴절된 역사의 정수리를 생각한다. 내 부모와 내 형제와 자식들을 생각한다. 가족사적인 사소한 것에 연연하는 것이 아니라 조국이라는 큰 울타리를 생각하고 있는 것이다. 제4부의 〈백령도〉편에 실린 많은 작품들, 「보길도」, 「백령도」, 「지리산 노고단에서」, 「압록강」, 「백두산 정상에서」, 「백두산 천지에서」, 「고구려는 말이 없다」 등이 이러한 시인의 의식이 강하게 드러나고 있다고 볼 수 있겠다.

지금까지 우리는 정인수 시인의 작품세계를 살펴보았다. 이 시집이 갖는 의미는 크다. 해녀들의 애환과 강인한 정신력을 새롭게 조명한 본격적인 시조집이라는 점에서 그러하고, 제주 정서를 지금까지 근대의 아픈 상처로 기록되어 어느 정도 시대적 공감을 얻어가고 있는 4·3이 아닌 소재에서 지역적이면서도 가장 세계적인 정서에 호흡할 수 있는 문제를 다루고 있다는 점에서 그러하다.

이예연李禮延의 「탐라팔영耽羅八詠」 중 「채복採鰒」이라는 작품을 여기 인용한다. 1832년의 작품이니 180년 전의 작품이다. 강산이 바뀌어도 육탈하고 남을 정도의 시간이 경과했건만 과연 이들의 아픔을 오늘을 살아가는 우리는 얼마나 공감하고 관심을 가지고 있으며 이를 치유하고 보존한데 얼마나한 애정을 가지고 있는지 묻고 싶다. ▨

위태롭구나 저기 전복 따는 아낙
바다에 벗은 몸을 던지니
괴로운 생애가 애처롭구나.
어진 사람은 차마 먹을 수 없네.
(危乎採鰒女 臨海躶身投
憐彼生涯苦 仁人忍下喉)
(濟州儒脈六百年史編纂委員會 編 『濟州의 儒學關係資料와 詩文選』, 2000, 587쪽.)

서늘한 깊이와 무애無碍의 시학
— 이용상론

1. 언어도단의 절제 미학

이용상 시인은 「冬柏」이란 작품에서 "섬이 가장 외로울 때 冬柏을 피운다"라는 화두를 던진 바 있다. 섬사람들의 시름을 온몸으로 안고 있는 섬에 대한 사랑을 한 문장으로 축약한 절구가 아닐 수 없다. 이렇듯 시인의 작품에서는 인간풍정風情이 절로 배어나온다. 동시에 두고두고 곱씹게 하는 깊이가 있다. 현해란懸崖蘭처럼 아슬한 연민과 기품이 교차하고, 언어도단言語道斷의 서늘한 깊이와 무애無碍가 느껴진다. 시인은 일찍이 이런 절창의 시를 발표한 적이 있다.

　내 몸도
　내 맘대로
　이끌지 못하는 날.

　살아온 정열보다
　죗罪값이
　더
　무거워

아직도

남은 목숨이

한천寒天에도

식지 않네.

— 「홍시를 보며」 전문

　겨울로 들어서면 나무들은 맨몸으로 돌아가기 시작한다. 간혹 남은 이파리들만 살을 부비며 찬바람을 견딘다. 남청빛의 하늘. 감나무에 까치밥으로 남긴 홍시가 붉다. 백수는 이를 두고 "한국 천년의 시장끼"라 했고, 김남주는 "조선의 마음"이라고 했다. 그런 거창함이 오히려 짐스럽게 느껴진다. 열심히 보내온 한 해. 세상사가 모두 다 그렇듯이 하느라고 했지만 잘못한 일이 더 많은 것 같다. 몸이 물 먹은 솜처럼 가라앉는다. 마음은 길을 다시 재촉하는데 돌아갈 곳이 없다. 무얼 위해 이렇게 뜨겁게 달려왔던가. 살아온 정열보다 죗罪값이 더 무겁다. 함부로 역정을 낸 죄, 더 헤아리지 못하고 가볍게 사선으로 그어버린 죄, 감사할 것들에게 무릎 꿇지 못한 죄, 바쁘다고 병문안도 가지 못한 죄 많고 많은 죄를 지어 아직도 몸이 뜨겁다. 식지를 못 하고 한천의 바람을 견딘다. 떨어져라, 나의 죄여. 아니 떨어지지 말고 살과 혼 다 마르며 거기서 견디어라.

　몇 번을 읽어 보아도 그 뜻을 따라 잡을 수가 없다. 서늘한 깊이가 온 몸을 감싼다. 그런 이용상 시인이 시집을 낸다. 마지막 시집이라고 아예 단호히 선을 긋는다. 받아들고 서너 날을 단 한 줄도 쓰지 못한다. 아니 쓸 수가 없다. 어떻게 이 곡진한 삶의 내면을 분석할 수 있을 것인가. 그러므로 이 글은 쓰기를 포기한 글이라고 보아도 좋다. 쓰다가 더 이상 나갈 수 없는 부분에서 미완인 채로 남길 수밖에 없다.

다신 안 온다 해놓고

수술대에 또 누웠네

담석증, 전립선비대증
협심증, 뇌졸중

저 세상 가는 길에도
자격증이 필요하나

아내가 부축해야
겨우 넘긴 내 하루

이맘때면 어김없이
태국에서 오는 전화

휴대폰 안부 소리가
물소린 듯 아득하다

—「자격증」 전문

이용상 시인의 작품에는 병마와 함께 살아가는 아픔이 담담하게 그려져 있다. 벌써 십 수 년이 흘렀다. 고통도 경계를 넘어선 것일까. 고통도 지나쳐 그것은 몸의 일부처럼 다가온다. "함께"와 "담담함"을 쓴 이유이다. 같이 가는 길, 그렇지만 그것을 원망하거나 노여워하지 않는다. 묵묵하게 받아들인다. 마치 물소리처럼 아득하고 아늑하게…… 담석증, 전립선비대증, 협심증, 뇌졸중 등 여러 병마가 그와 함께 한다. 저 세상 가는 길에도 이런 수사가 붙어야만 하는 것은 아닐 텐데 무슨무슨 자격증처럼 덕지덕지 옮겨온 병명, 하나도 벅찬데 서너 개씩 달고. 천상병 시인이 생각난다. 차비가 없어 고향에 내려가지 못하던 암담함을 그는 "아버지 어머니는/ 고향 산소에 있고// 외톨백이 나는/ 서울에 있고// 형과 누이들은/ 부산에 있는데// 여비가 없으니/ 가지 못한다.// 저승 가는데도/ 여비가 든다면// 나는 영영/ 가지도 못하나// 생각느니, 아,/ 인생은 얼마나 깊은 것인가." (천상병, 「소릉조小陵調」)라고 했다. 병마의 여러 자격증을 달아야만 저 승에 갈 수 있다면 인생은 얼마나 깊은 것인가 할 법도 하다. 아내 김향진 여사가 그림자처럼 옆에서 손발이 되어준다. 태국에서 사업을 하는 아들의 안부 전화도 아득하다. 이런 혼몽 중에 어떻게 시를 생각할 수 있을까. 그렇지만 시는 그를 지탱하는 마지막 보루이자 힘이다. 정신이 맑아지면 한 줄의 시를 생각하고, 한 줄 또 한 줄이 모이고 수차례의 육탈을 거쳐 한 편의 시로 태어난다. 시는 그에게 구원이자 종교다. 부처고 예수이다. 그러다 보니 이용상 시인의 아내도 시인이 되었다. 시만을 생각하는 마음이니 옆에 있는 사람도 시인이 그만 된 것이다.

봄비에 우산도 없이
젖는 것들은 참 좋겠다

구겨진 폐지처럼
병상에 누워 있으면

가끔은 저세상 보인다
영구차도 보인다

아내는 귤을 사러
잠시 나갔나 보다

어쩌면 마지막으로
나에게 줄 양식을

봄이면 앙상한 가지
초록으로 피고 싶다

— 「병실에서」 전문

밖은 봄비가 촉촉이 내리고 있는데 병상의 나날은 건조하기 이를 데 없다. 오죽하면 "구겨진 폐지"라고 했을까. "구겨진 폐지"이니 물을 가까이 하면 안 된다. 흠뻑 젖어보고 싶은 마음이 간절하다. 아내는 무엇을 사러 갔다. 어쩌면 그것이 나에게 줄 마지막 양식일지 모른다. 아마 이 다음 생이 있다면 앙상한 가지 초록으로 피고 싶다. 맨몸으로 젖고 싶다. 살짝 살짝 간질이는 봄비의 촉감으로 쑥쑥 자라나 그늘을 만들 수 있다면

> 나에게 유통기한
> 얼마나 허락 됐을까
> 휠체어에 이끌려온
> 이 세상 한 귀퉁이
> 제기랄 낙엽에게도
> 전할 말 하나 없네
>
> —「유통기한」 전문

그러나 살아갈 날이 이제 얼마 남지 않았다. 병이 아니라도 꼭 "휠체어에 이끌려온" 듯한 인생. 그러니 뭔가 근사한 묘비명이라도 남겨야 하는데 할 말이 없다. 부지불식간에 "제기랄"이라는 말이 튀어나온다. 사족처럼 무엇을 더 남길 필요가 있단 말인가.

원효는 무애無碍를 얘기했다. 아무것에도 구애됨이 없는 사람은 생과 사가 하나다.(一切無碍人 一道出生死) 그는 어디에도 걸림이 없는 철저한 자유인이었다. 그는 부처와 중생을 둘로 보지 않았으며, "무릇 중생의 마음은 융통하여 걸림이 없는 것이니, 태연하기가 허공과 같고 잠잠하기가 오히려 바다와 같으므로 평등하여 차별상이 없다"고 하였다. 그 어느 종파에도 치우치지 않고 보다 높은 차원에서 일승一乘과 일심一心을 주장했던 것이다. 이용상 시인은 그 무애無碍를 지금 얘기하고 있는 것이다. "제기랄 낙엽에게도/ 전할 말 하나 없네"에는 삶과 죽음의 경계를 넘어선 언어도단言語道斷의 서늘한 깊이가 있다. 할 말을 다 끊어버린

절제가 있다. 억지로 애쓴 절제가 아니다. 자연스럽게 체득된 절제다.

> 바다에도 산이 있다
> 두럭 두럭 두럭산
>
> 썰물에 드러내는
> 영등할망 빨랫터
>
> 내 한 벌 수의마저 헹구는
> 영등할망 숨비소리
>
> — 「두럭산」 전문

제주에는 알다시피 산이 다섯 있다. 성산에 있는 청산(성산), 성읍에 있는 영주산, 화순에 있는 산방산, 모슬포에 있는 송악산, 김녕에 있는 두럭산이다. 그런데 두럭산은 산이 아닌 바위 덩어리다. 그럼에도 산이란 이름을 붙인 것은 설문대할망이라는 창조신화와 관련이 있다. 설문대할망이 한라산을 만들고 나니 뭔가 빠진 듯한 기분이 들어 눈짐작으로 한라산과 대對가 되는 곳에 김녕리 바닷가의 흙을 주물럭거리더니 바위 하나를 세웠다는 것이다. 시인은 이 두럭산의 내력을 다 걷어치우고 "썰물에 드러내는/ 영등할망 빨랫터"라고 한다. 한라산의 운이 두럭산에 닿으면 장군이 난다는 소문이 돌아 어떤 기원을 할 법도 한데 "내 한 벌 수의마저 헹구는"에 초점을 두고 있는 것이다. "빨랫터→ 수의→ 숨비소리"로 이어지는 시적 전개가 통념을 깨고 있으며, 사뭇 극적이다.

> 나 홀로 걷고 있다
> 빈손으로 가고 있다
>
> 팔순을 이고 온 해

옛터에 부려놓고

꽁꽁 언 산길을 녹이며
터벅터벅 걷고 있다

—「황혼의 봄」 전문

그림이 그려진다. 말이 없는 새소리도 물소리도 아직 깨어나지 않은 겨울 산길에 홀로가고 있는 사람, —「노인의 봄」에도 이와 유사한 표현이 나온다. "산 하나 지셨는가/ 노인 혼자 가고 있다" — 애써 이고 온 명예와 집과 아내도 없이 심지어 이름마저도 훌훌 털어버렸을 저 무애無碍의 걸음. 할 말을 다 거두어 버린 절제의 깊이에 아뜩하고 숙연해진다.

2. 서늘한 깊이의 그리움

이용상 시인의 작품에는 기다림과 그리움의 흔적이 짙게 배어나온다. 단순히 생겨난 것이 아니라 일생 동안 지배해온 것들이다. 인간 풍정風情이 그의 주요한 시적자질인 것을 이해한다면 자연스런 결론일 수도 있다. 이 그리움은 일차적으로 가볍게 시인 주변을 스치고 지나간 것들, 이를테면「해장국집」에서 보듯 청진동의 해장국집을 그리워하거나,「억새꽃」에서 보듯 고향을 떠나 외지에 가더라도 억새꽃을 보고 싶어 귀가를 서두르는 것에서 시작된다. 어떤 때는 놓고 간 손수건의 임자를 애타게 기다리기도 하고 (「손수건」) "비속에 우산을 들고/ 기다리는 한련화"가(「한련화」) 되기도 한다. "사방은 오리무중"이고 "토굴 같은 어둠인데" "술 한 잔 기울이고/ 가던 길 재촉"하면서도 "뒤엉킨 사연 달래며/ 마음의 끈을 잡는다" 그리고 그 끈을 놓지 못한다. 시인은 이를,

하나의 그리움에
번지는 만 갈래 갈등

이라고 하였다. (「이승의 끈」) 하나의 그리움은 그 하나로 끝나지 않고 동종의 그리움을 낳고 각각의 그리움의 사연과 사연이 이어져 고리를 만들고 번져나가고 있음을 알 수 있다. 「해장국집」에서의 그리움은 '해장국'으로 끝나는 것이 아니라 "서울이란 불가마에/ 청동처럼 단련된 몸"이나 "구수한 사투리 같은/ 그 손맛"으로 연결되고, 「억새꽃」에서는 '억새꽃'이 아니라 "나 이제 몇 밤을 새어야/ 허옇게 피고 지나"나 "산 하나/ 몽땅 피어도/ 모자라기만 한" 심정에 있다. 말하자면 「해장국집」, 「억새꽃」, 「손수건」, 「한련화」에 나타난 그리움은 타자에 대한 그리움에서 시작되어 시적 화자의 내면으로 확장되고 심화되고 있는 것이다.

그러나 좀 더 세밀히 들여다보면 상당히 기구한 과정을 겪어온 화자의 삶과 결코 무관하지 않음을 알게 된다.

구대가 끼고 살던
바닷가 신촌 물물

썰물에 밀려가듯
밀물로 차 들어와

희수에 찾은 물물이
지팡이로 서 있다

— 「신촌 물물」 전문

"신촌 물물"에서 그는 9대째 살아오고 있다. 이 시집에는 수록되지 않았지만 「아버님의 속리산」이란 7수로 된 작품을 보면 아버지만 화자의 나이 여섯 살 때 속리산 법주사에서 불자의 길을 택한 것으로 보인다. ("내 나이 여섯 살 때/ 아들 딸 남겨두고/ 뱃길로 또 열차로/ 부처 하나 찾아와서/ 정이품正二品 소나무 동네/ 성지聖地라서 살으셨다." 「아버님의 속리산」) 어머니 또한 "용문사 목탁소리"와 연관을 맺고 있어 불심이 지극한 것으로 보인다. "흙탕물에 머물다가/ 연꽃으로 피어나는// 눈물의/ 소신공양으로/ 삼배하는 파도 소리"(「엄마 찾는 파도 소리」) "눈물의/ 소신공양"으로 남은 가족들의 생계를 꾸려야 했던 어머니 밑에서 한 가장으로서의 삶을 일찍부터 살아온 시적 화자에게 가족사의 뿌리를 생각하는 애정은 남다른 면이 있을 수밖에 없었을 것이다. 더욱이,

땅에만 길이 있나
하늘에도 길은 있다
칠십년 돌아보면
바람 속에 이름 하나
네 이 못난 놈
부르고픈 아우야
형은 남쪽에서
동생은 북쪽에서
이 지랄한 세상
우린 그렇게 살았구나

—「고향 가는 길 1」 전문

동생마저도 북에 있는 것으로 보인다. 「포성 소리」란 작품의 "6.25 피난길에/ 터지는 포성 소리…(중략)…육십년/ 지난 지금도/ 이명처럼 살아있네"에서 보듯 한국전쟁이 둘 사이를 갈라놓은 것으로 짐작이 되기 때문이다. 남북 분단의 비극이 시적 화자의 그리움을 형성하고 있는 것이다. 그러니 이는 시적 화자만의 문제가 아니다. 우리 민족의 문제이다. 그러나 시인은 우리를 둘러싼 강대국의 지배논리를 "이 지랄한 세상"이라는 짧은 문구로 함축해버린다. 여기에 이념을 얘기한들 무슨 소용이 있으랴. "하나의 그리움에/ 번지는 만 갈래 갈등"을 홀로 삭힐 뿐이다. 「고향 가는 길 2」에도 "길은 어디에도 있다/ 하늘, 땅, 바다,/ 어디에나 뚫려 있다"고 전제하면서 아우에게 "추석에 고향에 왜 안 왔느냐"고 묻

고 있다. 「만남」에는 "고향 떠난 아우가/ 달구지 타고 올까// 연못가 숨은 달이/ 배냇속 빠져나오듯// 기어이 만날 수 없네/ 더는 참기/ 힘든 밤"이라고 하여 그 간절한 마음을 여실히 읽어볼 수 있다.

아침 해 떠오르면
날 기다리는 새가 있다

긴 밤 안부 물어 오는
작은 새가 있다

내 몸도 저 새와 같이
너의 안부 묻고 싶다

—「작은 새」 전문

너는 북에 있고
나는 제주에 있다

일본에서 칠십년
흘러버린 아버지

그 무덤
벌초를 해도
끄지 못하는 이 산불

—「산불」 전문

이용상 시인의 작품들은 단시조이면서 품격을 잃지 않은 높은 격조를 유지하고 있다. 시적 긴장이 살아 있고 또한 깊이를 지녔다. 앞서의 가족사가 설득력 있는 얘기라면 이 작품들에 등장하는 "너"라는 존재가 누구라는 것을 쉽게 알아차릴 수 있으리라. "그 무덤/ 벌초를 해도/ 끄지 못하는 이 산불"을 누가 꺼줄 수 있으랴. 시인에게 늘 살아있는 생명으로 느끼는 "파도소리"마저도 이 불을 끄지 못하리라.

감귤꽃 향기에도
침몰하는 섬이 있다

술 한 잔 안 걸쳐도
취하는 이 오월엔

남극성, 그 별자리에
세 들어 나앉은 섬

— 「남극성 별자리에」 전문

바다에 다 버렸다
수평선도 탕진했다

아버지도 할아버지도
다 가져간 제주 바다

삼백년 귀양의 세월
그 안이 다 보인다

— 「수평선과 나」 전문

이 시집의 표제작인 「남극성 별자리에」의 섬은 시적화자의 자화상처럼 느껴진다. 시적 화자가 안고 있는 그리움이나 기다림은 "술 한 잔 안 걸쳐도/ 취하"

기 때문이리라. 그러나 잠시 세 들어 있다가 가는 것이 시적화자 뿐이겠는가. 제주 사람 모두가 그렇고 실은 우리 모두 다가 그렇다. 시적 화자는 결국 "바다에 다 버렸다"고 말한다. 무엇일까. 아버지와 할아버지, 어머니와 북에 있는 동생의 가족사도 다 버리고 고통과 번뇌, 집착과 연민 모두를 다 버리고 수평선이 되어 떠있다. 저 하늘과 맞닿은 그리움, 팽팽히 열리는 무망無望의 세계…

　시인은 살아갈 것이다. 구좌읍 평대리의 "해녀처럼 빗창"들고 "당근 캐며 시를 쓰는 파도 같은 사내" 김대봉 시인을 가끔씩 찾아보며 (「평대리 詩友」) 아내가 "오일장에/ 가을 한 쪽 사러 가"면 "팽나무 곁에 기다리는 연습"을 (「가을 풍경」) 하며… 다만 그 기다림이나 그리움이 詩의 "물물"을 만들고 그 갈증을 적셔 "또 천년을 바라/ 눈물 속의 푸른 솔빛."으로 돌아나고 (「미당을 생각하며」) "평생을 벼랑 끝에/ 바짝 버티어 서서// 싸락눈 내린 밤이면/ 그 약속을 열고"자 (「고목」) 하는 소망에 조금이라도 값할 수 있기를 진심으로 바랄 뿐이다. ▨

이승은 시조에 나타난 에코페미니즘
— 이승은론

1. 여성으로서 시를 쓴다는 것

　여성으로 시를 쓴다는 것은 무엇일까. 남성/ 여성, 문명/ 자연, 선/ 악, 기표/ 기의 등의 이항대립적인 로고스 중심의 세계에서 여성은 상대적으로 열등한 위치에 설 수밖에 없었다. 그러나 그러한 세계가 이미 서서히 허물어지고 있다. 시단에서는 상당히 오래전에 무너져 내렸고, 시조단에서도 몇몇 시인들에 의해 그러한 기미를 읽을 수 있다. 이분법적인 세계관에서 일탈하려는 노력은 여성적 시쓰기의 출발점이라는 점에서 매우 중요한 문제이다. 이 점은 남성/ 여성의 이분법적 세계관에서는 여성이 남성보다 열등한 존재라는 전제를 깔고 있기 때문이다. 당연히 남성과 여성은 동등한 위치에서 상호보완적인 역할로 발전해야한다. 이것은 매우 당연한 인식처럼 보이지만 실제 시쓰기에서는 근본적인 의식의 변화 없이는 불가능하다. 무의미시나 비대상시, 모던함을 지나서 포스트모던한 기류들도 실은 이 이분법적 사고를 해체함으로써 얻어진 성과들이기에 그렇다. 심지어 뉴웨이브 혹은 미래파라고 불리는 일군의 시인들 황병승, 김경주, 김민정, 장석원, 이민하 등의 비교적 젊은 시인들의 시도 이러한 이분법적 사고 하에서는 도저히 얻어질 수 없는 것들이기에 그렇다. 이런 경향들은 소수의 젊은 시인들 얘기가 아니냐, 그것을 시의 본류라고 말할 수 없지 않느냐고 반문할지 모르겠다. 그러나 이렇게 치부해버리는 일면에 놓인 의식을 유심히 살펴보면 기존의 보편화된 사고, 거의 체질화 되다시피 한 체계 안에 깊숙이 갇혀있음을 부인하기 힘들다. '남성과 여성의 동등한 위치' '상호보완적인 역할'을 운운하면서도 이분법적 사고 체계 안에 완고하게 갇혀 있다는 얘기다. 설사 젠더간의 문제는 용인한다 하더라도, 이 문제를 떠나 선과 악의 관계나, 기표와 기의 관계로 접어들면 도로 본래의 자리로 돌아가 버리고 만다.

중요한 것은 이 완강한 이분법적 구도가 인간/ 자연 혹은 인간/ 기계의 관계로 확대되어갈 때 나타나는 문학의 순기능까지도 생각하지 못하게 된다는 데 있다. 그러므로 당연히 탈중심주의의 21세기 새로운 시쓰기는 양립적인 것으로부터의 불가피한 일탈을 염두에 두어야 하고, 서로간의 차이를 인정해주되 이를 융합시키는 사고로 변모되어야 한다. 동시에 장차 변화되는 미래의 시대의식까지를 수용할 수 있는 방향으로 나아갈 필요가 있다. 이 두 가지 조건을 충족하는 것으로는 우리는 역시 두 가지 방향을 제시할 수 있다. 하나는 인간/ 자연이 넘나드는 에코페미니즘Ecofeminism이고 다른 하나는 인간/ 기계가 넘나드는 사이버페미니즘Cyberfeminnism이다. 더 지켜봐야 하겠지만 후자의 경우 시에서 나타나는 일련의 징후들은 일면 수긍하기 힘든 부분들도 있다. 이를테면 최영미가 「Personal Computer」에서 "말은 없어도 알아서 챙겨주는/ 그 앞에서 한없이 착해지고픈/ 이게 사랑이라면/ 아아 컴―퓨―터와 씹할 수만 있다면!"[1]이라는 충격적 발언 이후 이원이 "나는 그러나 어디에 있는가/ 나는 나를 찾아 차례대로 클릭한다/ 광기 영화 인도 그리고 나……… 나누고/ 나오는 나홀로 소송 또나(주)/ 나누고 싶은 이야기 지구와 나/ 파닥 파닥 쌍봉낙타의 발굽 소리가 들린다/ 오아시스가 가까이 있다/ 계속해서 나는 클릭한다 고로 나는 존재한다"[2](시 「나는 클릭한다 고로 나는 존재한다」후반부)의 발언을 넘어 「나는 부재한다 고로 나는 존재한다」[3]로 나아가고 있는 점이라든지, 김이듬의 시 「유령 시인들의

1) 최영미, 『서른, 잔치는 끝났다.』, 창작과 비평사, 1994, 76쪽.
2) 이원,『야후!의 강물에 천 개의 달이 뜬다』, 문학과 지성사, 2001년, 42~44쪽.
3) 이원, 『세상에서 가장 가벼운 오토바이』, 문학과 지성사, 2007년, 65쪽.
참고적으로 마지막 연을 인용하면 다음과 같다.
빛이 가득한 벽은 터질 듯하고 그러나/ 벽은 강물이 아니어서 흐르지 않고 모/

정원을 지나」에 나타나는 "모든 것은 변해가지만 아무 것도 변하지 않는 날 들"의 연속이고 "엇물리는 이상한 시간들"4)이 착종하는 공간, 「푸른 수염의 마지막 여자」에 나타나는 "여자도 아니고 남자도 아니고 죽은 것도 산 것도 아니라는" 5) 언술에는 비현실적 세계나 성 차이를 떠난 독립된 개체로서의 혼합 상징체들이 등장하는 점 등이 그러하다.

그렇지만 에코페미니즘Ecofeminism은 사이버페미니즘Cyberfeminnism과는 달리 문학의 순기능 측면이 강하다. 에코페미니즘은 여성의 양육본능, 포용성, 비폭력성이 남성의 권위적이고 호전적인 비폭력성과 대칭을 이루며 자연친화적이기 때문이다. 이승은의 시를 살피는데 이러한 얘기를 앞세우는 것은 적어도 이 시인의 작품에서 적지 않은 이런 징후를 읽을 수 있기 때문이다.

2. 상처와 치유로서의 에코페미니즘

수취인 불명으로 돌아 온 엽서 한 장/

말은 다 지워지고 몇 점 얼룩만 남아/

이른 봄 그 섬에 닿기 전, 쌓여 있는 꽃잎의 시간/

벼랑을 치는 바람 섬 기슭에 머뭇대도/

목숨의 등잔 하나 물고 선 너, 꽃이여/

또 한 장 엽서를 띄운다, 지쳐 돌아 온 그 봄에/

—「동백꽃지다」전문

서라는 방을 접을 듯하고 그러나 모서/ 리는 길의 끝이 아니어서 다시 벽으로/
흘러들고 뿌리가 없는 시간의 몸인 나/ 는 방 한가운데 있다 여기는 뿌리의 밖/
이어서 환하다 환해서 칠흑이다 진창이/ 다 여기는 하늘 속 둥근 방 들어오고/
나가는 구멍이 보이지 않는 하늘 아래/ 지하 세계 썩어가면서도 어딘가로 열리/
려고 안간힘을 쓰는 어둠의 귀는 몸이/ 거절하는 몸의 말소리로 가득한 나는/
현실세계가 아니라 흡입력이 강한, 익명이 보장되는, 얼굴이 없는 사이버 상의 가상공간 세계에 시적자
　 아는 존재한다는 것을 역설적으로 보여주고 있다.
4) 김이듬, 『명령하라 팜 파탈』, 문학과 지성사, 2007년, 21쪽. 시인은 시인의 내면에 공존하는 두 개의
　 모순된 욕망, 즉 "가부장적 사회구조를 수용하려는 욕망과 이를 거부하려는 욕망의 표상으로 세이
　 렌(Siren)이라는 신화 속 인물을 설정하고 있는 것으로 판단된다.
5) 위의 책, 41쪽.

시인의 작품은 곳곳이 상처로 얼룩져 있다. "수취인 불명으로 돌아 온 엽서 한 장"도 그런 것의 하나일 것이다. 어렵사리 고백한 이야기도 받아줄 상대가 없 다는 것, 거부되거나 불명 되어 더 이상 관계가 유지될 수 없다는 것, 그것이 상 대방 책임이 아니라 내게 책임이 있다는 것, 그래서 "벼랑을 치는 바람 섬 기슭 에 머뭇"대는 마음일 수밖에 없는 것은 시적자아를 적막하게 한다. 그러나 시적 자아는 그 아픔과 적막 가운데서도 대상을 원망하지 않는다. 오히려 그 존재를 "목숨의 등잔 하나 물고 선 너, 꽃이여"라고 더 확연하게 일으켜 세운다. 그것을 마음속에 세울 뿐만 아니라 지치고 고단한 가운데서도 "또 한 장 엽서를 띄운 다." 바닥에서도 차고 오르는 역동적인 힘을 지니고 있다. 그 힘은 일차적으로 자신을 치유시킨다. 그리고 나아가 모든 관계들을 복원시킨다. 에코페미니즘의 대지적 여성성을 내포하고 있는 것이다.

> 지옥과 천국 가는 갈림길 가장자리에
> 복사꽃 피었다가 더듬더듬 질 때까지
> 양쪽 길 맨발로 걷는 일
> 꽃잎 다 짓찧는 일.
>
> —「아득한 행간」 중 "에필로그"(밑줄은 필자)

「아득한 행간」 중 "에필로그"에도 밑줄 그은 부분에서 에코이즘ecoism적인 상상력이 나타난다. 여성으로서의 시를 쓰는 일이 이와 같다는 것이니 그 아픔 이 화인火印처럼 선명하게 잡혀온다. 그 아픔은 온전히 시인의 몫이다. 왜냐하면 제목 「아득한 행간」 자체가 가지고 있는 함의에서도 드러나지만, 이 작품은 다 른 작품들과 달리 마흔에서 오십으로 넘어가기 위한 통과제의通過祭儀의 작품으 로 해석되기 때문이다. 에코이즘ecoism적 상상력은 "바람결에 기웃대는" 저물녘 의 한옥마을 같이, "맞배지붕 고샅길 옆 외로 튼 소나무"같이, "열나흘 달빛"같 이, "홀연히 떠나가는" 백일홍같이 (「아득한 행간」 중 "마흔아홉"과 "백일홍" 중 에서) 친자연적인 소재를 활용하고 있는 것에서도 잘 드러난다.

문학이란 허기를 이기지 못해 참고 참다가 얼결에 끓여먹고 마는 무슨 라면의 오동
통한 슬픔줄기 같은 것이다. 거기에 매달린 삶의 혹들을 씹으며, 삼키며, 혹 가다가 설
익은 면발의 아쉬움을 헤집으며, 그러다 너무 불어서 끝내 다 먹지 못하고 젓가락을
놓고 잠이 드는 밤의 시간.

한 냄비 끓어 넘친 생각들, 못다 이룬 꿈과 못다 부른 이름을 별처럼 목젖에 매달고
명치가 아프도록 울어보는 일. 이렇듯 내게 시조는 이미 엎질러 놓아 널브러진, 말의
씨앗을 행간 위에 옮겨 심지 못해서 자정 언저리에 설거지거리가 쌓이는 시간이다.

― 시인의 자전적 시론에서

시인의 자서를 보면 시인의 이 역동적 치유의 힘이 어디에서 비롯되고 있는
지를 가늠해볼 수 있다. 마음의 허기를 이기지 못하고 끓인 라면을 "끝내 다 먹
지 못하고 젓가락을 놓"아 마는, "한 냄비 끓어 넘친 생각들, 못다 이룬 꿈과
못다 부른 이름을 별처럼 목젖에 매달고 명치가 아프도록" 속울음 우는 따뜻한
마음을 가졌기 때문일 것이다. 따뜻한 마음은 자신을 치유시키는 힘이 되고 타
인을 구원하는 빛이 된다. 단죄의식을 통해 자신을 정련시키고, 새로운 주체자
로서의 자각을 거치면서 마침내 타자에게 그것을 기꺼이 옮겨 심는 전달자가 된
다. 환난은 인내를, 인내는 연단을, 연단은 소망을 이루는 줄 앎이[6]라고 하지 않
았던가.

시인의 에코페미니즘적 경향은 시인의 시적 상상력이 대개 식물학적 상상
력에서 연유하고 있다는데서 출발하고 있다. 상처나 아픔도 당연히 식물학적 상
상력에서 기인되는 비유나 상징이 주로 동원된다.

꽃샘바람 쫓아가다 그만 목이 메었던가
간 밤 진눈깨비 발이 묶였습니다
한티재 고갯마루가 얼음 꽃밭입니다

―「얼음 꽃밭」 둘째 수

---

6) 신약성경 로마서 5:3~4

복사꽃 그늘에서 삼키느니, 밭은기침/

선홍의 내 아가미 반짝이며 떠돌다가/

끝내는 참지 못하고

가지마다 뱉어낸 꽃

— 「복사꽃 그늘」 둘째 수

「얼음 꽃밭」의 "얼음 꽃밭"이나 「복사꽃 그늘」의 "가지마다 뱉어낸 꽃"은 시적자아의 행로를 가로막는 존재이거나, 시적자아의 고통으로 빚어낸 결과물들이다. 그렇지만 이 존재들은 인간들이 가지고 있는 탐욕이나 지나친 간섭, 혹은 문명의 발달로 인해 부조리에 노출되거나 훼손된 것들은 아니다. 자연본래대로의 속성을 그대로 유지하고 있는 것으로 나타나고 있기 때문이다.

그 하루를 다 못 채우고 그예 누가 떠나는지/

낮게 엎드린 채 확, 번지는 진눈깨비/

더불어 살 비비던 것 먼 길 끝에 남아있다

— 「雪日」 둘째 수

울타리를 그예 벗고 새털 구름마냥

서녘 먼 길 끝에서 등걸잠이 들 때마다

소슬한 시간의 꿈속을 걸어오던 젖은 맨발

— 「시간의 비늘은 반짝인다」 셋째 수

이러한 식물학적 상상력은 「雪日」에서는 "진눈깨비"로,「시간의 비늘은 반짝인다」에서는 "새털구름"으로 자연 일반에까지 확대되어 나타난다. 「십일월」에서는 "성글게 깔아놓은 구름이나 뜨는 바람"에서 보듯 "구름"과 "바람"으로 나타나기도 한다. 이 작품들은 이별에 대한 아픔이나, 자아를 찾기 위한 몸부림의 과정을 그리고 있는 것으로 보이는데, 이렇게 자연 일반으로 확대되는 시인의 시적사유는 에코이즘 측면에서 보면 지극히 당연한 것으로 이해된다. 동시에 이를 극복하는 방법 또한 에코이즘적 상상력을 활용하고 있다.

> 나 몰래 울었단 말은 거짓말 아니냐고
> 햇살 용케 비껴 앉아 툭, 떨며 묻습니다
> 바람이 오가는 길섶 눈물가루 받습니다
>
> —「얼음 꽃밭」셋째 수

> 그래, 목숨을 긷던 우리 두레박엔
> 아무도 지울 수 없는 눈금이 남아있어
> 길 위엔 시간의 비늘이 이디서나 반짝인다
>
> —「시간의 비늘은 반짝인다」넷째 수

> 골짝에 접어들수록 마음처럼 붉어진 길
> 눈물도 그렁그렁 꽃잎 따라 필 것 같다
>
> —「복사꽃 그늘」초반부

「얼음 꽃밭」, 「시간의 비늘은 반짝인다」에 나타나는 "햇빛"이나, 「복사꽃 그늘」의 "그늘"은 시적자아의 아픈 부분을 치유하는 힘을 가지고 있다. 이 치유는 물론 시적자아 내면을 향하고 있다. 상처를 가진 시적자아가 타자의 상처를 치유할 수는 없는 법이다. 자아의 정체성 찾기, 혹은 타자를 위한 길 트기의 연단이라는 점에서 이들 작품들은 에코페미니즘으로 들어가기 위한 하나의 이니시에이션 과정을 잘 보여주고 있다고 판단된다. 그리고 마침내 우리는 다음의 작품에서 에코페미니즘이 잘 구현된 하나의 모델을 만나게 된다.

> 양지쪽에 남아 붙은 추위마냥 인부 너 댓
> '도시가스 공사 중' 형광 띠를 둘러놓고

배달된 짬뽕그릇을 흙손으로 받쳐 든다

그들 곁에 쌓여있는 한 무더기 벌건 흙덩이
그 빛깔로 식은 국물 얼큰히 들이컨다
목젖에 엉기는 한기도 햇살 말아 넘긴다

으스스 몸이 풀리며 허기가 채워지자
보장된 일당만큼 부푸는 어깻죽지
봄이다, 선진조국의 크게 한 번 좋을 봄!

— 「입춘대길立春大吉」 전문

이 시에서 자연과 인간은 하나이다. 대립자적인 관계가 아니다. 자연/ 인간, 로고스/ 파토스, 기표/ 기의, 선/ 악으로 구분되어지는 이항대립적인 관계가 아니다. "인부 너 댓"은 "양지쪽에 남아 붙은 추위"와 같은 존재이고, 먹고 있는 짬뽕 국물도 "한 무더기 벌건 흙덩이"와 같은 존재다. 이들에는 우열이 없다. 한 몸으로 엉클어져 있다. 그러니 인부들은 짬뽕 그릇을 흙손으로 공손하게 "받쳐"드는 것이다. 더욱이 이에 조응하는 자연의 모습은 절묘하다. "목젖에 엉기는 한기도 햇살 말아 넘"기니 "한기"와 "햇살"마저도 한 몸인 것이다. 대립자적인 요소들이 상호보완적인 자세를 보여주고 있다. 이점은 앞서 살핀 바와 같이 에코페미니즘 시학의 전제 조건을 충족시키고 있다는 점에서 중요한 의미를 지닌다.

어둠이 어둠 밖에 비켜 앉을 때까지

몸의 말만 들어주느라 마음 귀가 멀어졌다

끝내는 말귀를 모르는 몸뚱이에 갇힌다.

내 것이 아닌 것도 내 것인 것도 없다

벼슬 더욱 붉어지며 죽지 세워 대질러도

털 하나 까딱 않는다 무심에 든 저 눈빛,

— 「木鷄」 전문

　"목계木鷄"은 물론 장자莊子 달생편達生篇에 나오는 얘기다. 중국의 제나라 왕이 기성자에게 싸움닭을 기르게 하였는데, 이 기성자가 계속되는 와의 채근에도 불구하고 정말 훌륭한 무적의 싸움닭을 만들고 있는 과정을 그리고 있다. 허둥거리며 저돌적으로 살기를 드러내고 끊임없이 싸울 상대를 찾고 있는 것, 다른 닭의 울음소리를 듣거나 그림자만 봐도 덮치려고 난리를 치는 것, 다른 닭을 노려보거나 지지 않으려고 하는 것 등은 정말 고수의 싸움닭이 아니라는 것이다. 정말 고수는 상대 닭이 아무리 소리치며 덤벼들어도 조금도 동요하지 않는 멀리서 보면 흡사 나무를 깎아 만든 닭 같은 것이라야 한다는 것이다. 기성자는 이는 덕이 충만하다는 증거로 어떤 닭도 당해내지 못하고 그의 모습만 봐도 모든 닭이 싸울 엄두를 내지 못하고 도망칠 것이라고 말하고 있다. 시인은 이제 홀로 이 작품에서 보여주고 있는 목계양도木鷄養到의 길을 떠나고 있는 것은 아닌지 그 뒷모습이 자못 궁금해지기도 하거니와, 부유하는 시대의 먼지와 극도의 개인주의로 치닫는 시대의 칼날 앞에 오히려 이항대립적인 모든 부유물들에게 무심하게 악수를 청할 수 있는 목계木鷄로서 뭇 소란함을 일거에 잠재울 수 있는 거대한 대지적 여성성을 가져주길 바라는 마음 간절하다. ▨

자유와 소멸과 화평의 시학
— 이정환론

이정환 시인의 작품 세계의 키워드는 자유와 소멸 그리고 화평이다. 이 세 개의 키워드는 시인의 중심 사상을 떠받치며 서로 간섭하기도 하고 혼용되기도 한다. 자유는 억압으로부터 벗어나고자 하는 소망이나 염원이라고 할 수 있는데 대개 이러한 강압된 세계를 벗어나려는 치열함으로 나타난다. 날카롭거나 둔중한 도구를 동원하기도 하는데 낫과 호미와 쟁기의 이미지를 가지고 있다. 소멸은 자유와는 정반대의 비워짐을 속성으로 한다. 주위의 죽음에 직면하면서 비워지는 의미를 새긴다. 세월의 연륜과도 밀접한 관련을 갖고 있다고 볼 수 있다. 자유의지와 소멸의식은 일차적으로 대척점으로 작용한다. 서로 각자의 영역을 고수하며 그 영역을 지키기 위해 애를 쓴다. 그러나 시인을 둘러싼 세상은 가변적이다. 폭력적이고 억압적이다가도 통제되지 못할 슬픔과 음울함에 갇히기도 한다. 시인은 이 양가의 세계에서 고민할 때가 많다. 시인이 늘 부딪치면서도 비워짐의 세계를 지향하는 이유이기도 하다. 화평은 조화를 추구하며 세계와의 여유를 중시한다. 자유와 소멸, 양가의 가치를 인정하며 이 둘을 아우른다. 완전한 자유는 비워짐에서 비롯하고 비워짐에서 완전한 자유가 오는 것을 믿는다.

1. 자유에의 의지, 생생한 생의 중심

이정환 시인의 시세계가 가지고 있는 가장 강렬한 키워드는 자유의지다. 물론 세 키워드 중 가장 능동적이고 적극적인 양태를 보여준다. 이 자유에의 의지는 여러 사물들을 통해 형상화되기도 하는데 뿔, 벽, 저녁, 호미나 쟁기 등의 농기구 등 날카롭고 어둡고 둔중한 것들이 일차적인 대상으로 등장하고 있다.

오랜 사유가
천천히 밀어 올린

원추형 기둥 사이 저 완벽한 거리

이따금
구름 떠도는
멧부리가 연붉다

— 「쇠뿔」 전문

뿔은 포유류 중에서도 반추아목의 많은 종류가 가지고 있는 머리에 튀어나온 부분이다. 뿔의 1차적 목적은 단단하고 뾰족하여, 공격이나 방어의 수단으로 쓰인다. 시인은 "오랜 사유가/ 천천히 밀어 올린// 원추형 기둥"이라고 말한다. 물리적인 의미가 아니라 정신적인 의미로서의 총체를 얘기하고 있는 것이다. 종장에서 쇠뿔을 둘러싸고 있는 현실을 "이따금/ 구름 떠도는/ 멧부리가 연붉다"라고 하는 것은 자유가 지향하는 세계를 상징적으로 보여주고 있다. "구름"은 자유의지가 가지는 가변성과 분방함을 보여주며 "연붉"음은 자유의지가 지니는 따뜻함과 생명성을 보여주고 있다고 판단된다.

등뼈
물어뜯기고
뱃가죽
물어뜯기고

목덜미까지 물어뜯기자 걸음을 멈춘 물소

머리에
치솟은 두 뿔
하늘 들이받는다

—「보츠와나의 저녁」 전문

보츠와나는 남아프리카 남부 중앙 내륙에 있는 나라로 다른 아프리카 국가들에 비해 종족 간 갈등이 거의 없고 민주주의 제도가 발전되어 독재 등의 정치적 불안요인이 없다. 이렇게 평화로운 곳에서도 자연의 약육강식은 냉엄하기 그지없다. 물소는 죽어가면서 자신의 자유의지를 결코 포기하지 않는다. "머리에/ 치솟은 두 뿔/ 하늘 들이받는" 물소를 통해 우리는 물소가 끝까지 추구하려는 그 자유의지가 얼마나 소중하고 절실한 문제인지를 알게 된다. 동시에 그것은 죽어가면서도 붙들어야 하는 절체절명의 문제이며 결코 포기할 수 없는 가장 소중한 정신임을 강조하고 있다고 볼 수 있다.

이룰 수 없는 만남이
이루어 놓은 고요

돌로도, 무지개로도
어쩌지 못할 고요

수천만 새 떼들 부딪쳐
피 흘리며 세운 고요

—「벽」 전문

'벽'은 그대로 서있어 두 공간을 차단한다. 밖은 요란해도 안은 조용하게 한다. "돌로도, 무지개로도/ 어쩌지 못할 고요"가 있기 마련이다. 그런데 그 벽 하나를 세우기 위해 많은 이들이 피를 흘렸다. 온전한 자유를 얻기 위해 흘린 피로 벽은 세워지고 평정을 얻은 것이다. 그러니 어찌 이 고요 속에 자유의지가 들끓지 않는다고 얘기할 수 있을 것인가.

몸을 낮추어야
속살 파헤쳐지는 것을

저렇듯 긴 이랑 땀방울로 적시기까지

쪼그려
앉은 그대로
뻗어 나가야 하는 것을

— 「호미」 전문

풀의 목을 칠까
이슬 베어 가를까

썩은 손마디며
생가지 내리칠까

휘굽어
버린 저 칼날
잠들지를 못한다

— 「낫」 전문

호미나 낫은 파내거나 자르는 농기구다. "쪼그려/ 앉은 그대로" 파 나아가야

긴 이랑에 필요한 씨앗들을 심을 수 있고 다른 것들을 솎아 낼 수 있다. 낮아져야하고 땀을 흘려야 한다. 낫은 "휘굽어"져서는 안 된다. 바르게 자를 수 없기 때문이다. 바르지 못한 잘못된 시각으로 얻은 자유는 부조리한 것들이다. 낮아지는 것 없이, 땀 흘리는 것 없이 얻어진 자유는 가치가 없다. 잘 정련된 호미나 낫을 바르게 쓰는 것이 자유에 도달하는 길이다.

시인은 「괭이」와 「쟁기」에 대해서도 얘기한다. 괭이는 "힘껏 내리찍는 옹골찬 어깨에 실려/ 청석에 부딪쳐 푸른 불꽃 터뜨리는"존재라고 말한다. 물론 그렇게 하는 이유는 "언 땅에 봄빛 흩으며/ 실한 씨 흩뿌리"기 위해서이다. 쟁기에 대하여는 "속살 드러내며 젖은 흙 뒤집힐 때/ 가슴골을 깊숙이 파 들어갈 일이"라고 말한다. 파 들어간 몸의 그 자리에 "피의 길도 이 봄/ 거꾸로 흐르고 흐를" 것을 기대하는 것이다. 괭이나 쟁기가 꿈꾸는 것은 결국 "실한 씨"와 "피의 길"이다. 생명의 불꽃이다. 자유에의 의지다. 그러기에 시인은 「삽」이란 작품에서는 언 땅에 "삽자루가 가슴팍에/ 들이치듯 부딪칠 적마다" 그 "삽날에/ 불꽃에 튀듯" 마음에 화염이 솟는다고 말한다.

다소 날카로우면서도 무엇인가를 파헤쳐 새롭게 하려는 자유의지를 표상하는 농기구들의 이미지는「청둥오리 분홍물갈퀴」의 '물갈퀴'나 「구리화살」의 '화살'로 나타나기도 한다.

"허공을 칼질하는/ 또 다른/ 저 날갯짓// 늪이 거느린 몇 만 평 넉넉함에 안겨/ 침묵의/ 무늬를 찢는/ 분홍 빛깔 물갈퀴"(「청둥오리 분홍물갈퀴」)에서 보듯 "칼질"이나 "찢는" 등에서 현실을 뛰어넘으려는 노력을 읽을 수 있다. "구리화살// 구리화살// 이 봄날의 구리화살// 그 촉은 금빛/ 가슴 중심에/ 박힌 채로// 천년에/ 천년을 더한// 울음을 날고 있다"(「구리화살」)에서는 "구리화살"이 추구하는 정신이 오랜 세월을 관통하며 변함없이 생의 중심에 있음을 보여준다. 그러므로 '물갈퀴'나 '화살'은 '호미'나 '낫' 등의 대체이미지라고 볼 수 있다.

> 자목련 산비탈 저 자목련 산비탈 경주 남산 기슭 자목련 산비탈 내 사랑 산비탈 자목련 즈믄 봄을 피고 지는
>
> ─「자목련 산비탈」 전문

시간의 울음은 한 순간 저리 붉어서
더없이 붉어서 숨 막힐 듯한 미간美間

모가지
뚝, 꺾이기까지
기막힐 듯한 미간眉間

—「꽃」전문

자유의지는 꽃의 이미지로도 나타난다. 꽃을 소재한 이 두 작품에서 의미를
가지는 것은 꽃이 가지는 공간의 급박함이다. 「자목련 산비탈」에서는 "산비탈"
로 나타나고 있는데 음미해보면 상당히 묘미가 있다.

자목련 산비탈 저 자목련 산비탈 경주 남산 기슭 자목련 산비탈 내 사랑 산비탈 자목
련 즈믄 봄을 피고 지는

"산비탈"은 초장 둘째와 넷째 음보, 중장의 넷째 음보, 종장의 둘째 음보에
배치되어 있다. 초장에서 의미의 중심은 "산비탈"에 있다. 이를 '산비탈 자목련
저 산비탈 자목련'으로 읽어보면 시인의 의도가 어디에 있는지를 명확하게 알
수가 있다. 이점은 중장에서 다시 한 번 강조된다. 내 사랑은 경주 남산 기슭에
자목련이 있는 "산비탈"이라는 것이다. 종장에 와서 "자목련 산비탈"은 "산비탈
자목련"으로 바뀐다. 배치로 보면 종장은 초·중장과는 다르게 의미 중심을 "자
목련"으로 가져온 것처럼 느껴진다. 그런데 둘째 음보는 늘어난 걸음으로 이것
의 무게 중심은 앞에 실리고 있다는 점이다. 율독 해보면 이 점은 더 확실해진다.

	산비탈		
내 사랑	자목련	즈믄 봄을	
			피고 지는

내 사랑 (2) 산비탈 (3) 자목련(2) 즈믄 봄을(2) 피고 지는(1) (1,2,3은 소리의 강도)

「꽃」의 작품에서 공간이 가지는 급박함은 "더없이 붉어서 숨 막힐 듯한 미간美間"과 "기막힐 듯한 미간眉間"에 있다. 이것은 곧 가장 붉은 "시간의 울음"이라고 할 수 있다.

이를테면 두 작품에서 꽃은 그냥의 꽃이 아니라 시인의 자유의지라 할 수 있고 이것이 피는 시간과 공간은 평이하거나 완만한 것이 아니라 비탈지거나 절박한 때와 곳이라 볼 수 있겠다.

모진 눈바람 짓눌림의 긴 세월을

천의 칼날
만의 화살

날아가 박힌 저 허공

불타는
쇠 울음에 찢긴

깊고 푸르른
저 허공

— 「허공」 전문

시인의 자유의지는 결국 하늘에 닿는다. 시인에 의하면 허공은 아무 것도 없는 빈 공간을 의미하는 것이 아니다. 시인은 "천의 칼날"이 날아가 박힌 곳이라고 한다. '천'의 의미는 단순히 쓰인 것이 아니다. 「천년」이라는 작품에서는 "마주 앉아서/ 말없이 천년// 눈빛으로 천년/ 눈빛으로 천년// 덧없이/ 마주 앉아서/ 눈빛으로 천년"이라고 한다. 「구리화살」에서는 "가슴 중심에/ 박힌 채로// 천년에/ 천년을 더한// 울음을 날고 있다"고 얘기한다. 인간의 능력으로는 가

닿을 수 없는 가닿을 수 없는 영원의 숫자이다. 하늘은 절대의 영역이여서 희망하는 인류 모두가 가닿을 수 있는 공간이다. "불타는/ 쇠 울음에 찢긴"곳이라도 "깊고 푸른 시간"의 하늘을 향해 오늘도 누군가는 자유의지를 내뻗고 있을 것이다.

2. 죽음과 소멸의식, 생명들의 예비 공간

자유의지의 대척점에는 죽음과 소멸의식이 있다. 끊임없이 변화를 추구하던 사람들이 하나씩 떠나가고 채워졌던 괄호들도 다 비워간다. 어떤 성과를 이룩했는지는 그리 중요한 문제가 아니다. 그러나 단순히 모든 것의 사라짐, 없어짐을 의미하지는 않는다. 자신의 존재를 드러내어 자신만이 모든 것을 좌우하는 무결점의 완벽한 세계가 자유의지의 세계라면 죽음과 소멸의식은 이렇게 도드라지는 것을 끝없이 경계하며 작아지는 세계라 할 수 있다. 흩어지면서 자신을 낮추는 지극히 작은 자의 위치에서도 당당히 세계를 견인하는 세미한 정신이 있다.

한 무리 억새꽃이 흔들리어 하염없던
한 사내 굽은 어깨 흔들리어 하염없던

그 가을
남녘 햇살 속
슬픈 시간의 함몰

— 「하관」 전문

한 사내의 하관. 시인은 이를 "슬픈 시간의 함몰"이라고 보고 있다. "한 무리 억새꽃이 흔들리어 하염없"고 "굽은 어깨 흔들리어 하염없"으니 그리 영광된 생애도 아닐 것이다. 지극히 평범한 한 생애의 마지막 시간이 꺼져가고 있는 것이다.

몸은 흙에 가까워져서

아아,

가까워져서

씨를 뿌릴 만하여라, 흙빛과도 같아서

그대로

드러누워서

고이 묻힐 만하여라

—「아흔」 전문

    "몸은 흙에 가까워져" 가는 것이 바로 죽음의 모습이다. 평균 수명이 아무리 늘어났다 하더라도 아흔이면 "흙빛과도 같"은 나이라는 것이다. '흙빛'은 죽음과 소멸의 이미지로 종종 작품 속에 나타난다.

조금씩 내 몸은 산화하여 가느니

녹슨 철이여, 시간에 묶인 그대로

내 몸은

이제 저 산자락

흙빛 닮아 가느니

—「객토」 전문

    「객토」에서도 "내 몸은/ 이제 저 산자락/ 흙빛 닮아 가느니"라고 하여 살아온 날들보다 살아갈 날이 적음을 얘기하고 있다. 산화되는 '녹슨 철'은 '흙빛'의 대체이미지라고 할 수 있다. 「예각에 대하여」에서도 "유모차를/ 천천히 밀며/

길을 가는/ 할머니"가 "기울어진 몸이 점점, 땅에 가까워져"간다고 얘기한다. 그러면서 "종내는/ 저 언덕에 기대어/ 흙이 되어/갈 것이"라고 말한다. '예각' 역시 '흙빛'의 대체이미지라고 할 수 있다. 「봄날의 흙 한 줌」에서는 "휘굽은/ 내리막 길"에서 만난 죽음을 "휘익,/ 흙 한 줌이/ 눈앞에/ 흩뿌려졌다"고 표현한다. 죽음의 길에서 남아있는 이들은 어떠한가. 어디론가 황급히 길을 떠나야 한다. 마치 "길섶에/ 내려앉자마자/ 날아오르는/ 새 떼들"처럼.

밤이 깊어갈수록 내 머리카락 올들은
하나둘씩 빠지고 새벽까지 가는 불면

그 눈빛
지귀의 뜰에
금팔찌로 묻혀 있다

―「황국」 전문

밭일을 하던 노인 밭고랑에 쓰러져서/
일어나지 못하고 흙이 되어 버린 한낮/
접시꽃
뙤약볕 속에/
붉은 접시
내던진다

―「폭염」 전문

또한 죽음과 소멸 의식은 어둠과 밤의 이미지로 많이 나타나고 있다. 꽃으로는 '황국'이나 '연꽃', '접시꽃'(「폭염」)등으로 나타난다. 「황국」은 삼국유사에 나오는 지귀 설화와 선덕여왕이 남겨둔 금팔찌를 형상화하고 있다. 암담한 현실 가운데 묻혀있는 희망의 불씨라고 할 수 있을 것이다. 죽음과 소멸의식이 완전한 무無나 무가치와는 거리가 있는 인식이라는 것을 알 수 있는 대목이다. 「폭염」은 "밭일을 하던 노인 밭고랑에 쓰러져서" 죽어가는 현실을 "뙤약볕 속" "접시꽃"으로 비유하여 오히려 그런 무더위 속에서 생명성이 더 강하게 부각되는 것을 "붉은 접시/ 내던"지는 것으로 형상화시키고 있다.

> 마른 풀잎에도 슬픔이 비치던 날/
> 염소 울음에 쫓겨 먼 둑길은 지워지고/
> 감나무 가지 사이로 문득 흔들리는 이승
>
> ―「어느 날 저녁의 시」 전문

「어느 날 저녁의 시」는 죽음과 소멸 의식이 추구하는 시인의 시적 지향성이 어디에 있는가를 잘 보여준다. 자유의지의 생생함으로만 세월은 더 나은 세계로 나아가는 것은 아니다. 생에는 풀 수 없는 깊은 고뇌가 있기 마련이다. 원래 슬픔은 젖은 풀잎과 친숙하지만 "마른 풀잎에도 슬픔이 비치"는 날이 있기 마련이니 그 팍팍하고 건조한 아림이 있는 날이 반드시 있기 때문이다. 그런 날에 "염소 울음에 쫓겨 먼 둑길은 지워"진다고 한다. 가뭇없이 생이 암담해지고 적막해지는 것이다. 죽음과도 같은 소멸 의식이 지배하게 된다. "감나무 가지 사이로 문득 흔들리는 이승"처럼 이승의 모든 것들이 불확정적인 것처럼 불안하고 어두워 보이는 것이다.

> 꽃이 핀다,
> 누군가 막 숨을 거두고 있다
>
> 유등연지,
> 연꽃 한 송이 툭툭 터질 때마다
>
> 누군가,

하늘 끝자락에 발뒤꿈치 붙인다

— 「유등 연지」 전문

꽃이 피는 것과 "누군가 막 숨을 거두고 있"는 것이 같이 있다. 앞서 살핀 「황국」에서 "금팔찌" 곧 "황국"을 암담한 현실 가운데 묻혀있는 희망의 불씨라고 말한 것과 동궤의 인식이다. "하늘 끝자락에 발뒤꿈치 붙인다"는 것은 죽음과 소멸 인식으로 모든 것이 바닥이라고 여겨질 때 거기서 새로운 생명이 꿈틀대고 다시 시작하는 것을 구체적으로 보여주고 있다.

봄밤 깊어 가느니, 몸을 나눈 이여
하목정 십 리 벌 하늘 청매화 뒤덮어서

봄밤은
깊어만 가느니,
그에 몸을 거둔 이여

— 「봄밤」 전문

그러기에 죽음과 함께 새 생명은 오기 마련이다. 여기서도 봄밤은 깊어가며 "그에 몸을 거"두어도 "십 리 벌 하늘 청매화 뒤덮"인다. 푸릇한 생명들이 예비하는 공간이 동시에 열리고 있는 것이다. 자유의지와 죽음과 소멸 의식의 키워드가 완전 분리된 공간의 인식이 아니라는 점을 확연하게 알 수 있는 대목이기도 하다.

3. 화평의 힘, 구심력과 원심력

세 개의 키워드 정점에 화평의 힘이 있다. 자유의 의지와 소멸의 의식이 양가적 의미를 가지며 서로 견제를 하고 있는데 이 둘을 아우르는 역할을 하고 있는 셈이다. 날카로움의 의지나 비워짐의 소멸로는 세상을 이길 수 없음을 잘 알고 있기 때문이다. 화평의 힘은 둘을 아우르며 하나가 된다. 날카롭지도 무디지도 않지만 힘이 느껴진다. 유연한 가지의 낭창거리는 힘이 있다.

    세상을 가리키기에 너만 한 것 있으랴

    세상을 떠받치기에 너만 한 것 있으랴

    세상을 두드리기에 너만 한 것 있으랴
                                             ―「지게작대기」 전문

「지게작대기」는 '작대기'와 '지게'의 기능을 동시에 수행한다. 그래서 가리키고, 두드리며, 떠받친다. 찾고 알게 되고 가리키고 결국에는 떠받친다. 화평이 추구하는 원심력과 구심력이다. 지게 작대기의 본령은 받치는 것이므로 실제의 힘을 가지게 되고 이 힘은 구심력으로 존재하게 된다. 구심력求心力은 물체가 원운동 또는 곡선 운동을 할 때에 이 원의 중심을 향해서 물체에 작용하는 힘을 말한다. 향심력向心力이라고도 한다. 반지름 r의 원주상을 속도 v로 운동하는 질량 m의 물체에는 중심을 향해서 크기 $mv2/r$의 구심력이 실제 작용한다.

그러나 지게 작대기는 또한 가리키기와 두드리기도 한다. 본령인 떠받치는 기능과는 다른 바깥으로 뻗어난 부외적 기능이다. 힘이기는 하나 실제 존재하지 않는 힘만으로 추진이 가능한 원심력遠心力이다. 원심력은 회전하는 좌표계에서 관찰되는 관성력으로, 회전의 중심에서 바깥쪽으로 작용하는 것처럼 관찰된다. 바깥에서 바라보면 원심력은 없는 것처럼 느껴진다. 실제 존재하는 힘이 아니기 때문이다. 원의 중심을 향해서 물체에 작용하는 힘이 느껴지는 만큼 지게 작대기는 가리키기도 하고 두드리기도 한다. 이 균형의 힘, 화평의 힘을 시인은 추구한다. 시인은 시인의 말에서 "격렬하지 않으면 곧 비열해질 것이다."란 말을 하고 있다. 이것은 언어유희를 통한 시인의 자세를 극단적으로 보여주는 말이지만, 구태여 지금의 논리대로 말하자면 "격렬"은 본령이고 구심력이라 할 수 있고 "비열"은 여벌이자 원심력이라 할 수 있을 것이다.

　　근심의 작대기
　　설움의 작대기

　　일생을 말없이 불씨 지키며 모지라지던,
　　어머니 쪽진 머리에 지른 구리비녀 같은 것
　　　　　　　　　　　　　　　　　　　　　—「부지깽이」전문

　　이 작품에도 "부지깽이"의 구심력과 원심력이 잘 형상화되고 있다. 본령은 중장의 "일생을 말없이 불씨 지키며 모지라지던"존재이다. 그러니 "근심의 작대기"이자 "설움의 작대기"였던 것이다. 그러나 때로는 "어머니 쪽진 머리에 지른 구리 비녀 같은"역할도 하였다. "부지깽이"와 함께 불속으로 한없이 빨려 들어가던 황홀한 기억의 사랑이 있지 않았던가. 바로 자장을 밝힌 원심력의 힘이다.

　　놀지는 서녘으로 무한정 펼쳐져
　　지친 눈동자를 쓰다듬는 황금빛

　　새떼들
　　아랫배 가득

　　중천으로
　　밀어 올리는
　　　　　　　　　　—「황금빛은 새떼들의 아랫배를 중천으로 밀어 올린다」전문

　　에워쌌으니 아아 그대 나를 에워쌌으니 향기로워라 온 세상 에워싸고 에워쌌으니

온 누리 향기로워라 나 그대 에워쌌으니

—「에워쌌으니」 전문

구심력과 원심력 중심의 작품을 한 편씩 인용한다. 놀지는 황금빛이 "새떼들의 아랫배를 중천으로 밀어 올"리는 것은 구심력이다. 하늘의 중앙을 향해 몰입하는 힘이기 때문이다. 그러나 "에워싸고 에워쌌"는 것은 원심력의 힘이다. 본령은 아니지만 때로는 "온 누리 향기로워"지는 힘이 세상을 아름답게 만든다.

47분과 56분 사이
정지신호가
보인다

이젠 피할 길 없는 9분 간격의 가을

피마자
잎사귀에 앉은
푸른 사마귀의 가을

—「47분과 56분 사이의 가을 기차」 전문

정지신호, 잠시 휴식의 시간 같은 평화가 그가 거느리는 영토다. 거기에 계절이 내려와 앉는다. "피마자/ 잎사귀에 앉은/ 푸른 사마귀의 가을"과도 같이 느릿하게 그러나 분명하게 내려오는 시간. 화평은 그렇게 온다. 아주 불현듯, 피할 수 없이 순간적으로. 그러니 잠시의 평온을 즐기시라.

둥글고
부드럽게

느릿느릿
움직이는 것

놀라워라
그의 내면이

풀밭을
적시다니,

물 젖은
그늘이고 싶은

양 떼
푸른 옆구리

─ 「양의 그림자」 전문

그리하여 그를 움직이는 열쇠는 둥근 것, 부드러운 것, 느린 것이다. 디지털
이 아니라 아날로그다. 그 내면은 그래서 늘 푸름으로 가득 차 있다. 양떼가 푸
른 초장에서 먹이를 얻듯. 물이 있고 젖어있는 충만의 시간, 그 휴식의 시간이
그가 거느리는 그림자다. "푸른 옆구리"니 자유의지와도 연관을 맺지만, "둥글고
/ 부드럽"고 "느릿느릿"하니 소멸 의식과도 연관을 맺는다. 양가의 조화라는 설
명이 가능한 이유이다.

뒤란 우물 곁
감나무 가지 끝

남은 감 한 알이

버티고 있는 저녁

버티고 버티는 일의
그 끝을 보는 저녁

—「어떤 저녁」 전문

그래서 버티는 것이다. "버티고 버티는 일의 그 끝"이 화평의 세계에는 있다. 버틴다는 것은 참아내는 것이다. 자신의 능력을 벗어나거나 힘든 것까지를 감내해내는 일이다. 그 끝은 무엇인가. 하나를 이룩하는 끝이다. 버티며 얻어지는 아득한 성취감이 있는 것이다. "남은 감 한 알이/ 버티고 있는 저녁"은 팽팽하다. 한 알의 감에 하늘의 시선이 집중되고 깊은 겨울의 고요가 평온을 이루기 때문이다.

물은 영원
때로는 연한 포도즙

갈릴리 가나마을
돌 항아리에 고여 있던 물은

마침내
균열된 생명 저 밑바닥을
촉촉이
적시던 것을

—「물은」 전문

구태여 프라이나 귀에린의 원형 상징 모티프를 얘기하지 않더라도 물은 생명성을 내포한다. 특히 물의 종교적인 정화력은 기독교의 세례나 영세, 불교의 관욕 등에서도 표현되고 있다. 물이 지닌 청정력과 생명력이 통합적으로 믿음의 대상이 되기도 한다.

가나의 혼인잔치는 기독교에서 물을 포도주로 바꾼 요한복음서에 나오는 최초의 예수의 기적 이야기다. 성경에 따르면 예수와 그의 제자들은 혼인잔치에 초대받았는데, 포도주가 떨어지자 예수는 물을 포도주로 바꾸는 기적을 일으켰다. 내용은 이렇다. "예수께서 저희에게 이르시되 항아리에 물을 채우라 하신즉 아구까지 채우니(요한복음2:7) 이제는 떠서 연회장에게 갖다 주라 하시메 갖다 주었더니(2:8) 연회장은 물로 된 포도주를 맛보고 어디서 났는지 알지 못하되 물 떠온 하인들은 알더라 연회장이 신랑을 불러(2:9) 말하되 사람마다 먼저 좋은 포도주를 내고 취한 후에 낮은 것을 내거늘 그대는 지금까지 좋은 포도주를 두었도다 하니라(2:10)" 그러므로 "갈릴리 가나마을"의 항아리 물은 "균열된 생명 저 밑바닥을/ 촉촉이/ 적시"는 생명수의 의미를 담고 있다. 혼인 잔치를 조화롭게 만들어주는 것인데 잘 알다시피 이 조화의 가강 큰 바탕은 "항아리에 물을 채우라 하신즉 아구까지 채우니"에서 알 수 있듯 일체의 토를 달지 않는 순종의 미덕이다. 화평이 모든 사물과 인물들의 관계를 원만히 이루고 그 관계 사이에 조화로움을 추구하는데 있다면 이것을 이루는 근간이 순종에 있는 것임을 알 수 있다. 순종은 자신을 낮추는 곳에서 시작된다. 죽음과 소멸 의식도 이를 숙련시키는 하나의 좋은 방법이 될 것이다. 세 개의 키 워드는 서로 간섭하며 도움을 주는 길항 작용을 하고 있는 셈이다.

시간을 녹이는
풀벌레 울음소리

가을 저녁 풀숲 아래로 몇 날 며칠 동안

시간이
녹아 흐르는

물소리가 가득하다

—「십일월」 전문

시대의 변천과 더불어 문학 속은 물은 고조선의 「공후인」, 신라 향가 「찬기파랑가」, 고려 「청산별곡」에서 혹은 「서경별곡」, 「동동」을 거쳐 널리 회자되고 있는 주요 심상이라고 할 수 있다. 조선시대의 '강호가도'의 시조나 가사 작품들도 물이 가장 중요한 주제와 심상을 형성하고 있다. 물의 심상은 자연과 세계, 그리고 인생의 섭리, 가장 자연스럽고 자유롭고 그러면서도 유연한 순리라는 관념을 길어내었다. 「십일월」의 작품에서 "물소리"는 "시간이 녹아 흐르는"소리다. "풀벌레 울음소리"와도 같으니 가을을 지배하는 생명의 소리인 셈이다.

우리는 지금까지 이정환 시인의 작품에 나타난 세 개의 키워드에 나타난 시인의 지향점에 대하여 살펴보았다. 그것은 자유의지를 통해 의미 있는 생을 추구하려는 정신, 죽음과 소멸에 대한 의식을 통해 헛된 욕망을 덜어내고자 하는 노력, 그리고 화평을 통해 주위와 융합하고 함께 나아가려는 공동체 정신이다. 자유의지와 소멸 의식은 제일 먼저 대척점으로 작용하면서 생의 서로 다른 부분을 얘기하지만 이것으로 치유할 수 없는 다른 영역들이 존재하기 마련이다.

이정환의 단시조집은 우리 시조문학사에 남을 만한 가치가 있는 시집이다. 이만큼 밀도 있게 엮은 작품집이 거의 없기 때문이다. 시인은 자유의지와 소멸 의식, 이 양가의 세계에서 끊임없이 고민하며 세계와의 여유와 조화를 위해 화평의 미학을 추구한다. 아마 이러한 시인의 문학적 지향점은 시 쓰기가 계속되는 한 일관되게 추구될 하나의 정신 원형이라 볼 수도 있을 것이다. 이를 바탕으로 시인의 작품세계가 한층 유연하면서도 넓고 깊은 내면에 이르기를 바라며 이 글을 마친다. ▨

소통, 합일과 이타와 평화의 시학
— 박옥위론

1. 소통의 과정-합일과 회해

'소통'이 바야흐로 이 시대의 화두가 되고 있다. 한 나라를 운영하여 나가는 데도, 한 개인의 대사회적 관계에 있어서도 '소통'이 중심 화두로 떠오르고 있다. 우리의 정치가 신뢰를 얻지 못한지 오래되었다. 그래서인지 오늘날 우리 국민들이 바라는 차기 대통령 최고 덕목을 '소통'으로 꼽고 있다. "국정운영 능력"은 27%, 사리사욕 없는 "도덕성"은 23%인데 반해 46%가 대통령 최고 덕목은 '소통'이라고 했다. 한국리서치 등이 2012년 8월 20~23일 전국의 유권자 패널 1,450명을 대상으로 조사한 결과다. 아래의 의사가 위에 전달되지 않고 위, 아래가 따로 노니 답답한 것이 한두 가지가 아니라는 것이다.

현대시에서도 위기론이 대두되면서 소통의 문제가 중심 화두로 떠오르고 있다. 특히 미래파 논쟁과 더불어 소통을 포기한 자기중심의 사고들이 무분별하게 시 속으로 잠입하면서 더욱 심각하게 대두되고 있다. 예술이 아무리 자기아의 실현이라 할지라도 일반인들은 물론 조금 까다로운 안목을 지닌 독자들까지도 그것을 이해하지 못한다면 무슨 소용이 있겠는가. 더욱이 전문 비평가들조차도 발표된 작품들을 난해하게 생각한다면 분명 소통에 문제가 있다고 할 수 있다.

소통은 자아와 세계와의 접촉에서 양자가 조화점을 찾고 있느냐 불화를 의도하느냐에 차이를 보인다. 전자의 경우는 정상적인 소통이 이루지지만 후자는 오히려 이를 방해한다. 전자는 동일성의 원리를 따르지만 후자는 비동일성의 원리를 따른다.

　여기 박옥위 시인의 시편들은 대부분 동일성의 원리를 따르고 있다. 그러면서 시적 대상과 시적 자아의 아주 다양한 교류를 통하여 독자들이 잘 받아들이는 소통 과정을 보여준다. 이 글에서는 다양하게 변주되는 소통을 그 과정과 귀착지와 성격을 살펴봄으로써 시인이 추구하는 문학적 지향점을 살펴보고자 한다.

　우선 소통의 과정에 주목해보면 그리 간단한 과정이 아님을 알게 된다. 이를테면 「안압지 연꽃」에서 시적 자아는 연꽃이 피는 과정을 이렇게 따라가고 있다.

　　임해전 안압지에 내리는 이슬비는

　　연잎 위를 싸락싸락 소색이듯 내려도

　　연꽃을 꽃피우기엔 그때가 아니다

　　돌 밑을 흐르는 소리 없는 샘이 있어

　　산은 살을 깎아서 물길을 내어주고

　　그 물길 흐르는 득음에 안압지에 연꽃 번다

　　　　　　　　　　　　　　　　　－「안압지 연꽃」 전반부

　시적 자아의 시선은 '안압지 연꽃'에 있고 그것이 피는 이유나 과정이 단순하게 기온이나 계절의 변화에 있지 않음을 얘기한다. "이슬비"가 내리는 것도 연꽃을 피우게 하지 못했지만 물길이 흐르는 소리를 듣고서 연꽃이 피어난다고 얘기한다. 이를 단계적으로 적어보면 이렇다.

①돌 밑을 흐르는 소리 없는 샘→②산이 살을 깎아 물길을 냄→③그 물길 흐르는 득음→④안압지 연꽃이 핌

돌밑을 흐르는 샘이 소리가 있었다면 그 소리가 연꽃을 피게 할 수 있지 않았을까. 그러나 거기에는 소리가 없었고 그 소리를 얻기 위해 산이 살을 깎는 고통을 수반할 수밖에 없었던 거다. 득음의 과정이 그런 아픔의 과정을 통해 형성되지 않던가. 안압지의 연꽃도 그냥 핀 것이 아니라 그런 고통을 수반하는 득음의 과정을 통해 피어난 것이라는 것이다.

바람과 햇살과 흙의 지문을 불러내어

어느 뒤안길의 물무늬를 더듬어 보면

연잎도 너울 귀를 열고 기다리는 날이 있어

고요도 적막한 고요 속에 눈을 뜨는

서라벌 달빛 길을 걸어오는 저 여인

열 두 폭 스란치마에 깨끼적삼이 봉곳하다

—「안압지 연꽃」 후반부

그러기에 연꽃은 그냥의 연꽃으로 보기 힘들다. 어느 생이고 그 뒤안길을 들여다보면 "바람과 햇살과 흙의 지문"이 있기 마련인 법. 시적 자아는 마침내 "서라벌 달빛 길을 걸어오는 저 여인"과 마주한다. 연꽃의 객관적 상관물일 것이다. 그러나 그것은 시적 자아 자신을 지칭한 것일 수도 있고 우리들 중의 누구일 수도 있다. 앞서 살핀 연꽃이 득음의 고통을 통해 피어나듯이 한 생애 한 생

애가 다 그런 것이 아니겠는가. 자아와 세계와의 소통이 한 인격을 완성시키고 비로소 "봉긋"한 존재로 서게 하는 것이다.

시적 자아의 자연에 대한 독법은 자연과의 대화를 통해 형성되기 마련이다. 왜냐하면 자연의 마음을 읽어내야 독법이 가능하기 때문이다. 「안압지 연꽃」에서도 익히 알 수 있는 바이지만 우리는 다음의 작품들에서도 어떻게 자연과 소통하고 있는지를 주목해볼 필요가 있다.

> 길상암 앞 대숲에 키기 큰 화엄매화/
> 이른 봄 하얀 구름 받들고 서있는 건/
> 그때가 꽃 필 때라는 걸 스스로 안 탓이다
>
> ─「화엄 들매화」 첫 수

> 비비새 꿈을 울어 달빛 무늬 드는 밤/
> 꽃자리 아픈 꽃자리엔 별이 한결 초롱하고/
> 깊어져 그윽한 말들은 밑바닥이 말갛다
>
> ─「능금을 맛보다」 셋째 수

「화엄 들매화」에서 시적 자아는 "화엄매화"가 꽃 필 때는 "이른 봄 하얀 구름 받들고 서있는" 때라는 것이다. 물론 이것은 과학적인 근거로 얘기하는 것은 아니다. 그러니 논리가 아니고 전논리前論理인 셈이다. 시적 자아는 이 매화를 통해 "삼동 깊이 발을 묻고 건더온 너의 봄이/ 그리운 내 꿈길마냥 그리 맑고 순하"다고 얘기하면서 결국 대상과 자아가 서로 일치하는 소통을 보여준다. 그러기에 소통은 합일이고 화해고 평화다.

「능금을 맛보다」에서 능금이 맛이 드는 과정은 그리 간단치 않다. "비비새 꿈", "달빛 무늬", 초롱한 별, "깊어져 그윽한 말"이 셋째 수에 그려진 것이라면 앞서 첫째 둘째 수에서는 "도라지꽃 받아 내린 하늘빛" "빛깔 고운 꿈" "풀벌레 울음" "말끔한 바람" "단물"이 이에 관여하고 있음을 알 수 있다. 말하자면 능금 한 알의 맛을 잡아내는데도 전우주적인 성찰이 필요하다는 것이다.

2. 소통의 이타성利他性 − 희생과 사랑

　소통이 갖는 특성은 무엇일까. 「산거山居」 연작을 보면 소통의 자세가 잘 드러나고 있다. 「산거山居 1」에서는 '통성명'이라는 부제에서 알 수 있듯 거처를 새로 잡은 산마을에 시적 자아가 주변의 대상들, 곧 "날개 검은 물잠자리, 왕잠자리 제비나비…" 등과 서로 통성명을 하고 이 순한 것들에게 시를 가르쳐주고 싶은 마음을 나타내고 있다.

　「산거山居 2」에서는 산과 골안개와 "저녁 답 오는 비"와 "산처럼 산처럼만 젖는 바위 한 채"의 우뚝함을 한 폭의 수묵화를 그리듯이 보여준다. 시적 자아는 어느새 그 가운데 촉촉한 비처럼 접어 서있는 느낌을 불러일으킨다.

　「산거山居 3」에서 시적 자아는 한결 더 산과 한 몸이 되어 있는 느낌이다. 이를테면,

> 앞산이 숲 짙은 산 인줄만 여겼더니 /
> 털갈고 엎드린 한 마리 짐승이다/
> 듬직한 잔등을 쓰윽 빗질해 주고 싶다/
> 　…(중략)…
> 열두 폭 에워싼 산 빛도 불러오고 /
> 구만리 내뺀 쪽빛까지 초롬히 불러 앉혀/
> 그림도 함께 배우고 시작법도 함께 하고
>
> 　　　　　　　　　　 ─ 「산거山居 3」 둘째, 넷째 수

　"한 마리 짐승"이지만 그것을 "쓰윽 빗질해 주고 싶"고 넷째 수 종장에서 보듯 같이 호흡하며 동행하는 삶을 꿈꾼다. 소통은 그러니 자기희생과 사랑이 동시에 수반되는 이타성을 가지고 있다고 할 수 있다.

　동시에 소통은 우리가 살아가는 생 가운데의 은밀한 중심이자, 생의 불꽃이 파닥이는 심장의 역할을 감당하고 있다.

핵심은
늘 생의
가운데에 은밀히 있고

스스로
중심을 향해 숙여들기
마련이다

빛나는 문명사 이전
암벽서각은
있었다

가슴에 고래 울음을 간직한 자만이
고래를 약화기법으로 새겼을 것이다
돌에 튄 생의 불꽃이 심장엔들 아니랴

밀서의 시간들은 언제나 은밀하다
깊은 밤 그믐달빛 몇 오리를 감아쥐고

선사의 탁본을 뜬다

저 푸른

고래의 말

— 「암각화와 달 2」 전문

「암각화와 달 2」에서 시적 자아는 비로소 술회한다. "핵심은/ 늘 생의/ 가운데에 은밀히 있"음을. 그래서 "가슴에 고래 울음을 간직한 자만이/ 고래를" 새겼으리라고. 이 은밀한 중심이 바로 연꽃과 매화와 능금이 열리는 자리가 아닐까. 그러므로 그곳은 분명 살아있다. "돌에 튄 생의 불꽃"과도 같이.

은밀한 중심은 「그리운 우물」에서는 "그리운 우물"이 있는 "아득한 경계 사이"에 있고 "먼지 같다 싶다가도 풀냄새 안고 돌아와 나는 또 여자가 되"는 자리에 있다.

시인이 소통에 대해 관심을 가지고 이를 작품화시키는 것에 상당한 관심을 가지고 있다는 것은 시의 본문에도 '소통'이라는 단어가 등장하고 있다는 점에서도 확인된다.

생애의 패달을 힘껏 밟아 오르면
불빛춤사위 현란한 대교는 소통을 꿈꾸고
차들은 빛을 켜고 그리운 나라로 달려가고

—「하프를 켜는 광안리바다」 셋째 수

분홍빛 촉수는 예민하게 반응 하죠
시야를 가리는 저 희한한 마법의 춤
가품은 늘 그러하지만 소통의 길은 있죠

—「뜬소문」 마지막 수

소통의 길을 찾아 밝힌 삶이 사랑이라고/
내면을 바라보며 연대 숙이고 있다/
측은한 삶의 껍질마저 끝내 사랑이라고

—「겨울 연지에서」 마지막 수

광안리 바다의 대교가 갖는 가장 중요한 역할은 결국 섬과 육지의 소통이라고 볼 수 있다. 그 소통의 존재가 "불빛 춤사위 현란한 대교"이고 "하프를 연주하

는" "오르페우스"이다. 그는 하프를 잘 연주하여 목석木石이 춤을 추고 맹수도 얌
전해졌다고 한다. 여기에서의 소통은 마치 오르페우스가 죽은 아내 에우리디케
를 찾아 명계冥界로 내려가 하프 솜씨를 발휘하여 그의 연주에 감동한 명계의 왕
하데스로부터 아내를 데리고 돌아가도 좋다는 허락을 받아낸 것과 같은 죽음과
의 소통까지를 의미한다고 볼 수 있다. 「뜬소문」의 작품에서 소통은 "소문"이라
는 것이 갖게 되는 특성상 그 대척점에 있다고 볼 수 있다. 말하자면 "우아한 입"
이나, "화려한 입술 나불거리는 긴 촉수" "말미잘 꽃들"은 소통을 방해하는 요소
들이다. 그러나 시인은 진실이 없는 이러한 소문들의 부유물에도 소통의 길은
있다고 강조한다. "시야를 가리"는 춤사위에도 예민하게 반응하는 분홍빛 촉수
의 정신은 진리를 추구한다고 볼 수 있고 그 안에 오롯이 소통의 길이 존재한다
는 역설을 보여주고 있다. 「겨울 연지에서」 작품에서 소재가 되는 것은 "겨울
연못 속에 다 삭은 연대들"이다. 결국 연대는 죽어가면서 "무성한 잎과 꽃대를
물 위로 올리며/ 진흙 속에 발 내려도 천상을 꿈꾸는 일"을 포기하지 않는다. 묵
상 속에 "연실蓮實을 남겨 말없이 전수"하는 것이다. 여기에서 소통은 역시 자기
희생이고 사랑이다.

3. 소통의 귀착지 — 길과 평화

이 소통은 그래서 "길"과 만난다. "길"은 소통의 행로나 마찬가지다. "길"은
피가 흐르는 통로이고 내가 나에게로, 내가 남에게로 가는 통로다.

꽃은 말없어도 나비들은 날아오고
나무는 말없이도 열매를 키워낸다
말없는 세상에 오면 고요마저 길이다

초록인 세상은 초록의 맥박이 있어
벽을 타고 오르는 담쟁이의 덩굴손

줄기 끝 느낌표들이 벽화를 그려낸다

홰나무 큰 가지에 맨발로 얹혀사는

겨우 붙어 눈치 받는 겨우살이 한살이도

뉘게는 길이 되는 것, 제 길이 다 있다

─「길이 있다」 전문

　그렇다면 궁극적으로 이 "길", 곧 소통은 무엇을 위해 존재하며 어디가 귀착지인가. 꽃과 나비의 소통, 나무와 열매의 소통은 간극이 없다. 누가 무슨 말을 하지 않아도 조응을 이룬다. "말 없는 세상에 오면 고요마저 길이다"란 시적 진술은 소통의 귀착지가 "고요"라는 것을 짐작케 한다. 이를 데 없이 조용한 평화가 거기 있다. 소통은 말이 없이도 이루어지는 지극한 평화라고 볼 수 있는 것이다. 시적 자아는 그러기에 "겨우 붙어 눈치 받는 겨우살이 한 살이"같은 아주 무가치한 미물일지라도 다 소통을 이루는 "제 길이 다 있다"고 얘기한다. "나무도 귀, 입 먹은 부처가 되"어 가는 나무를 그린 「운문사 처진 소나무」에서는 이 나무가 "그윽함이 아득함에 덧대는 한나절 죽장을 거나하게 쥔 노승"으로 비유되면서 오가는 사람들의 마음과 소통하고 있는 모습을 자연스레 잡아내고 있다.

　「나무와 사람 사이」에서 사람의 마음을 읽어내는 나무가 등장하는 것은 그래서 우연이 아니다. 왜냐하면 나무가 사람이고 사람이 나무이기 때문이다.

넋 놓듯 오래토록 그리워하다보면 /

나무도 사람 속을 어지간히 알아챌까/

소쇄원 앞내 물 소리도 시 읊으며 따라온다

낮에도 달빛 향기 쟁쟁쟁 둘러놓고/

봄이 온통 노랗도록 징을 치는 저 나무/

나무와 사람 사이에도 향내 나는 일 있다

─「나무와 사람 사이」 둘째와 셋째 수

그 나무는 "소쇄원 바람문 밖 산수유 한 그루"다. 곡진함이 있다 보면 나무도 사람의 마음을 읽어 "소쇄원 앞내 물소리도 시 읊으며 따라"오고, "나무와 사람 사이에도 향내 나는 일 있다"고 한다. 사람에 조응하는 나무를 그려내고 있는 것이다.

「묵嘿」에는 "철로에 뿌리내린 민들레 일대—代"가 "쇠바퀴 소리를 경전처럼 읽어"낸다. 그래서 "눈비바람 다 삭여내/ 뿌리쯤에 약물께나 품어 안고 있"기에 "쉿소리 말아 먹은 능청 칼날인들 겹날까"라고 반문한다.

「모차르트와 고등어찌개」에는 모차르트를 들으며 고등어찌개를 끓이는 저녁의 평화로움이 잘 포착되고 있다. 이 공간, "실로 담백하게 맛 드는 부드러운 화음"의 공간이 바로 서로간의 막힘이 없는 소통의 공간일 것이다. 이 공간은 "햇빛 구간"이며 "가난한 기도"만을 바치더라도 평화로운 저녁과 같은 장소다.

> 길의 이력을 질펀하게 풀어내며
> 여린 마음 한쪽이 구두 뒤를 따라 간다
> 모퉁이 닳은 그 만큼 어깨 기울어진 채로
>
> 차례를 기다리는 구두의 표정들
> 발을 안아 모은 채 묵묵히 걸어온
> 구비 진 길의 지경이 넌짓넌짓 보인다
>
> —「오래 신은 구두」 초반부

「오래 신은 구두」에서 우리는 그 길, 소통의 행로가 어떠하리란 것을 미루어 짐작하게 한다. 그 길은 "끝닿을 듯 시작으로 이어진다"는 것이다. 소통으로 모든 것은 끝나지 않고 거기가 출발점임을 얘기하는 것이다.

> 일산아래서 보는 시집, 비도 읽고 싶은지 //
> 묵독하는 날 두고 육성으로 낭송하네//

어라아! 돌아봤더니 꽃도 나무도 다 듣는다//

차암, 파아랗다 시를 듣는 저 청중들//

언제 나도 이런 시를 읊을 수 있을거나//

젖도록 듣기만 하면 키도 한 뼘 자라는 시

— 「키도 한 뼘 자라는 시」 전문

이쯤 되면 나를 포함한 한 공간에 존재하는 사물들 모두는 고개를 끄덕일 수밖에 없다. 나는 묵독으로 시를 읽지만 그것을 흉내 내어 낭송하는 비, 비의 낭송을 경청하는 꽃과 나무들… 독자들이 그 공간에 고개를 내민다면 끄덕이며 한순간에 동화되지 않을 수 없을 것이다. 여유 있는 넉넉함이고 고즈넉한 평화이다. 서로 다른 주체들이 동화되어 한 몸을 이루는 마지막 귀착지다.

4. 소통의 서정성 — 상상력과 긴장감

소통이 잘 되기 위해서는 실제 작품의 서정성이 섬세하며 신선해야 한다. 박옥위 시인의 시편들은 이 서정적 측면에서 상당한 강점을 지니고 있다. 시적 상상력을 한껏 펼치며 시조가 갖는 한시적 공간을 과감하게 열어젖힌다. 「안압지 연꽃」 후반부에서 연꽃을 묘사함에 "서라벌 달빛 길을 걸어오는 저 여인/ 열두 폭 스란치마에 깨끼적삼이 봉곳하다"고 한 점에서도 드러나지만 시인이 추구하고 있는 서정성은 섬세하면서도 새롭다. 새로움은 익숙한 소재를 다루면 여간해서는 얻기 힘든 법인데 시적 대상에 대한 부단한 재해석의 노력을 함으로써 값진 결실을 얻어내고 있다고 판단된다.

선운사 골기와 눈 녹은 물방울이

햇살을 등에 업고 아슬하게 떨어진다

'퐁' 여여如如

물의 종소리, 그 울림이 아릿하다

—「휴休」첫 수

이 작품은 서정성의 측면에서 다른 작품과는 완연하게 차별되는 높은 격조를 지니고 있다. 우선 첫수에서 시적 자아는 눈이 녹아 덜어지는 물방울 소리가 들리기까지의 과정을 조심스럽게 그려낸다. 서정성이 돋보이는 부분은 중상과 종장이다. 기왓장에서 눈 녹은 물이 떨어지는 날은 어디까지나 햇살이 좋은 날일 수밖에 없다. 눈부신 햇살이 떨어지는 물방울 끝에서 빛난다. 이를 "햇살을 등에 업고"로 얘기한다. 물방울이 햇살을 업는다는 표현이 절묘하다. 물방울이 햇살을 업었으니 어쩐지 아슬아슬한 느낌이 든다. 둘이 아슬아슬하게 만나 떨어지는 소리를 "'퐁' 여여如如"라고 했다. "여여如如"는 위산潙山 선사가 말한 "이사부이理事不二 진불여여眞佛如如"에서 유래하는데 앙산 스님이 물었던 "무엇이 참 부처가 머무는 곳입니까?" 라는 질문에 "돌이켜 생각하여 생각이 다하고 근원에 돌아가면 성품과 형상이 항상 머물며 이치와 현상이 둘이 아니며 참 부처가 여여하니라."라고 답한 배면에서 알 수 있듯이 이치도 사상도 두 가지가 아닌 하나의 도리, 즉 그러한 본래의 자리, 무엇에도 동요가 없는 것이 바로 "여여"라고 볼 수 있을 것이다. 이 "여여如如"를 이렇게 뜻으로 해석하는 것도 무방하다. 그런데 문제는 이를 뜻과는 전혀 다르게 의성어로 보는 것도 재미있다는 사실이다. "여여"가 갖는 음가, 곧 "여여"가 '퐁' 다음에 울려남으로써 오히려 여운을 나타내는 소리에 가깝게 사용되고 있으므로 이 점을 감안하면 묘미가 배가된다. "울림이 아릿하다"는 것과도 조응되고 있다.

홈 밖에 튕겨 나온 금모래 알갱이가

웅덩이의 고요에 살폿 발을 디딘다

순은 빛 해의 속니가

그늘 쪽에 반짝 뜬다

―「휴休」 둘째 수

둘째 수에서 소재의 중심은 첫수의 "눈 녹은 물방울"에서 "금모래 알갱이"로 바뀐다. 첫 수와 바뀌지 않은 것은 '해'다. "햇살"이 "순은 빛 해의 속니"로 바뀌었다. 전자는 객체로 그려졌지만 후자는 주체로 바뀌었다. 여기에서 포인트는 두 주체 ― "금모래 알갱이", "순은 빛 해의 속니" ― 가 어떻게 시적 상황에 반응하고 있는가이다. 두 주체는 행동거지가 여간 조심스러운 게 아니다. "살폿 발을 디민다"에서 "살폿"이 그렇고 "그늘 쪽에 반짝 뜬다"에서 "반짝"이 그런 정황임을 짐작케 한다. 조심스럽기는 하지만 이러한 결과로 독자들이 느끼는 감정은 상큼하고 유쾌하다는 점이다. 이 상큼하고 유쾌한 것이 결국 제목인 "휴休"와 연계된다.

몸 가여운 멧새 세넷 포로롱 날아 오가고

시나브로 눈은 녹아 웅덩이에 떨어지고

고요 속

물의 종소리, 눈 감아도 환하다

―「휴休」 셋째 수

장면은 다시 "웅덩이" 바깥으로 옮겨간다. 멧새가 날아가고 눈이 녹는 것은 별개의 이유로 인해 일어나는 것이지만 "날아 오가고"의 동작과 "떨어지고"의 동작 사이에 팽팽한 긴장감이 흐르고 있다. 마치 날아가는 여진으로 말미암아 눈이 녹아떨어지는 듯한 착각을 불러일으킨다. 눈이 녹아 웅덩이에 내리는 "물의 종소리"는 아릿하면서도 환하다. 편안한 그 작은 울림 ― 바로 "휴休"가 거느리는 영토다. 결국 작품 「휴休」는 "눈 녹은 물방울" "금모래 알갱이" "순은 빛 해의 속니" "몸 가여운 멧새 세넷" "물의 종소리"로 변환되면서 이 공간이 지니는 환한 고요를 신선하면서도 탄력 있게 묘사해내고 있는 것이다.

> 겨울 밤 하늘에서 흰나비가 날아온다//
> 한 마리 두 마리 아아 가뭇없이 날아오는//
> 나비 떼//
> 새하얀 나비 떼//
> 나는 그냥 //
> 꽃이 될밖에.
>
> — 「꽃이 될밖에」 전문

> 나무둥치를 뱅글뱅글 돌고 있는 물의 소리를
> 잠자리가 겹눈 닦으며 귀 세워 듣고 있다 //
> 아마도 수몰지 빈집 시렁 위//
> 징이 혼자//
> 우는 갑다.
>
> — 「운문호 ― 그 수몰지」 전문

단시조로 구성된 두 작품에서 돋보이는 것은 단순하면서도 풋풋한 시적 감수성이다. 전자의 작품에서 내리는 눈을 "한 마리 두 마리 아아 가뭇없이" 날아오는 나비로 보는 것은 평범한 착상에 불과하지만 이후 시적 자아를 거기에 조응하는 "꽃이 될밖에"로 본 것에서 묘미가 단연 두드러진다. 후자의 작품에서는 "잠자리가 겹눈 닦으며 귀 세워 듣고 있"는 모습이 신선하다. 징이 우는 소리가 잠자리의 큰 눈에 금방이라도 고여 떨어질 것 같은 착각을 불러일으킨다.

가뭄 든 호수에 해오라기 한 마리// 오똑 선/ 볼링 핀이다// 빼어난 몸 단지//
햇살이 셔터를 눌렀다/ 저 그리운 인화지

―「하얀 볼링 핀」 첫 수

턱없이 지난 일을 나비처럼 쫓아가다
기억의 회랑에서 퍼즐놀이에 몰두하는…
먼 하늘 더 멀어지고 비늘구름 아스라하다

―「전어, 그리고 비늘구름」 마지막 수

절로 나서 절로 자라 돋음 발로 서보는/
누가 버린 열매하나 시 같은 눈을 뜨고/
긴 목을 쑤욱 뽑는다 나와 인연 있는 듯이.

―「화엄 들매화」 마지막 수

꽃 새 별 그리고 아득한 눈물 한줌
사랑은 아물 수 없는 그리움의 분화구
꺾을 수 펴볼 수도 없는 만개한 살꽃이다

―「무화과」 마지막 수

　「하얀 볼링 핀」에서는 볼링 핀을 "가뭄 든 호수에 해오라기 한 마리"로 보고
있다. 선명하여 강렬한 인상을 심어준다. 「전어, 그리고 비늘구름」는 "어머니의
전어는 비늘구름 속에 있다"로 시작하면서 전어와 비늘구름의 눈부심을 간명하
면서도 아스라하게 잡아낸다. 「화엄 들매화」에서는 매화를 시로 치환시킨 부분
이, 「무화과」에서는 대상의 특성이 잘 형상화되고 있다.

　이두박근을 세우고 긴 목을 늘일 때
　우람한 잔등에서 허리굴곡을 흐르는

유연한 뼈대의 휘어짐, 숨 고르는 저 소리

꼬리는 감아쥐고 우람하게 돌아볼 듯
야윈 햇살 당겨보는 근육질의 저 짐승
어랏샤 고삐를 죄면 후다다닥 달리겠다

— 「앞 산」 후반부

「앞 산」이라는 작품 역시 겨울에 들어선 산의 모습을 "등뼈가 화히 드러난 순한 짐승 한 마리"로 그려내면서 단순은유가 아니라 확장은유를 통해 구체적인 묘사를 아주 실감 있게 보여주고 있다. 이처럼 묘사가 잘 된 시는 독자와의 소통이 원활해진다.

5. 소통의 역사성-시대의 증언과 서사

화해와 소통은 대개 서정성과 맥을 같이 한다. 이럴 경우 작품의 대체적 경향은 서사성이나 역사성을 도외시하기 마련이다. 그런데 여기 박옥위 시인은 서사적 정신을 중시하고 시대를 증언해내는 역할을 자임한다.

선비여, 조선의 마른대숲에 청대 같은/
한 때 먹구름이 하늘을 가린 유죄/
역린을 건드린 죄야 첨부터 없었던 거/

몽돌 심정 섬 달빛에 묵묵히 잠기는 밤/
금 그을 수 없는 심해, 해법마저 아득해라/
지은 죄 하나 없어도 섬 바람이 매섭다/

그리움을 삭여낸 강진 땅 그 젓갈 맛/

소금기 걷어내고 하늘을 보았는가/

풍란은 실밥 같은 근심을 혼자 앓고 피느니/

자산어보 번역판에 바다 달빛 지새는 밤/

정교한 어탁 몇 점에 맴 도는 파도소리/

한 세상 요철의 길이, 손금 같이 환하다/

— 「자산어보에 비치는 달빛」 전문

정약전의 생애를 그려내었다. 이 작품은 내용과 형식면에서 주목해볼 필요가 있다. 우선 내용적인 면에서 서사적인 주제를 담으면서도 서정적인 깊이가 잘 균형을 이룬 점이 주목된다고 할 수 있다. 유배라고 하는 것을 당초에 죄가 있어 갔었던 것이 아니라는 것을 첫 수에 그려내고 둘째 수 이하에서는 유배 생활의 신산辛酸함을 잘 형상화시키고 있다. "섬 달빛에 묵묵히 잠기는 밤"의 외로운 심경을 "몽돌 심정"으로 그려내고 혼자 지새우는 착잡함을 "풍란은 실밥 같은 근심을 혼자 앓고 피느니"에서 보듯 비유를 통해 잘 형상화하고 있다. 형식적인 면에서 볼 때 이 작품은 자유롭게 가락을 엮어 나가는 점도 — 이를테면 첫 수 초장 첫 구에서 "선비여,"라고 호격으로 시작하는 등 — 주목이 된다. 각 수의 종결어미가 각각 "없었던 거" "매섭다" "앓고 피느니" "환하다"로 자유자재로 전개되는 점도 얼마나 가락을 유연하게 쓰고 있는가를 여실하게 보여준다.

해도 먹구름 속을 뒹굴며 가던 날

가슴의 불씨 하나 섬광처럼 켜들면

그 들불 타오른 숲엔 카랑카랑 새가 운다

— 「바다에서 기다리다」 둘째 수

홍안의 오빠는 아직 열아홉의 일등병

위패 묘역에서도 휘파람을 불까 몰라

호오이 화답을 한다 휘파람새 날아온다

—「남포동의 새」 마지막 수

역사의 밑줄 친 행간을 다시 읽으며
대지를 평정할 미소년을 기다린다
뜨거운 생의 모서리에 깊은 우물을 파며

—「발해의 우물」 셋째 수

「바다에서 기다리다」는 비극적 삶을 살다간 김민부 시인의 삶을,「남포동의 새」는 이 시의 부제에서 알 수 있듯 6.25, 62 주년을 맞이하여 전쟁의 상흔을 「발해의 우물」에서는 길이 약 35킬로, 폭 10킬로인 발해라는 국호의 기원이 되었다고 전하는 경박호鏡泊湖를 소재로 당대 우리나라 영토의 광대한 꿈을 회상하고 있다. 모두 소재로 하기에는 버거운 작품을 시인은 어렵지 않게 잘 요리해낸다. 사유의 폭이 넓기 때문이다. 동시에 생경하지 않다. 섬세한 묘사력을 잘 운용하고 있기 때문이다.

구직 광고를 섭렵하는 일용직 K씨
푸리지아 농장은 봄 향기 알싸한데
향기는 여성인가 하고
발길 툭 돌아선다

최저 임금의 밑바닥을 사는 일은
난이도 높은 구직이 향기보다 낫다며
봄 첫물 미나리꽝에서
하늘을 보았다

물옷 입고 가슴까지 물속에 담근 채

시린 뼈가 벌어내는 가벼운 지폐 몇 장

봄이라 말하지 못해

살얼음도 엉긴다

—「봄, 미나리꽝」 전문

"최저 임금의 밑바닥을 사는" 일용직 K씨의 일상을 그려내고 작품이다. 더는 추락할 수 없는 바닥의 삶을 살아가는 K씨를 통해 봄인데도 "봄이라 말하지 못해/ 살얼음도 엉"기는 현실을 예리하게 담아내고 있다. 현실을 가감 없이 보여주는 것이 소통의 문학이 지녀야 할 기본적인 자세라는 점에서 시인의 작품은 건강한 줄기를 지니고 있다고 판단된다. "물옷 입고 가슴까지 물속에 담근 채/ 시린 뼈가 벌어내는 가벼운 지폐 몇 장"의 삶이 바로 이 시대 민중들의 삶이다. 이 민중성 없이 어찌 소통을 말할 수 있을 것인가. ▨

물의 상상력

— 강인순론

강인순 시인의 작품에는 '물'을 소재로 한 작품이 많다. 「생수에 관한 명상」 연작을 비롯하여, 「길이 저물면」, 「소풍」, 「소주」 등 50여 편에 이른다. 「표정」 연작의 경우도 각각 "석동 해안"과 "참꽃" "금강초롱"을 얘기하고 있으나 '물'의 변형태라고 할 수 있는 "비"가 시적 전개에 있어 상당한 변화를 주는 매개물로 역할을 하고 있다. '물'은 시인에게 과연 어떤 존재일까. 더욱이 시인의 첫 시집인 『서동 이후』, 두 번째 시집인 『초록 시편』에서도 '물'은 줄곧 시인의 주요 소재로 등장하고 있다. 「생수에 관한 명상」 연작만 하더라도 지금까지 쓴 총 11편 중 3편이 첫 시집에, 6편이 둘째 시집에 실려 있다. 말하자면 시인은 '물'에 대하여 1985년 등단 이후 20여 년 넘게 진지하게 고민해온 셈이다. 더욱이 이번에는 시집의 표제마저 그러하니 이 부분을 제대로 읽어내지 못하고서 시인이 추구하는 문학적 지향점을 왈가왈부하는 것은 별로 의미가 없을 듯하다. 그러나 솔직히 말해서 이에 관해서 필자는 기존에 이에 대해 얘기한 석학들의 논리를 뛰어넘는 해안을 갖고 있지 못하다. 또한 석학들이 얘기한 논리라 할지라도 이를 시인이 쓴 작품에 끌어와 명확하게 짚어내어 적용할 자신도 없다. 잘못하면 오독이 될 가능성을 배제하기 힘들기 때문이다. 그러나 평론에 오독은 있기 마련인법. 다소 간의 문제점이 있더라도 그것은 필자의 능력 부족이거나, 잘못 이해한 결과라고 생각해 주길 바란다.

가스통 바슐라르Gaston Bachelard, 1884~1962는 '물'이 가지는 이미지를 크게 부드러운 물과 난폭한 물 두 유형으로 나누었다. '부드러운 물'은, 우리 상상세계의 근본을 이루고 있는데 '봄의 물 깊은 물 복합적인 물'로 세분화된다. '봄의 물'은 맑은 물이다. 자기 자신을 비추는 나르시스적 요소를 가지고 있는 셈인데, 이러한 자기 모습의 반영이 자연의 영역까지 확대되면 우주적인 차원으로까지 확대되는 특성을 지닌다. 이에 반해 '깊은 물'은 잠자는 물로서 어두운 속성을 가진다. 대표적인 것이 죽음에 대한 이미지이다. '복합적인 물'은 물과 흙, 물과 불 등, 물이 다른 요소와 결합되어 새로운 이미지를 창조하는 것이라 볼 수 있다. 강인순 시인의 작품에는 이러한 '부드러운 물'의 각기 다른 형태가 등장한다.

유혹이란 말뜻을 이제야 할 것 같다.

옥빛 물의 누드 내 그만 눈이 부셔

아, 끝내 사랑하는 법 깨치지 못했구나

어쩌면 첫사랑이 저 물빛 같았다면

푹 젖은 그리움도 소리 내며 흐를건가

멍울져 빛바랜 안부 부질없는 몇 십 년
— 「생수에 관한 명상 11 — 금강 옥류金剛玉流」 전문

인용시에서 나오는 물은 "금강 옥류金剛玉流"이다. 그것은 "옥빛 물의 누드" 이고 눈을 부시게 하여 "사랑하는 법 깨치지 못"하게 한 유혹의 물이다. 그러면서 시인은 어쩌면 그 물빛이 "첫사랑" 같았으리라는 추정을 한다. 동시에 "푹 젖은 그리움도 소리 내며 흐를 건가"라고 묻는다. "소리 내며 흐"르는 것은 살아 있

다는 것이고 존재한다는 것이다. 흐르지 않고 고여 있는 정지의 물이 아니다. '봄의 물'인 셈이다. 자기 자신을 비추는 나르시스적 요소를 가지고 있다. 그러나 이 작품에서는 시인을 둘러싼 주변적인 것에 머무르고 있지만 여기서 그치는 것이 아니라 사회적이나 우주적으로 범위를 확장시킨다.

등 푸른 생선 같은 모국어의 아침이다.

조금은 멀어지는 시간을 뒤적이다

갑자기 섬뜩한 몸짓 살아 있음을 본다.

때로는 지면 위로 공룡이 지나가고

그 봄날 빛에 젖은 들풀 같은 사연까지

오늘은 맑은 눈빛의 열목어도 보인다.

― 「표정을 읽다 ― 조간신문」 전문

"그 봄날 비에 젖은 들풀 같은 사연"에 나오는 물의 상상력은 "맑은 눈빛의 열목어"까지 보이게 하는 힘을 가지게 한다. 이 힘은 "섬뜩한 몸짓"이나 "공룡"에서 오는 놀라움이나 거대함과는 근본적으로 다른 힘이다. 이런 것들은 순간적으로 스쳐갈 뿐이지만 "비에 젖은 들풀"은 맑음을 만들고 그 맑음은 세상을 아름답게 보게 만들어 준다. 신문이 주는 저널리즘인 속성과 그것이 세상의 통로 내지는 축소판이라는 점에서 '봄의 물'은 그 자체로 매몰되는 것이 아니라 사회적인 상상력으로까지 그 범주가 확대되고 있는 것이다. 우리는 여기서 시인의 자서인 시인의 말에 나오는 말을 음미해볼 필요가 있다. "맑은 석간수에 떠있는 나뭇잎 같은 우리말의 묘한 아름다움을 오래도록 사랑하고 싶다."라는 시인의 희구는

'봄의 물'이 갖는 시적 상상력이라 할 수 있고, 그런 의미에서 시인의 물을 통해 그리고자 하는 상상력의 중심이 바로 여기에 있다는 점을 알 수 있다. 다음의 작품들은 이 사회적 상상력이 우주적 상상력 내지 성찰적 상상력으로 확대되는 일면을 보여준다.

토함산 그 너머에 감은사 가는 길섶

절터만 남은 곳에 탑 하나 동그마니

오롯이 연꽃 받침 위 지켜 섰는 인왕상

마음 속 절을 짓고 단청을 떠올리다.

언덕 아래 개울에서 손을 담그는데

불현듯 탑의 그림자 내 위에 내려앉다.

—「절터만 남은」 전문

물소리 제대로 듣긴 너무 오래만이다.

뒤섞여 제 몸을 씻고 바위를 씻다가도

어느새 무명無明을 깨치는 회초리가 아닌다.

물은 산을 헹구고 내 몸속을 흐른다.

희롱하는 꽃 그림자 못 본 체 돌아서는데

초록이 발 담근 물속 저건 누구인가?

물 가는 길을 보면 득음得音이 절로 아니지

버려야지 하면서도 욕심만 더하는 걸

오늘은 물소리 듣고 사는 법을 배운다.

―「물소리에 취하다 ― 가송에서」 전문

「절터만 남은」 작품에서는 "언덕 아래 개울에서 손을 담그는데/ 불현 듯 탑의 그림자 내 위에 내려앉"음에 대해 이야기한다. '물→ 탑의 그림자'로의 전이는 단순한 시적 대상의 몸바꿈은 아니다. "탑"은 감은사 절터의 동그마한 "탑 하나"에서 "마음속 절"로 확산되며, 우리 모두의 마음을 지배하는 그 무엇이 된다. 그것은 삶의 세세한 무늬들에 대한 자질구레함보다는 그것을 지배하는 하나의 질서, 곧 우주적 질서로의 확대를 의미한다. 「물소리에 취하다 ― 가송에서」의 '물'은 "무명無明을 깨치는 회초리"가 된다. 나를 비추며 거기에 단순히 몰입되는 나르시스적인 것이 아니라 "물 가는 길"을 보며 "득음得音"을 하는 이치를 깨달아 가는 성찰적 자세를 보여주고 있는 것이다. 그것은 「생수에 관한 명상 1」이라는 작품 "지난여름 내가 만난 설악을 흐르던 물// 그건 이제 물이 아니라 우리들 채찍이리// 오만한 목젖에 걸린 크나큰 가시이리"에서 보게 되는 "채찍"과 "크나큰 가시"의 실체에 대한 형상화라고 볼 수 있을 것이다.

그러나 세상은 이렇게 반짝이는 아름다움과 부드러움으로만 채색되지 않는다. 아픔도 있고, 추악한 면도 있고, 그리고 우리 생의 마지막 종착지인 죽음에 대한 두려움도 있기 마련이다.

할머니 허리 굽어서 땅과 가까워지고

강물 위 죽은 물고기 하늘 보고 누웠다.

살아서 갈 수 없는 곳 어디쯤에 이르렀나

— 「할머니와 물고기」 전문

그러나 시인은 어두운 면을 그려내는데 감정을 극도로 절제한다. 오히려 그 절제가 더 비극적인 면을 부각시키고 독자를 감동시키는데 효율적이라는 사실을 간파하고 있기 때문이다. 바슐라르의 '물'에 대한 상상력은 어떠한 예술 작품을 통해 2차적으로 우리의 무의식 속에 자리 잡힌 것 또한 인간의 상상세계에 뿌리를 내린다는 점에서 물질적인 성격을 갖는다고 볼 수 있는데, 이것을 그는 '문화의 콤플렉스'라 얘기한다. 이 '문화의 콤플렉스'는 '카롱 콤플렉스'와 오필리아 콤플렉스'로 나누어지는데, 인용시에서 볼 수 있는 것은 '카롱 콤플렉스'다. 카롱은 그리스 신화에서 죽음의 강을 건너게 해 주는 인물이다. 그러므로 '죽음에 의한 이별'적 의미를 띤다. 「할머니와 물고기」에서 시인은 "강물 위 죽은 물고기 하늘 보고 누었다."라고 말한다. "강물 위"인 것인데 통상적으로 "깊은 물"의 심연과는 다르게 나타나고 있다. 이는 시인의 지향점이 "하늘"이기 때문이다. 이 "하늘"은 강은교 시인의 「우리가 물이 되어」라는 시에 나오는 "넓고 깨끗한 하늘"과 동류의 의미를 지닌다. 이 "하늘"은 밋밋하게 그냥 다가오는 하늘이 아니라 물과 불의 대립적 이미지를 겪고 난 후의 "하늘"이기 때문이다. 인용시 역시 "살아서 갈 수 없는 곳"의 죽음 이미지 이후의 "하늘"을 그리고 있다. 이러한 '깊은 물'은 에서도 나타난다.

표주박 속 버들잎이사 이제 어디도 없지

길 떠나 더 못 믿는 맑은 한 그릇 물

가슴에 깊은 웅덩이 슬픈 그림자 진다

— 「생수에 관한 명상 10」 전문

아마 시인이 구태여 '물에 관한 명상'으로 하지 않고 왜 「생수에 관한 명상」으로 했을까에 대한 구체적인 답을 제시하고 있는 이 작품은 불신의 세상에 대한 시니컬한 면을 담고 있으면서, "가슴에 깊은 웅덩이 슬픈 그림자"를 통해 '깊은 물'의 모습을 보여주고 있다.

포脯가 된 명태들이 모두 입을 벌렸다.

모반謀反을 꾀하다가 그 무슨 고문인가?

미시령 시린 눈 바람 온 비밀 다 토한 채

사노라면, 슬픔 어디쯤 휘둘러 가라앉고

숱한 갈등 속에서 나만 속을 태웠을까?

지난 밤 자해自害의 쓰린 속 달래보는 북엇국

— 「이유는」 전문

그런데 인용시의 경우는 좀 다르다. "숱한 갈등"과 "속을 태"우는 안타까움이 드러나고 있기 때문이다. '카롱 콤플렉스'와는 다르게 '오필리아 콤플렉스'의 오필리아는 스스로 물에 몸을 잠기게 한 미친 여자이므로 '갈망'의 양상이 드러날 수밖에 없다. 전자와 비교했을 때 후자는 좀 더 여성적이고 마조히즘적이라 할 수 있다. 이 작품에서 "미시령 시린 눈바람"의 물 이미지는 "자해自害의 쓰린 속"에서 보게 되는 아픔으로 채현 되면서 형상화된다. 그러나 강인순 시인의 작품에는 '오필리아 콤플렉스'의 작품은 아주 드물다. 시인이 세상이나 시적 대상을 인식하는 방식이 병치dirphora보다는 치환epiphora쪽으로 이해하려는 경향이 우세하기 때문이라고 볼 수 있다. 주지하다시피 병치는 대결의 시학인 반면, 치환은 화해의 시학이라고 할 수 있고, 앞서 살펴보았듯 시인의 시적지향점은 '봄의 물'에 있기 때문이다.

세상 살며 마시는 숱한 소금 탄 물

오늘 수만 평의 이 바다에서 만난다.

부대껴 멍든 바다는 도리아 안부를 묻고

지난밤 어느 누가 세상 슬픔 못 이겨

또 한 줌 굵은소금 바다에 넣었을까

누군들 삶의 비린내 씻고 싶지 않을까

— 「생수에 관한 명상 12 — 후포에서」 전문

시인의 '물'에 대한 상상력은 '봄의 물'과 '깊은 물'의 대립자적 입장에서만 얘기되지 않고 좀 더 변용되어 확산되면서 새로운 의미를 추구하는 쪽으로 나아가고 있다. 우리는 「생수에 관한 명상」 연작의 거의 마지막에 이르러 이 점을 확인해볼 수 있다. '소금물'이 바로 그것인데, '물'과 '소금'의 결합이 주는 의미는 결코 작지가 않다. '소금'은 우리의 생명과 밀접한 관계를 갖는 가치 있는 광물자원 중 하나이기 때문이다. 생명과도 같이 소중했기에 중요해 소금이 산출되는 지역은 무역의 중심지가 되었고, 봉급 대신 소금을 지불하기도 했다. 고대 이집트에서는 시체를 소금물에 담가 미라의 부패를 막기도 했다. 성서에도 "……너희가 드리는 곡식예물에는 반드시 소금을 쳐야 한다"(레위 2 : 13)는 구절이 있다. '빛과 소금이 되라'는 말도 자주 인용된다. 인용시에서 '소금물'은 "삶의 비린내"를 제거하는 방부제와 조미료의 성질을 떠나 청정淸淨과 신성의 상징으로 나타나고 있다. 물이 다른 요소와 결합되어 새로운 이미지를 창조하는 '복합적인 물'로 나타나고 있는 것이다.

　우리는 지금까지 강인순 시인의 작품에 형상화되고 있는 '물'의 상상력에 대해 살펴보았다. 시인의 '물'에 관한 상상력은 맑은 물, 봄의 물과 흐르는 물, 나르시시즘의 물을 거쳐, 더러 '깊은 물' 곧 잠자는 물, 죽은 물로 나타나기도 한다. 때로 이 물은 「할머니와 물고기」에서 보듯 '카롱 콤플렉스'와 연결되기도 하지만 대립적 이미지를 겪고 난 후의 "하늘"을 지향한다. 아주 간혹 시대와의 불화 가운데 '오필리아 콤플렉스'로 나타나기도 하지만 다른 요소와 결합되어 새로운 이미지를 창조하는 '복합적인 물'로 나타나 청정淸淨과 신성의 세계를 지향한다. 아마 이것이 시인의 자서에서 얘기한 "맑은 석간수"의 귀착지일는지 모른다. 그러나 예단은 금물이다. 왜냐하면 강인순의 물의 상상력은 여기에서 그칠 것이 아니기 때문이다. 보다 그 범주를 넓혀가며 새로운 이미지를 창출해 나갈 것임이 분명하다. 그러기에 결론은 유보적일 수밖에 없고, 더러 작품에 대한 오독이 있더라도 조금은 덜 미안할 수 있다는 턱없는 자위를 해보며 그의 앞으로의 작업에 큰 기대를 걸어본다. ▨

사물의 내면 읽기와 겸애謙愛의 미학
— 제만자론

　　제만자 시인의 작품에서는 아주 잘 익은 과일의 향기가 묻어난다. 그윽하다. 오랫동안 정성을 들인 탓이다. 어느 것 하나 급하게 서둔 설익음이 없다. 기품이 있으면서도 낡지 않았다. 안정감이 있고 평화롭다. 생의 잔잔한 무늬들이 채에 걸러져 투명하게 하늘에 널려있다. 여운을 주며 살아나는 주름…시적 대상을 따라 시인의 생각을 음미하다 보면 어느새 사물의 내면 깊숙이 들어가 있다는 사실에 놀라게 된다.

1. 겹무늬의 다층성 − 상반된 세계의 융합

　　시인의 작품을 일독하면서 우선 느낀 것은 시인의 시적 사유가 단순하게 일직선이 아니라는 점이었다. 대개의 경우 이 문제는 시의 구성과 관련되는데 비정형구성과 달리 3단 이하의 정형구성은 시상의 전개가 일방향으로만 전개되기 때문에 상당히 단조롭게 나타난다. 조금 더 묘미를 갖는 것은 4단과 5단의 구성인데 일방향보다는 다방향을 의도하기 때문에 보다 복합적인 의미를 갖게 된다. 그런데 4단 구성 기起 − 승承 − 전轉 − 결結에서 시상의 전개는 처음부터 양방향으로 전개되는 것이 아니라 전轉에서 이전과는 다른 방향이 새롭게 나타났다가 결結에서 이 둘이 서로 융합되어 갈등이 해소되면서 마무리를 보이는데 여기 제시인의 경우는 일반적인 구성 방법과는 사뭇 다르다. 제시인의 경우는 사고의

이중적 모순을 본래부터 내재하면서 전개되고 있다는 점이다. 이를 작품을 통해 보다 자세히 살펴보기로 하자

우리 모두는 「섬에 가다」에서처럼 "섬"으로 살아갈 수밖에 없는 존재들이다. 그러나 "섬을 향해 떠나지만 이미 우린 섬"이라는 고백을 통해 알 수 있듯 "섬"은 이상향이면서 동시에 고립된 존재이다. 시인에게 이 두 세계는 따로 나누어진 세계이면서 동시에 공존하는 세계이다. 이점은 「구시바위」에서 "구시바위"에 이르기까지의 과정과 그 이후의 과정을 인식하는 과정에서도 드러난다. "바람 잘 날 없던 그 투정의 불씨"는 현실적 고단함을 그대로 노정한 것이지만 "사람들 가슴에 남은 허기"는 해갈되지 못한, 그래서 그것을 충족시켜야 할 정신적 공간으로 인식된다. 이 두 세계를 시인은 별개로 인식하지 않고 자연스레 한 몸에서 연속된 사유와 행동으로 끌고 나간다. 시인의 작품이 겹무늬를 띄고 다층적인 느낌을 주는 것은 바로 이점에서 기인한다.

팻말이 손짓한 쪽은 법당 아닌 숲이었나

한참 가도 묵묵부답 손가락 긴 찔레순 뿐

석축 위 낮은 삼층탑 엮인 인연 짙어라

— 「숲길」 전문

이 작품에서도 이 이중성은 "법당"과 "숲"으로 나타난다. "법당"과 "숲"은 상당히 대비적인 공간으로서 상반된 의미의 사고 영역을 보여준다. 전자가 정해진 틀이라면 후자는 틀의 바깥이라 할 수 있으니 내부와 외부로 나누어진다. 초장의 전개로 보아 중장은 "법당" 아닌 "숲"이라 할 수 있다. 그것은 "묵묵부답 손가락 긴 찔레순"의 길이다. "찔레순"으로 보자면 "숲"이라는 공간이지만 "묵묵부답 손가락 긴" 것이니 오히려 이는 "법당"에 가깝다. 종장의 배경 또한 중장을 이어받아 "숲"이라고 볼 수 있지만("……짙어라"의 서술형의 주어로는 "숲"이 더 합

리적이다.) "석축 위 낮은 삼층탑"은 오히려 "법당"에 더 어울린다. 말하자면 중장이나 종장은 외형상 "숲"의 공간이지만 내면적으로는 "법당"인 셈이다. 그리하여 외형상의 "숲길"이 지니는 내면의 인내와 아픔, 그리고 삶과 인연의 굴레("한참 가도 묵묵부답"이나 "손가락 긴 찔레순" "엮인 인연 짙어라"등에서 단계적으로 보이는)의 "법당" 의미를 지니는 중의성을 가지고 있는 것이다. 이런 까닭에 제 시인의 작품은 깊음의 아취가 느껴진다. 단순함 뒤에 복합적인 사유의 세계가 숨어있다.

무슨 기다림 있어 다독인 꽃씨였나

텃밭 헤집는 손끝도 손끝이지만

뒷결에 이는 바람에
마음 자꾸 설렌다

어른대는 낮달의 이마를 짚는다

짚고 넘어야 할 어제와 또 오늘

이랑만 헤매다만 오늘
해거름을 밟는다.

— 「어제 또 오늘」 전문

이 작품에도 두 개의 공간과 사유가 시간의 개념과 동시에 나타난다. 첫 수에서는 어제의 얘기가 기술된다. 꽃씨를 다독이며 "텃밭을 헤집는" 현실을 그렸다. 이에 반해 둘째 수에서는 오늘이라는 공간이 설정되는데 이는 "어른대는 낮달의 이마"의 이미지로 형상화된다. "어제 ─ 땅(텃밭) ─ 꽃씨"로 전개되는 양상이 "오늘 — 하늘 — 낮달"과 대비를 이루면서 시적자아는 마음이 설레거나, 해거름을 밟으며 아쉬워하는 심정을 차분하게 그려내고 있다.

「줄」이라는 작품에도 이러한 공간의 나뉨이 설정된다. "고개마을 그 집"에는 "빨래 널 데"가 없이 빼곡하다. "내리막이 더 가파른 난간"의 골목에다 줄을 내건다. 빨래를 내거는 것이 단순한 것이 아니라 살아가는 삶의 "속내 비치는" 일이므로 안에 있어야 할 것이 바깥으로 나온 셈이 되었다. 그러나 서정 자아는 그것들의 차이를 넘어선다. "해"도 "기다림"도 그렇다. "오다 말다 하는 해"이기에 그렇고 "기다림"도 어떤 기대치를 바라지 않기에 더욱 그렇다.

> 한밤중에,
> 빨래를 헹굴까하다 별을 보았다
> 지상의 어둠이 다 별이라 해도
> 내 마음
> 후줄근한 건
> 그 때문만은 아닐 거다
>
> — 「늦은 귀가 4」 첫수

이 작품에서 '빨래를 헹구는 것'과 '별을 보는 것'은 동질의 사고를 유도하는 것이 아니다. 전자가 현실적이라면 후자는 이상적이다. 그러나 서정 자아는 "그 때문만은 아"니라고 한다. 현실을 다 이상의 세계라 해도, 어둠을 벗어나 빛의 세계로 나아가도 말끔하게 모든 것이 명쾌해지지는 않는다는 것이다. "철 지난 꿈의 솔기 다시 만지작거"리는 미련이 있다는 것이다. 그러기에 시인의 인식은 상반된 세계를 그려내되 어느 쪽을 옹호하지는 않는다.

2. 본다는 것 — 소멸에 대한 간절한 기도

시인에게 본다는 것은 무엇을 의미할까. 시의 가장 중요한 수사가 이미지와 비유를 통한 시적 묘사라면 이 묘사의 근간이 되는 것이 바로 시각 이미지일 것이다. 그러니까 시인이 본다는 것은 시에서 어쩌면 가장 중요한 일에 속한다. 인지의 첫 단계로 사물에 대해 느끼는 정서의 중요한 가늠쇠가 된다. 시인은 「강천사 가는 길」, 「여름 끝에」, 「심心 5」, 「해돋이」, 「달빛」, 「욕심읽기」, 「계명암을 오르다」 등의 많은 작품에서 시적 대상을 바라보는 문제를 직·간접적으로 그려내고 있다. 물론 이것이 단순히 사물을 구분하는 인지 작용이 아니라는 점에 주목할 필요가 있다.

우선 시인은 「강천사 가는 길」과 「여름 끝에」라는 작품에서 일상 가운데 찾아지지 않는 길과 비어버린 허무에 대해 다음과 같이 보여준다.

사방을 둘러봐도
어디에도 길은 없어

— 「강천사 가는 길」 중장

나이 들자 눈에 드는 건
떠나고 남은 자리

— 「여름 끝에」 중장

그러나 시인은 막막하게 막혀버린 길과 이제 모두 떠나버린 빈자리로서 놓여있는 일상에 대해 그렇게 애달파하지 않는다. "절 앞에 닿기도 전에/ 환한 천지를" 볼 수 있다는 기대치와 빈자리라도 "구름이 머물던 기슭/ 가을빛 완연한" 풍미를 바로 잡아내고 있기 때문이다.

말없이 바라보다
그냥
돌아왔습니다

아직
내 속에 갇힌
하얗게 맑은 소리

그래요
그리운 것은
늘 먼 곳에 있었지요

—「심心 5」 전문

겨우 내민 얼굴로 바라만 볼 뿐입니다
그 어떤 다짐도 없이 바라만 볼 뿐입니다
헛살은 지난 세월이 물 때 맞춰 밀려듭니다

—「해돋이」 전문

「심心 5」나 「해돋이」를 보면 서정 자아가 얼마나 '바라보는 일'에 충일한지를 잘 알 수 있다. 바라본다는 것은 시적 대상이 되는 사물이나 사람에 대해 사려 깊다는 것이고, 애정을 가지고 있다는 것이고 이들의 내면까지를 투시해내는 힘을 예비한다는 것이다. 단순한 차원의 바라봄이 아니다.

선운사 마당까지 와서
세상인심 툴툴대다

복福이란,
다스하게
다 보는 것
보는 것

막 피는

홍매 몇 알을

놓다 말고

또 곁눈질

— 「욕심 읽기」 전문

시인에게 본다는 것은 "복福"이다. 그냥 보는 것이 아니라 "다스하게/ 다 보는 것"이다. 이 구체적인 것이 종장에 해당된다. "막 피는/ 홍매 몇 알"이야말로 얼마나 다스한 것인가. "놓다 말고/ 또 곁눈질"을 해서라도 보고 싶은 것이다. 이는 제목에 나타난 것처럼 "욕심 읽기"에 해당된다. 그냥 놓아두지 않고 보고 또 보다가 "또 곁눈질"을 했으니 욕심일 법도 하다. 그러나 얼마나 아름다운 욕심인가. 이것이 복福이라는 것이다. 가졌으나 소유함이 없는 마음의 넉넉함을 이름이다. 다음 작품에는 보다 더 간명하게 시인의 의식이 드러나고 있다.

법당을 밟기 전에

지는 낙엽을 밟는다

떠나는 것을 바라보며 빈손으로 낙엽을 밟는다 무거워 무거워지는 마음 빌어 낙엽을 밟는다. 땟물이 흐르는 채로 쓸쓸히 낙엽을 밟는다 삶보다 더 절실한 곳에 기대서 낙엽을 밟는다

보아라 보기만 해도 절로 기도가 되는 길

— 「계명암을 오르다」 전문

늦가을 시인은 지금 숲에서 떠나는 것들을 바라보고 있다. 그러면서 법당으로 들어서기 전에 빈손으로 낙엽을 밟는다. 빈손이라니! 시인은 이 떠나는 것들이 마음에 쓰여 발로는 밟을 수 없었던 것이다. 마음이 육중하게 무거워진다. 떠

나는 죽음들을 생각하기 때문이다. 이름 없이 사라지는 것들을 추도하기 때문이다. 그러니 어찌 삶보다 더 절실하지 않으랴. 시인의 말 없는 묵도. "보아라 보기만 해도 절로 기도가 되는 길"이 바로 여기에 있다.

요는 시인은 바라보는 인식을 통해 다스한 복을 가지며, 동시에 사라지고 죽어가는 것들에 대한 간절한 기도를 보여주고 있는 것이다.

3. 다문화 시대에 대한 자각

바야흐로 다문화 시대다. 우리나라 다문화 인구는 전체 인구의 2.8%가 넘는 140만여 명에 이르고 있다. 40,000명에 가까운 초 중 고 다문화 학생 및 2,000명에 가까운 북한 이탈 청소년이 있다. 그렇지만 이들에 대한 관심은 미약한 편이다.

다문화주의多文化主義, multiculturalism의 '다문화'는 '여러 나라의 생활양식'이라는 뜻이다. 1970년대에 서구 민주주의 사회에서 전면적으로 등장했지만 우리에게는 1980년대 말 이후에 다문화주의의 민족국가와 소수집단 현상이 등장하면서 나타났다. 그러나 다문화국가들은 내홍을 겪고 있다. 벨기에, 인도, 캐나다, 인도네시아 등 수많은 다문화국가들이 이질적 문화의 사회적 통합 혹은 융화를 이룩하지 못하고 테러와 반목 등으로 끝없이 시달리고 있다. 다문화주의로의 변화는 이들 가족을 대상으로 한 방송, 웹툰, 소설 등에 드러나고 있지만 시에서는 많이 보편화되고 있지 못하다.

'솔라'씨나 '따오'씨를 통해 나타나고 있는데 시조에서는 아주 드문 소재다. "뚝배기에 장맛"으로 치자면 이 소재처럼 시조의 그릇과 맞지 않는 경우가 없을 것이다. 그러나 시인은 구체적인 상황을 적시하면서 실감 있게 포착해내고 있다.

솔라 씨는 이제 한국말을 배우는데
성급한 우리 성화에 몇 음절 터득하여
묻어둔 비상금 마냥 감쪽같이 써 먹는다

첫 해 눈 오는 날 뿌연 밖을 내다보며
'얼음 많아, 버스 없어' 언덕마을 그 정경을
형태는 덮어두고도 선명하게 전해줬다

장국물 맛이 깊어 솜씨의 비결 묻자
'죽어 닭 맛없어, 살아 닭 좋아'
어느새 비스름하게 말의 물꼬를 트려한다

　　　　　　　　　　　　　　　　　─「솔라 씨의 한국살이」 전문

　'솔라'씨를 통해 단순화되는 우리말은 어떻게 보면 시조의 가락과 친숙하다. "얼음 많아, 버스 없어"나 "죽어 닭 맛없어, 살아 닭 좋아"라는 앞뒤의 정황이나 배경을 다 무시한 언어 안에는 요체만을 짚어내는 간명함이 있다.

한 장 한 장 비벼서 종이꽃을 접는다
벽에 걸린 사진 속 날 보며 웃고 섰는
보고픈 어머니 얼굴 물빛 짙은 오색이다

두 손 절로 모아지는 인연의 꽃을 따라
수만 번 스쳐간 옷깃도 따라 여미며
엎드려 절을 올리듯 수반을 손질한다

꽃을 빌미 삼아 또 하루가 저물고
시린 무릎 포개며 엄마 사진 다시 보니
얇아진 가을 햇살에 고향 생각 자꾸 난다

　　　　　　　　　　　　　　　　　─「종이꽃 접으며」 전문

　이 작품에는 "따오 씨의 일기"라는 부제가 달려있다. 베트남에서 시집온 새

댁을 그리고 있다. 앞서의 「솔라 씨의 한국살이」가 한국의 생활 중에 겪은 내용을 사실적으로 그리고 있다면 이 작품은 멀리 타국에 와서 느끼는 고향에 대한 그리움을 사색적으로 그려낸 작품이다. 이 두 편의 작품에서는 다문화에 대한 우호적인 시각으로 나타나고 있지만 실제로 소수의 문화적 권리를 옹호하는 다문화주의는 공동의 문화가 제공하는 사회적 연대감이나 결속력을 해칠 수 있는 부정적인 요인도 잠복해 있으므로 이와 같은 부정적 요인을 시민들의 연대감을 증대시키는 공동의 문화로 어떻게 승화시키느냐가 매우 중요하다고 볼 수 있다.

다문화이론가인 라즈Raz의 지적처럼 서로 다른 문화 사이의 상호 인정과 관용의 전통 구축, 동등한 권리로 공동체의 의사결정과정에 참여 등이 과제라 할 수 있다. "한 장 한 장 비벼서 종이꽃을 접는" '따오'씨가 "엎드려 절을 올리듯 수반을 손질"하는 모습은 문화의 보편성 안에 얼마든지 공유하며 서로 다가설 수 있는 인정 어린 모습일 것이다. 두 작품을 통해 다문화에 대한 인식을 새롭게 보여주고 있다는 점에서 이 시집은 종전의 시집과 다른 의미를 지닌다.

4. 순수 서정 — 상처 받고 낮은 것들을 위한

시인의 작품들은 순수 서정의 맑은 세계를 보여준다. 상처받고 낮은 것들을 위한 목소리가 투명하게 굴러간다.

「동백꽃 읽기」에서는 "도도록한 이마 상처 자국도 감쪽같다/ 아이들 다시 짚으니/ 송골송골 꽃송이네"에서 보듯 "동백꽃"이 갖는 시적 특성을 잘 파악하여 서정적으로 자연스레 육화하고 있다. 꽃이 지닌 특성이기는 하지만 "부루퉁히 내민 입술"과 감쪽같은 상처를 통해 시인의 시선이 낮은 것들을 향하고 있음을 알 수 있다. 「매梅 앞에서」라는 작품에는 "처연히 피"어난 매화 앞에서 시인은 "핑계만/ 짙어진 세월/ 저 앞에서 붉어지네"라고 하여 약자들을 위하여 제대로의 역할을 못한 시적 자아의 처지를 부끄러워하며 뉘우치는 자세를 보여준다. 이러한 시적 자세가 잘 여과된 작품이 「팽이밥」이다.

열지 않는 문틈 사이 그냥 와서 피기까지

아무도 봄 변덕을 알아채지 못하고

자욱한 둑 넘어 얽힌 그 사연만 들춰왔다

바깥날 눈부신데 움츠리는 여린 것들

오래 묻은 약속을 피워내지 못한 날은

괭이밥 귓불만지며 붉어진 뜰 쓸어본다

—「괭이밥」 전문

"괭이밥"은 요란하지 않다. "그냥 와서 피"어 나는 존재다. 값어치가 없어서가 아니라 낮은 것을 대변하는 존재이기 때문에 그렇다. "바깥날 눈부신데 움츠리는 여린 것들"의 존재이다 누군가 앞에 서서 "이게, 나야!"라고 자신 있게 말해본 적이 없는 한미한 존재들이다. 시인은 이들과 동행하면서 그들의 낮고, 버림받고, 아픈 심경을 차분하면서도 자연스레 그려낸다. 시인은 또한 "오래 묻은 약속을 피워내지 못한 날"의 쓸쓸함을 알고 있다. 그리하여 그 허전함을 "괭이밥 귓불 만지며 붉어진 뜰 쓸어"보는 것으로 위로하고 있다. "붉어진 뜰"은 시적 자아의 성찰적 자세를 엿볼 수 있는 대목이다. 앞서 살핀 「매梅 앞에서」의 작품에 "핑계만/ 짙어진 세월/ 저 앞에서 붉어지네"의 붉음과 상통한다. 부끄러움과 회개가 동시에 수반되는 자기 정죄의 성찰인 셈이다.

입맛 잃은 시절에 쓸 곳 많던 그릇 하나
두레상 가운데쯤 묻은 물기 닦아내고
두 손에

정히 받들어

앞자리에 놓던 그것

윤기도 여문 윤기 강을 따라 흘러가고

구정물 쏟아 붓는 바람 찬 울 밑에 앉아

볕살에

등살 지지는

사금파리로 뒹군다

―「그릇 하나 ― 행인 중에서」 전문

이 작품을 통해 시인은 한때 소용되던 그릇의 버려짐에 대해 담담하게 그리고 있다. "두 손에/ 정히 받들어/ 앞자리에 놓던 그것"이 "구정물 쏟아 붓는 바람 찬 울 밑에 앉아/ 볕살에/ 등살 지지는/ 사금파리로 뒹"구는 현실을 그려내고 있는 것이다. 그러나 이것이 그릇만의 얘기가 아니라는 점에 의미가 있다. 부제를 "행인 중에서"라고 잡은 것은 이를 보다 더 명확하게 보이고자 하는 의도일 것이다. 사람들의 존재가 역시 그러하다. 앞이 아니라 뒤로 바뀐, 귀하고 정한 존재에서 귀찮고 쓸모없는 존재로 바뀐 세상사의 단면을 그릇을 통해서 보여주고 있는 것이다.

세상 모두 흙인 것을 알았다

못 가서 그립고 만나면 더 그리운 당초무늬 글썽대는 내 고향 동구 같은, 익은 것들 다 은빛으로 어정대는 이곳에 와서

고향도 바싹 금이 간 흙인 것을 알았다.

―「흙집 ― 토암당」 전문

아파트나 더 세련된 고급 빌라보다는 "흙집"의 귀함을 알고 거기에 세상의 아름다움이 놓여있음을 알고 있는 것이다. 그리움의 본질적인 실체를 이를 통해 느끼고 "은빛으로 어정대는" 여유와 품새를 넉넉하게 보여주고 있다. 특히 이 작품은 사설시조로 늘어난 중장이 전·후구로 나뉘면서 열거, 반복, 절정의 구조를 잘 살려내고 있다.

우리 모두는 이렇듯 "사금파리"나 "바싹 금이 간 흙집" 같은 존재들이 아니던가.

> 낮추는 것 앞에서 절로 고개 숙인다(「심心 2-처서」 초장)
>
> 잔뿌리 다 다칠라 저문 날이 흔들리고(「봄 들」 중장)
>
> 살면서 놓다 한 말 물소리에 잠재우고(「어머니의 새벽 외출」 둘째 수 중장)
>
> 그늘 속 품은 것들 꽃씨인 듯 어루만져(「꽃씨」 둘째 수 중장)
>
> 흙에 묻혀 수줍던 동그란 우리들 얼굴(「민속관에서」 중장)
>
> 눈 막고 귀 막아서 석삼년 주린 세월(「우포늪」 둘째 수 중장)
>
> 더 갈 데 없을 때까지 캄캄하게 가야하리(「공원 사색」 첫째 수 종장)

많은 작품들에서 낮은 것들과 동행하는 서정 자아의 모습을 찾아볼 수 있다. 흙 속이든, 물속이든, 그늘 혹은 어둠 속이든 그것이 결국 다름 아닌 "우리들 얼굴"이라는 것이고, 그러기에 이들에게 보내는 애정 어린 시선은 자신의 성찰적 기반 위에 서게 되는 것이다. 이런 연유로 이들 시편들에서 중요한 의미를 지니는 것은 이러한 무명의 낮고 부족한 것들이 그냥 무가치한 존재들로 소멸되는 것이 아니라 "고뇌도 털어내면 이슬 맺혀 윤이"나는(「꽃씨」) 소망을 가지고 있다는 점이다. 오히려 이들과 동행하면 "발걸음이 가볍"고(「우포늪」) 쓸쓸하기도 하여도 "세상 일 깨닫"기도 (「공원 사색」) 한다는 점이다. 이러한 소망으로 이르는 과정으로 인하여 우리는 제시인이 보여주는 세계에 대해 더욱 신뢰감을 가질 수 있다. 고난은 환란을 가져오고 환란은 인내를, 인내는 연단을, 연단은 소망을 가져오는 진리를 믿기 때문이고, 서정 자아는 이러한 과정 위에 더 견고한 시적 기반을 구축해가고 있기 때문이다. ▨

제2부

비판과 자유의지, 폭발하는 서정의 상상력
— 노창수론

노창수 시인의 시편들에서는 아직도 5월 광주의 아픔이 묻어 나온다. 민초들의 꺾이지 않는 자유 의지가 간명하고 단호하게 형상화되고 있다. 이와 동시에 점점 물질화 되어가는 사회에 대해 날카로운 비판과 풍자를 보여준다. 노 시인의 노련한 일면은 특히 시의 서정성을 운용하는 측면에서 빛을 발한다. 대개 시대에 민감하고 비판적인 작품들이 갖기 쉬운 경직성에서 벗어나 자유로운 서정의 폭발적 상상력을 보여준다. 이 풍부한 자양으로 인해 그의 시편들은 이제 어느덧 남도의 큰 나무가 되고 있다.

1. 아직도 끓고 있는 밥, 오월 광주의 그리움이여

30년이 넘어버린 광주. 역사의 한 페이지로 물러간 광주. 광주는 이제 누구도 얘기하지 않는 소재가 되었다. 그러나 노창수 시인은 광주를 얘기한다. 왜 애써 노 시인이 광주를 얘기하는가. 아마도 이는 유행을 그렇게 달가워하지 않는 시인의 과묵함에서 비롯된 것이라 보고 싶다. 그러나 그는 이를 과거의 서정으로 낡게 얘기하지 않고 있다. 아주 새로운 감각으로 보여준다.

무등의 5월 깊다
자유로운 세포로

고픈 배 가득히

민주주의를 채우려

휘파람 오므린 입술

주먹밥을 먹는다

—「무등산 솔방울」 전문

　무등산의 "솔방울"을 보면서 그는 "주먹밥"을 상상한다. 어떤 주먹밥인가. "고픈 배 가득히 민주주의를 채우려"한 주먹밥이고 "휘파람 오므린 입술"같은 주먹밥이다. 전자처럼 부풀렸지만 단단함이 옹골차고 후자처럼 오므렸지만 틈새 없이 꽉 주름진 탄탄한 밥이라는 것이다. "솔방울"이 주는 이미지의 특성과 "주먹밥"의 이미지 특성을 잘 버무렸다. 특히 민주주의를 채우기 위해 주먹밥 닮은 입술로 "주먹밥을 먹는다"는 표현은 절묘하다. 좋은 단시조가 가질 수 있는 간결성과 극적 서정성, 재미성을 고루 갖췄다.

죽창에 활활 타는 시민군이 우는 저녁

총칼부대 배를 갈기자 노을 질펀 뱉어내고

시뻘건 혼백 투사 깃발 가스불에도 실렸다

들리는 함성 예 와서 메아리처럼 빨리운다

긴 오월 혀가 놀라 다락방에 숨는 날

쉭 쉭 쉭, 쑤셔 찾아라 소총 소리 덜컥인다

들키자 목숨까지 차라리 더 황홀하고

서럽도록 네 총질 뜨거운 금남로로

푸 푸 푹, 수증기 분열 목구멍이 뜨겁다

—「아직 압력밥솥이 끓고 있다」 전문

저항하는 시민군을 인정사정없이 제압하는 군부대의 묘사를 압력밥솥에 밥이 끓고 있는 장면과 오버랩하고 있다. "죽창" "시민군" "총칼부대" "소총"등의 무기와 서로 대치하고 있는 상황들, "활활 타는" "시뻘건" "서럽도록" "뜨거운" 등의 비교적 강한 어감의 수식어와 "배를 갈기자" "질펀 뱉어내고" "쑤셔" "덜컥인다" 등의 거친 행동의 용언들, 총검을 쑤시는 "쉭 쉭 쉭"과 밥통의 수증기 "푸 푸 푹"의 의성어 등이 분위기를 고조시키는 역할을 하고 있다. 사라진 듯 보이지만 30년이 넘도록 광주 민주 항쟁의 정신은 아직도 펄펄 끓고 있음을 보여주고 있다.

기관총처럼 유린했다
알몸으로 떨며 빌던 널

사랑한다는 흰 고백
무참히도 꺼갈기고

갈대 숲 눕힌 개머리판
흙빛 담아 짓이긴다

— 「첫눈을 밟으며」 전문

이 작품에도 "첫눈"이 지니고 있는 순수하고 순결한 이미지를 여지없이 유린하는 모습을 보여주고 있다. 역시 오월 이미지를 자연스레 확장시키고 있다고 볼 수 있다. 지금까지 광주 5월을 그린 시조 작품들은 그렇게 많지 않다. 더욱이 인용 작품은 물론 앞서 인용한 「무등산 솔방울」, 「아직 압력밥솥이 끓고 있다」 등처럼 생태학적 상상력을 확장시켜 독특하게 얘기한 경우는 없었다. 이 작품의 진정한 의의는 바로 이점에 가장 치열한 오월 민주 항쟁을 가장 생태적인 눈부신 상상력으로 접근하여 새롭게 조명하고 있는 점이라고 볼 수 있겠다.

어른들 행상 나가고 손바닥만 한 마당에
조카애들 땅따먹기에 배고프면 코를 빨고
지붕들 망나니에 빠져 루핑 처마를 펄럭였다

수돗가 몰려간 물통들 줄 서는 새벽에
군홧발은 위협하며 낄낄대는 배를 지르고
휘그덕 전차 소리에 잘린 바람이 웃었다

지금도 까아만 뽑기 눈자위를 더듬으며
블록담 낮은 키로 손가락을 겨눈 기억
윙 윙 윙, 몸서리치게 파란 불이 징했다

— 「송전탑 아래 — 70년대 청량리촌」 전문

이 작품은 물론 오월 광주를 노래한 작품은 아니다. 그렇지만 70년대 청량
리촌의 상황을 그린 작품으로 위협하는 군화발의 위력을 실감케 하는 표현이 나
오고 있다. "배고프면 코를 빨고" "수돗가 몰려간 물통들 줄 서는 새벽"의 가난한
시절의 기억은 시인에게 "파란 불"의 기억으로 생생하게 자리 잡고 있음이 분명
하다. 이 지울 수 없는 기억에 대한 그리움과 지독한 가난의 정서가 오월 광주의
아픔으로 자연스레 연장된 것은 아닐까.

2. 부패한 부패의 시대, 언어유희의 신랄한 풍자 정신

오월의 민주 정신은 오늘의 시대 현실에 직면하면서 강한 시대정신을 가질
수밖에 없을 것이다. 노 시인의 작품에서 당대 사회를 향한 질타를 볼 수 있는
것은 그리 이상한 일이 아니다. 그런데 노 시인은 이러한 사회 비판의 작품도 이
를 직설적으로 그려내지 않는다.

그놈이다 꿀꿀 탐한

내어 민 주둥이로

벌름 커진 콧구멍

납작하게 더 퍼졌다

나으리

좋은 청탁 맛

꼬리 살래 먹는다

부패 천국 부패 잔치

찬란히 차려 놓는다

넘어지는 헛웃음에

서류마저 뼈얼개진다

통 큰 놈

받는 왕초 보다

엿보는 놈이 들킨다

　　　　　　　　　　　　　　　　　　—「돼지 인사 로드맵」 전문

　　상 위에 돼지머리를 놓고 고사를 지내는 풍속을 소재로 삼아 현실을 비판하고 있다. 역경易經에 돼지는 북두칠성의 정령이 붙어 생겨난 짐승이라는데(믿거나 말거나 돼지 뒷다리에는 검은 점이 7개 있다고 한다) 각 기공식은 물론 시무식, 심지어 최초의 우주선을 발사를 앞두고도 이 고사를 지냈다고 하니 최첨단 과학과도 어렵지 않게 동거를 하고 있다고 볼 수 있다. 생사 길흉은 물론 돼지머리에 돈을 꼽아 넣는 풍속을 빗대어 이를 인사 청탁의 뇌물을 수수한 것으로 그리고 있다. "부패 천국 부패 잔치"의 언어 조합은 동음이의同音異義의 일종의 언어유희fun라고 볼 수 있는데 언어의 폭력적 결합을 통해 신랄한 야유를 보내고 있는 것이다.

뛰어라 허리 늘씬

마른안주 내놓겠다

푸른 사이키 홀

오색 발톱 춤춘다

저 광휘

앗으며 내 돈, 내 돈! 돈 내, 돈 내!

그 허리 안고

삐야웅

— 「고양이 오브 뮤직」 전문

술안주에 바가지를 씌우는 간계를 고양이에 비유하여 익살스럽게 그리고 있다. 고양이의 모습을 종업원이 보여주는 날렵함과 부드러움에 감췄다. 그렇지만 고양이가 갖고 있는 날카로움, 즉 "오색 발톱"과 유연한 몸놀림으로 언제든 "그 허리 안고/ 삐야웅" 할 수 있는 존재다. 점점 물질의 노예가 되어 인간다움이 사라져가는 현대인의 위태로운 실상을 풍자하고 있는 작품이라고 볼 수 있겠다.

오기 같은 막장 삶 도탄을 넘지 못하고

꽂혀진 비웃음은 좁혀진 과녁이었다

구 구청

불도저처럼

전답 하나를 뭉갰다

헐린 공장 터에 빌딩 몇 세운다고

초라한 이승꽃마저 작업화로 밟은 날

슬며시

하품 문 김씨도

오늘 아침 죽었다

— 「회기 중에 일어난 일말—抹」 둘째, 셋째 수 전문

돌아갈 갈대집

기운 누더기 머리 위

기우뚱한 카누에 흰 눈알이 번뜩인다

앵벌이 쏘대는 엄마들

누런 웃음도 짜디짜다

— 「보트피플, 집을 찾아서」 셋째 수 전문

전자의 작품에서는 획일화되고 구획화된 계획경제의 개발 아래 참담하게 무너지는 개별성과 개인의 자유가 극명하게 그려져 있다. 도시화의 바람을 타고 "헐린 공장 터에 빌딩 몇 세"우며 밀려난 근로자들은 죽음의 극단을 택하면서도 어떤 보상도 받지 못했다. 후자의 작품은 그보다 더 비극적인 경우의 캄보디아 난민을 그리고 있다. 나라를 잃고 보트피플로 헤매는 빈궁한 삶이 사실적으로 그려지고 있다. 약자의 편에서 시인은 세상을 늘 조명하고 있는 것이다.

3. 확장 은유와 병치, 폭발하는 서정의 상상력

노창수 시인의 시적 특징은 민초들이 지니는 민중 정신과 아울러 현실 비판 정신을 가지고 있음에도 서정성이 탁월하다는 점에서 특히 남다른 의미를 갖는다. 앞서의 특징들을 얘기할 때도 종래의 기법으로 이들 정신세계를 나타내지 않고 새로운 각도에서 아주 이채롭게 보여주고 있음을 살핀 바 있지만 서정성이 확장 은유의 기법을 통하여 상상력 확대에 기여하고 있는 점은 그의 시적 사유가 젊은이들 못지않은 탄탄함을 아직도 유지하고 있다고 볼 수 있다.

고딕 향이 좋구나

글 냄새를 맡아간다

사각모 레이저 신사

문서 키에 명령한다

흰 손들 유리창 너머

토너 가방을 들고 간다

이보다 더는 없겠다

배설 하나 좋은 줄이

책 더미에 마주 앉아

앵두 같은 시를 뱉으니

뜸 들인 온라인 접시가

감춘 혀를 내두른다

―「프린터기에게」 전문

작품이 프린터에서 출력되는 장면을 마치 음식 배달을 하고 가는 자장면 가방처럼 인식하면서 이를 비유하여 그리고 있다. 마치 갓 배달된 음식을 "앵두 같은 시"로 비유하고 백지를 "뜸 들인 온라인 접시"로 이에 대한 맛을 "감춘 혀를 내두른다"고 표현하여 감칠맛을 보여주고 있다. 비유가 단순은유로 그치지 않고 확장은유로 나타나면서 원관념과 보조 관념의 관계를 더욱 견고하게 묶어 주고 있다. 확장은유는 한편의 시를 창조하는 과정으로 나타나고 있는데 "고딕 향→ 글 냄새→ 문서 키→ 토너 가방→ 책 더미→ 앵두 같은 시"의 체계화된 과정으로 직조되고 있다.

고수부지 마당에

비릿한 갈치 좌판

최 노인 천막 문에

누가 올까 여겨 본다

무소식
뒤엉킨 눈물
주먹 튕겨 뿌린다

움찔움찔 멀어져
사람 그림이 또 그립다
시련에 발목 잡힌
감정선의 손금 끝

최 노인
낡은 기침에
내 휴머니즘도 서성인다

— 「휴, 먼 또는 human」 전문

　　"휴, 먼"과 "human"은 동음이지만 전혀 다른 의미를 내포하고 있다. 전자는 탄식하는 소리와 '멀다'는 서로 상당히 떨어진 거리를 나타내는 수식어를 말한다. 뒤의 의미는 형용사로서 인간의, 인간적인, 인간미가 있는 등의 뜻을 가지고 명사로 인간, 사람의 뜻을 지닌다. 시인은 "최 노인 천막 문"을 들여다본다. 누가 올 리 없는 외로운 천막 안. 너무 쓸쓸한 풍경에 그만 시인은 지레 한숨을 쉰다. 멀고 먼 풍경을 보듯 아련함에 인간적인 연민을 동시에 느낀다. 이 시가 주는 의미는 이처럼 복합적이다. 이 아련함은 엉뚱하게 「조반권법朝飯拳法」에도 연결이 된다. 「조반권법朝飯拳法」에는 "무림들" "검객" "취권醉拳" "용호상박龍虎相搏" 등의 검법 용어들이 등장하고 각종 "권법"인 축지법縮地法, 도강법渡江法, 철권법鐵拳法, 굴곡권屈曲拳 등의 아주 생소한 용어들이 등장하는데 홀아비로 살아가는 "강건너" 씨의 조반 먹는 모습을 권법을 통해 우스꽝스럽게 그리고 있다. 새로우면서도 이채롭게 그려가는 이 작품에도 화려하게 구사되는 용어들 이면에 놓인 현대 도시 공간에 버려진 독거노인들의 쓸쓸하고 공허한 일상의 단면이 오버랩 되고 있음을 주목할 필요가 있다고 판단된다.

귀볼이 싸개를 봐
관자놀이 붉어졌다

점박이에 쫓기던
꽃목걸이 시절이다

편서풍 몰래 나르다
바람 색도 붉어진다

— 「홍시의 밤」 전문

누군가 눈을 가리며 눈 떠보라 했다
와자히 빠진 고통 아랫눈이 붉어졌다
강 건너 흰 동학군들 흩어지는 두건들

밤 새던 어스름에 제 획책 몰래 감추고
누운 자들 소리 죽여서 죽창자루 바꿀 때
풀 풀 풀, 뼛가루를 뿌리듯 황토밭이 울었다

— 「첫눈 오는 날」 전문

「홍시의 밤」은 마치 자신을 좋아해 쫓아다니는 사람을 부끄러워하며 볼을 붉히는 상황을 그려내고 있는 듯하다. 눈의 바깥쪽에서 귀 사이가 붉어지고 이에 조응이라도 하듯 편서풍은 풍속이 강한 제트류jet stream를 발생하여 "바람색도 붉어진다"는 것이다. 이 모두가 "꽃목걸이 시절" 곧 "홍시의 밤"일 때의 일. 단시조에 고도로 농축된 정서를 집약하였다. 「첫눈 오는 날」의 정서는 "흰 동학군들" "흩어지는 두건들" "죽창자루" 등의 전투적 분위기에 짓눌려 사뭇 거칠고 위압적이다. "누운 자들 소리 죽여서"나 "풀 풀 풀, 뼛가루를 뿌리듯"에서의 하강적 이미지가 "와자히 빠진 고통"이나 "황토밭이 울었다"의 좌절과 울음으로 고착되면서 "첫눈"과는 전혀 다른 병치적 이미지를 연출하고 있다.

지금까지 살핀 바와 같이 노창수 시인의 시편들이 5월 광주의 아픔 곧, 민초들의 꺾이지 않는 자유 의지가 간명하고 단호하게 형상화되고 있으며, 이와 동시에 점점 물질화 되어가는 사회에 대해 날카로운 비판과 풍자, 이들 작품 들이 갖기 쉬운 경직성에서 벗어나 자유로운 서정의 상상력을 보여주고 있다. 이런 이유들로 모두冒頭에 필자는 이 풍부한 자양을 기저 자질로 그의 작품은 남도의 큰 나무가 되고 있다고 하였다. 필자는 이제 우람한 이 나무가 그늘과 품을 거느려 숲이 되고 산맥이 되어 가길 진심으로 바란다. 노창수 시인의 건승과 건필을 진심으로 기원한다. ▨

순수와 역설의 변증법

— 이무식론

이무식李武植 시인은 1944년 동경에서 출생하여 1991년 ≪현대시조≫ 신인 문학상으로 등단하여 1996년 첫 시조집 「맷돌의 변」을 발간한 이래 18년 만에 이번 시조집 『띄우지 못한 편지』를 출간하게 되었다. 거의 절필에 가까운 산고 끝에 결실을 맺게 된 것이다. 시인은 이 오랜만의 외출을 "낯설고도 부끄럽다." 고 말한다. 보통의 경우 4, 5년 만에 시집을 내고, 그러면서도 겸양의 미덕을 갖지 않는 것에 비하면 이 시인의 진중하고 겸손함은 짐작이 가고 남음이 있다. 그런데 그의 작품 세계 또한 시인의 이러한 성격과 잘 어울린다. 순수 서정을 지향하는 맑은 정신이 넘치고 있으며 때로는 예리하게 시대에 대한 모순과 부조리에 대하여 지적하기도 한다.

1. 섬세한 순수, 맑고 깨끗한 기품의 서정

하늘 끝 전신주에
까치가 집을 짓네

안온한 숲을 두고
바람 같은 집을 짓네

어차피
삶이라는 것
바람인 줄 알겠네

지으면 헐릴 터에
지친 몸 부려놓고

소중한 꿈 한 자락
체온으로 품고 있네

바람도
꿈을 만나면
영원임을 알겠네

— 「탐라일기 10 — 바람 같은 집을 짓다」 전문

　「탐라일기」 연작은 시인의 순수한 시적 정서와 내밀함 가운데 꿈을 품어가는 온유하고 따뜻한 기운이 잘 조화를 이루고 있다. "전신주에/ 까치가 집을 짓"는 상황을 보고 시인은 이를 숲과 같은 아늑한 장소를 피해 구태여 여기에 "바람 같은 집을 짓"는다고 얘기한다. 그러면서 바람이 가지는 의미를 재조명하고 있다. "바람"은 흔히 가변적인 존재로 생각하기 쉬우나 시인은 이것이 지닌 영원성을 얘기한다. 문학 작품 속에서 바람은 가끔 하늘의 기운, 즉 우주의 숨과 기운을 상징한다. 단군신화에서 풍백風伯이 앞서는 것도 이 같은 우주론적 상징성에 기인한다. 풍월風月과 풍류風流는 신라인, 특히 화랑도에게는 대자연에서 노닐며 몸과 마음을 닦는 일을 의미하기도 한다. 서양에서 인식하는 바람의 상징성은 매우 다양하여 허무나 불안, 폭력과 맹목성 등과 같이 매우 가변적이다. 그러나 한편으로는 풍요의 숨결, 성스러운 정신 등을 의미함으로써 신의 말, 우주의 기氣를 상징하기도 한다. 이 작품에서는 후자의 생명의 바람으로 나타나고 있다.

"소중한 꿈 한 자락/ 체온으로 품고 있"는데 그 꿈은 찰나적인 것이 아니라 영원성을 내포하고 있기 때문이다.

「탐라일기 6」에서는 "애월항 물빛"의 "환한 속내"를 평생 숨기고 사는 인간의 서러움에 대해 얘기하고 있다. 아마도 인간이 본래 지니는 서정성은 이 "애월항 물빛"과도 같은 순수함일 것이다. 「탐라일기 9」에서는 "방선문訪仙門 계곡"의 순수함이 잘 형상화되고 있다. "노도 같은 물줄기"라도 "바위에 음각된 채/ 알몸으로 누워 있"는 천진성은 그대로 선계라 할 만한 고매성을 지니고 있다. 이 모두가 시인이 얼마나 맑고 섬세한 순수의 정신을 가지고 있는지를 잘 보여준다.

겨우내 물이 오른
미루나무 가지마다

멧새들 부리 닮은
연둣빛 잎이 튼다

꽃보다
아름다워서
꽃들이 미리 진다

— 「연둣빛 잎이 튼다」 전문

연둣빛 잎이 막 돋아나기 시작할 때 모습을 그리고 있다. 꽃이 지고 나서 연둣빛 잎이 돋아나는데 이를 살짝 바꾸어 말하고 있다. "멧새들 부리 닮은/ 연둣빛 잎이" 트는 것이 너무 아름다워 "꽃들이 미리 진다"는 것이다. 물론 꽃보다 잎들이 아름다울 리는 없지만 시인은 그 잎들이 트는 모습의 순수함을 강조하고 있는 것이다. 화려함보다는 수수함을 더 숭상하고 복잡하고 소란한 것보다는 맑고 깨끗한 기품을 가까이하고 있는 시적 자아의 정신이 오롯하게 느껴지는 수작이다.

버들개지 살찐 모습
봄은 벌써 문턱인데

얼었던 내 마음에
봄이 오면 어쩔 거나

움돋듯
쑥쑥 자라날
그리움을 어쩔 거나

이 가슴 저려 와도
그대 창엔 닿지 않고

얼음 풀린 저 강물은
쉼 없이 흐르는데

갈 길이
멀다는 것은
거리距離만이 아니군요

— 「띄우지 못한 편지 11」 전문

이 작품은 마치 앞서 살핀 「연둣빛 잎이 튼다」의 작품의 후속편을 보는 듯
하다. 맑고 깨끗한 기품의 서정을 그대로 잘 이어받고 있으면서도 섬세하다. 그
섬세함은 시적 자아의 감정을 묘사하는 부분에서 두드러진다. 시적 자아는 봄이
와서 "움돋듯/ 쑥쑥 자라날/ 그리움을 어쩔 거"냐고 묻는다. 그러나 적극적으로
그 그리움을 표명하지 않고 안으로만 삭히면서 내면화한다. 직접적으로 그리지
않고 비유적으로 그려낸다. 흘러도 그대에게 닿을 수 없으니 "멀다는 것은/ 거
리距離만이 아니"라는 것이다.

사랑하지 않는단 말
비수처럼 꽂아놓고

돌아선 그대 모습
나도 따라 버리면서

다시는
채우지 못할
이 가슴을 비웁니다

때로는 아닌데도
다가서는 아픔들을

이제는 잊었을까
오던 길 돌아보면

한계령
단풍마저도
피울음을 토합니다

—「띄우지 못한 편지 14」 전문

　시적자아는 이 그리움이 결국에는 이루어지지 못한 사랑 때문임을 얘기한
다. 「띄우지 못한 편지」 연작 자체가 이 사랑과 밀접한 관련이 있다. 아마 사랑
하는 사람은 "사랑하지 않는단 말/ 비수처럼 꽂아놓고"에서 보듯 시적 자아에게
큰 상처를 주었음에 틀림없다. 그러나 이에 대해 시적 자아는 분노하거나 절망
하지 않는다. 아마도 그것은 떠나간 상대방이 시적 자아를 사랑하지 않아서가
아니라 어쩔 수 없는 상황이었음을 짐작하게 한다. 설사 그것이 사실이 아니라

도 시적 자아의 상대를 생각하는 마음은 단순함을 넘어서 애틋하고 애절하게 다가온다. "한계령/ 단풍마저도/ 피울음을 토"한다는 것은 자신의 슬픔이 그보다 더하다는 것을 말하고 있기 때문이다.

2. 소멸과 자기 모순의 역사성 – 인간성 상실에 대한 비판

섬세한 순수, 맑고 깨끗한 기품의 서정의 시학이 이 시인 작품의 한 축을 형성한다면 역사를 바르게 보고 이를 오늘에 살려 비판하는 하나의 축이 형성되고 있다. 역사를 바르게 보는 것은 과거 있었던 역사적 사실만을 단순하게 의미하는 것은 아니다. 잊혀져가지 않아야할 정신적인 것의 재조명을 통해 이것은 시작된다고 볼 수 있는데 「옛이야기」 연작은 이에 대한 의식의 발로를 보여주는 좋은 예에 속한다.

풋 바심하기도 전
덜 여문 이삭 훑어

덩더쿵 디딜방아
겉보리 대껴내면

큰 애기
마른버짐도
쉬어 넘던 보릿고개

— 「옛이야기- 디딜방아」 전문

"디딜방아"에 얽혀있을 법한 배고픈 시절의 기억을 시인은 단시조를 통해 단아하게 보여준다. 얼마나 넘기 어려웠으면 "덜 여문 이삭 훑어" "겉보리 대껴내"었을까. 시인은 이렇게 풋보리라도 넘어가려는 보릿고개의 눈물겨움을 "큰 애기/ 마른버짐도/ 쉬어 넘던 보릿고개"라고 얘기한다. 마른버짐은 아마도 제대로 먹지 못해 피었을 것이다. 그런데 식솔들에게 허기라도 면하게 할 요량으로 겉보리를 애써 방아 찧는 모습을 보니 얼굴에 핀 마른버짐이라도 더 이상 번지지 않고 쉬어 갈 수밖에 없는 것 아니겠는가. 그런데 시절이 좋아지니 보릿고개도 디딜방아도 다 옛이야기가 되고 말았다. 시인은 아마 어디 민속박물관에서나 보았을 법한 "디딜방아"를 통해 잊혀지지 않아야할 우리의 정신을 일깨우고 있는 것이다.

단종복위 꿈을 안고 달리려던 자작재길

이루지 못한 꿈은 피로 물든 돌이 되고

금성은 사직의 안위 지켜보고 있구나

순흥부 폐부되던 피비린내 나는 역사

산사의 독경소리 청아하게 씻어주고

나한전 꽃창살무늬 희망처럼 피어난다
　　　　　　　　—「소백산 자락길 – 제12자락 자재기길, 서낭당길, 배점길」 전문

　　소백산 자락길은 총 12자락 143km 길이로, 영주에서 시작해 충북 단양, 강원도 영월, 경북 봉화를 걸쳐 다시 영주로 돌아오는 코스다. 각 자락은 평균 거리가 12km 내외로 약 3~4시간이 소요된다. 이 시의 소재가 된 제12자락은 자재기길~배점길(8km, 약 2시간 25분 소요)로 소백산 자락길 마지막 코스다. 중부내륙기행 중 하나인 소백산 자락길은 '한국관광의 별'로 선정(2011년) 되기도 했다. 영주문화연구회 측은 "소백산 자락길은 한강과 낙동강을 이고 있는 우리 문

화의 출발지다"며 "한국관광의 별 소백산 자락길은 우리 모두가 자랑해야 할 가장 한국적인 길이며, 함께 가꾸어 후손들에게 물려줘야 할 소중한 자원"이라고 얘기한다. 아름다운 가장 한국적인 길임에도 그러나 시인은 길 안에 담긴 역사가 그리 순탄한 곳이 아님을 얘기한다. "이루지 못한" "단종 복위 꿈"은 "피로 물든 돌이 되고" "순흥부 폐부 되던 피비린내 나는 역사"가 담겨있는 곳이라는 것이다. 시인은 이 비극의 역사 현장에서 "희망처럼 피어"나는 "나한전 꽃창살무늬"를 만난다. 아픈 역사를 "산사의 독경소리"로 "청아하게 씻어"냄으로 써다. 이 맑고 투명한 서정성은 전 장에서 기술한 '섬세한 순수, 맑고 깨끗한 기품의 서정'에 맞닿아있다고 할 수 있다.

실체적 진실이란 게
도대체 뭣이랑가

안 나오면 그만이고
나와서는 기억 없고

거시기
뭣이더랑가
그렇게들 알기요

— 「역설逆說 30」 전문

「역설逆說」 연작은 오늘을 살아가는 현대인들의 모순적 삶을 비틀어서 보여준다. 역설逆說, Paradox이란 표면상으로는 말이 안 되는, 즉 자기 모순적이고 부조리한 것처럼 보이지만, 해석의 과정을 거쳤을 때 그 의미가 올바르게 전달될 수 있는 진술, 곧 진실을 담고 있는 진술을 말한다. 「역설逆說 30」은 청문회가 가지고 있는 역행적 의미를 담고 있다. 시인은 이를 "안 나오면 그만이고/ 나와서는 기억 없"는 아주 모순된 한국판 정치 행태에 대하여 날카로운 비판을 하고 있는 것이다.

시작은 이제부터
혁명은 준비됐다

한 걸음 물러나서
실물은 주눅 들고

박제된
나의 허상이
앞장서서 설친다

— 「역설逆說 32」 둘째 수

사람보다 더욱 귀한
벼슬들이 도열堵列하여

어차피 못난 이름
주눅 들게 하고 있다

먼 먼 길
허우적거려도
돌아오면 거긴데

— 「역설逆說 33」 전문

「역설逆說 32」의 "신분증"이나 「역설逆說 33」의 "명함"은 자신의 실체가 가지고 있는 외면의 포장을 간명하게 보여주는 증표들이다. 현대인들은 이를 통해 자신을 나타내거나 교통의 통로로 사용한다. 자신의 실체는 중요하지 않고 이 외면의 증표들에 의해 상대방의 인격과 지위를 가늠한다. 보안검색이 필요한 곳에서는 신분증이 반드시 있어야 하고, 어느 모임을 가더라도 명함을 주고받지 않으면 불안해하고 꺼림칙하고 불안해하기까지 한다. 서벌 시인은 일찍이 벗이 주고 간 명함을 "만평 적막"이라고 했다. 사회적으로 어느 구성원에도 끼지 못한 아픔을 이렇게 얘기한 것이리라. 이 작품에도 드러나듯 "못난 이름 주눅 들게 하고 있"는 것이다. 명함보다 더 확실한 것이 신분증인데 "불신의 장벽 앞에" 현대 인들은 어떠한 형태로든 "분장이 필요하"고 상대방을 의심해야 할 위치에 서게 되면 이를 통해 상대방을 신뢰할 수밖에 없게 된다. 시인은 이 작품들을 통해 상 실되어가는 현대인들의 인간성 상실을 강도 높게 비판하고 있는 것이다.

역설은 공론 즉 의미에 대한 비논리적인 여행이 아니라 다른 의미, 곧 보다 근본적이고 중요한 의미로 대체시키기 위해서만 공론을 배제하는 언술 행위이 다. 즉 그것은 일반적인 의미 행위를 넘어서고자 하는 의미 행위인 것이다.

> 기억이 아득하다
> 편지를 써 본 지가
>
> 주소는 이제 더 이상 편지가 가 닿을 곳이 아니다. 우리들의 주소는 대한민국도 아 메리카도 아닌 www.로 전출轉出된 지 오래다. 오늘도 열심히 자판을 두드려 보지만, 웬일인지 소통疏通이 부재不在다.
> 막막하다.
>
> 도대체
> 내가 있는 여기가
> 어딘지를 모르겠다
>
> — 「역설 48 – 현주소」 전문

인터넷 세상 속에서 살아가고 있는 현대인들의 모습을 예리하게 짚어내고 있는 이 작품은 부제로 삼은 "현주소"가 더 이상에 땅에 기댄 현실적인 주소가 아님을 보여준다. 아날로그적 글쓰기는 구시대의 유물이 되어버렸고 그래서 "편지를 써 본 지가"가 "아득하다"는 것이다. 모든 것이 편리하게 가상공간 안에서 이루어지고 있는 것이다. 그러나 이것이 "소통疏通이 부재不在"하다고 역설한다. 이 막막한 공허의 세계를 시인은

그것은 은밀해서
얼굴을 알 수 없다

어딘가 몸을 숨기고
내 알몸을 훔치다가

가끔씩
낄낄거리며
음흉하게 웃고 있다

—「역설逆說 40」첫 수

독특하게 그려낸다. 가상이면서도 마치 그것은 뚜렷한 실체가 있어 우리를 정탐하고 있고 더 나아가 우리 육체뿐만 아니라 정신까지도 지배할지 모른다는 압박감을 모더니티하게 새로운 감각으로 그려내고 있다. 특히 「역설 48」은 사설시조로 사설이 가지고 있는 중장의 미학, 반복 — 열거 — 절정의 기법을 무난하게 잘 소화하고 있다.

우리는 지금까지 이무식 시인의 작품들이 일관되게 보여주고 있는 두 가지 시적 성취에 대해 살펴보았다.

우선 첫째 그의 작품은 섬세한 순수, 맑고 깨끗한 기품의 서정성을 가지고 있는 작품들이 많다. 「탐라일기」 연작은 시인의 순수한 시적 정서와 내밀함 가운데 꿈을 품어가는 온유하고 따뜻한 기운이 잘 조화를 이루고 있다. 그리움이 결국에는 이루어지지 못한 사랑 때문임을 얘기하고 있는 「띄우지 못한 편지」에서는 시적 자아의 전전긍긍함과 애틋함이 애절하게 배어 나온다.

둘째 소멸과 자기모순의 역사성에 대해 관심을 보이며, 인간성 상실에 대한 비판까지도 보여준다. 비논리적인 역행이 아니라 다른 의미, 곧 보다 근본적이고 중요한 의미로 대체시키기 위해서만 공론을 배제하는 언술 행위인 역설적인 기법의 작품들이 많다.

시인은 이 두 가지 프리즘을 통해 세상을 건져 올린다. 결국 둘의 접점은 세상에 대한 긍정과 사랑이라고 판단된다. 비록 역설의 기법으로 당대를 재단裁斷한다 해도 그것은 세상에 대한 뜨거운 애정 없이는 불가능하기 때문이다. ▨

에코페미니즘, 맑고 밝은 생명 에너지
— 박권숙론

1.

박권숙 시인은 시인으로서의 진정성과 깊이가 있는 시인이다. 생명의 귀중함을 누구보다 간절하게 체득하며, 아무리 힘든 곳에서도 희망을 잃지 않는다. 또한 그녀는 섬세한 서정성과 탄탄하면서도 부신 시적 상상력을 동시에 지니고 있다. 그녀가 다녀간 자리에서는 환하게 일렁이는 풀꽃 향기가 있다. 풋풋하면서도 신선하다. 아주 오래된 묵화가 얼굴을 깨끗하게 씻고 다시 태어난다. 필자는 일전에도 「빛나는 서정과 견고한 시정신」이란 평론(『한국 현대시조 작가론 Ⅲ』 태학사, 2007, pp.213~223)에서 박시인의 작품 편편이 벼리고 있는 서정의 힘과 긴장의 미학이 이만한 시인을 오늘의 시조단에서 찾아보기 힘들다는 점을 얘기하고 그 과정을 살펴본 적이 있다. 이를 바탕으로 여기에서는 2012년 12월 발간된 『모든 틈은 꽃 핀다』(동학사)에 나타난 시인의 시적 특성을 좀 더 다른 각도에서 살펴보고자 한다.

2.

시인은 과연 어떤 사람인가. 시인이 생각하는 사람은 "움푹 팬 틈"을 사랑하는 사람이다. "사람과 사람 사이에도 움푹 팬 틈이 있다/ 곰삭은 그리움의 독 하

나 숨겨 놓은/ 가슴 속 깊고 우묵한 골짜기 같은 빈틈" (「사라지는 것들」에서)에
서 보듯 시인은 시인으로서의 진정성과 깊이를 이렇게 형상화 시킨다. "움푹 팬
틈"의 귀중함을 아는 것이다. "깊고 우묵한 골짜기 같은 빈틈"의 존재를 소중하
게 여기고 있는 것이다. 이것은 표제작 「모든 틈은 꽃 핀다」에서도 잘 나타난다.

> 풍문이 물때처럼 들고나는 마음일 때
> 고요의 틈이 잠시 외딴 꽃으로 피워 낸 역
> 저 화본 혼잣말 같은 지명 하나 만난다
>
> 논물 아래 깊어진 골짜기 쪽으로 해를 묻고
> 변두리로 살아 낸 역장의 눈가에도
> 빙그레 팬 고랑마다 내려앉는 민들레씨
>
> 하루에 한 번 뿐인 기차가 떠난 자리
> 들풀처럼 흔들릴 일 하나로만 남은 길은
> 봄을 단 한 문장으로 줄여 쓰다 멎는다
>
> —「모든 틈은 꽃 핀다」 전문

여기서 "빈틈"은 층위를 달리하며 나타난다. 그것이 내면일 때는 "고요의
틈"이기도 하지만 대부분 "풍문이 물때처럼 들고나는 마음일 때"처럼 불완전하
고 흔들릴 때이다. "논물 아래 깊어진 골짜기"나 '민들레 씨가 내려앉는 고랑'의
변두리처럼 음습하거나 후미진 곳이다. 동시에 그곳은 "하루에 한 번 뿐인 기차
가 떠난 자리"이고, 아주 한미한 간이역의 자리이고 "흔들릴 일 하나로만 남은
길"이 외롭게 남은 공간이다. 이 모든 것이 "틈"이라 할 수 있는데 중요한 것은
"해를 묻고" '꽃씨'가 내려앉고 이윽고는 "외딴 꽃"으로 피어난다는 것이다. 그러
므로 "외딴 꽃"은 꽃이자, 꽃씨이고, 해를 의미한다. 「사라지는 것들」에 보이는
"그리움의 독"이 묻혀 있어 생명이 싹트고 자라나는 생태적 공간이다. 시인은 모

든 틈 — 실은 고요를 벗어나 황황하게 마음 부칠 곳 없는 일상 모든 곳에서 언제나 생명을 불러와 빛을 비추며 불씨를 피워낸다.

> 막 추수를 끝낸 농부 주름살 파안 같다
> 그 웃음 속 은밀한 울음의 낟알 한 개
> 흙으로 빚은 허공에 먼 메아리 켜고 있다
>
> — 「빗살무늬 토기」 전문

> 무너진 하늘에도 연꽃 같은 해가 뜬다
> 아지도 우러를 무엇 충간마다 남았다며
> 버티는/
> 백제의 뼈다/
> 아름다운 안간힘
>
> — 「미륵사지 석탑」 전문

> 폐광촌 부서진 목조 창에 매달려
> 부서지기 직전의 영롱한 침묵으로/
> 마지막/
> 혈로를 뚫는/
> 저 아찔한 얼음꽃
>
> — 「겨울 게릴라」 전문

인용시의 작품에서도 시인의 생명성은 더욱 형형하게 빛을 발하고 있다. 전자의 작품에서는 무생물인 "석탑"임에도 이를 "백제의 뼈"로 보고 있으며, "무너진 하늘에도 연꽃 같은 해가 뜬다"고 한다. 살아있는 생명으로 치환하고 있는 것이다. 후자의 작품도 "폐광촌"이라는 가장 후미진 곳에서 "영롱한 침묵" "마지막 / 혈로" "얼음꽃"의 유동적이고 생명적인 호흡을 읽어낸다.

3.

방치된 아이처럼 거리의 모금대 옆
수기 든 냉이꽃이 긴급 구호를 타전한다
깡마른 영혼 쪽으로
한 뼘 키를 낮추는 봄

흙 한 줌 비집고 선 콘크리트 가슴 열고
적도 검은 태양이 시장기를 핥고 있는
흰자위 유독 환해진
먼 나라의 눈인사

― 「냉이꽃 유니세프」 전문

생태시는 이념의 적으로 생각하던 군부 독재의 몰락과 더불어 위력이 반감
된 민중시의 빈자리를 차지하기라도 할 듯 1990년대 거대 담론을 형성하였다.
갈수록 속도화되고 탐욕에 가까울 만큼 인간의 욕망이 거세지면서 도시는 물론
농촌까지 환경이 파괴되고 심각한 후유증을 낳게 되면서 생태시는 위력을 떨쳤다.

시조단에서도 이에 관해 대표작으로 꼽을만한 유재영 시인의 「물총새에 관
한 기억」이 있지만 사실상 이에 필적할만한 작품이 뒤를 잇지 못했다. 그런데
여기 박시인의 「냉이꽃 유니세프」가 이를 이을만한 좋은 작품이라고 판단된다.

우선 이 작품이 남다른 의미를 갖는 것은 도시공간에서 얘기되고 있는 작품
이라는 것이다. "흙 한 줌 비집고 선 콘크리트 가슴 열고" 냉이꽃이 방치된 아이
들을 위한 유니세프처럼 환하게 눈짓을 보낸다. 가장 낮고 외진 곳에 시인은 관
심을 둔다. 뿐만 아니라 그곳을 맑고 밝은 공간으로 건강하게 채색해간다.

저 속도의 붉은 근육을 만져 본 적 있는가
낯선 촉감의 햇빛과 바람 깃발 건너서

고독한 그늘의 키는 서쪽 끝에 닿는다

저 묵비의 붉은 비애를 만져 본 적 있는가
한 생의 가을로 덮인 저녁의 발등 위에
노동의 핏방울 같은 홍시 한 알 놓인다

—「홍시 한 알」 전문

  일찍이 백수 정완영 선생은 "감"을 "한국 천년의 시장기"로 얘기한 적 있다. 「홍시 한 알」에서 시인은 "노동의 핏방울 같은 홍시 한 알"로 비유한다. 시장기나 노동이나 배고픔을 동반하는 것은 대동소이하지만 둘 사이에는 적지 않은 차이가 존재한다. 전자가 보다 감성적이라면 후자는 사회적이다. 전자가 전원적이라면 후자는 다분히 도시적이다. 말하자면 21세기 도시공간에 놓인 소시민의 현실적 고통을 보여주고 있는 것이다. '홍시'라는 소재가 농촌이라는 테두리를 벗어나기 힘들지만 시인은 그 공간을 자유자재로 움직이고 있는 것이다. 「냉이꽃 유니세프」에서 "냉이꽃"이라는 소재 역시 마찬가지다. 도시공간이라는 것이 중요한 이유는 오늘날 보다 현실적인 문제들이 여기서 비롯되기 때문이다.
  더욱이 여기서 주목되는 것은 이 공간에서 얘기되고 있는 것이 세계적으로 가장 크게 이슈화되고 있는 기아와 빈곤의 문제를 다루고 있다는 점이다.
  이 도시적 공간은 "적도 검은 태양"과 같이 "흙 한 줌 비집고 선 콘크리트 가슴"처럼 메마르고 어둡다. 여기에 "깡마른 영혼"이나 다름없는 "방치된 아이"는 "시장기"에 더욱 초췌해지고 "긴급 구호"를 타전할 수밖에 없는 것이다. 이를 타전하고 구하라고 소리치는 존재가 "냉이꽃"이니, 이 꽃의 역할이 얼마나 중요한 것인가. 시인은 여기서 "흰자위 유독 환해진 … 눈인사"를 용케 읽어낸다. 맑고 밝은 공간으로 건강하게 채색해나가는 이 에너지가 경이롭다. 그렇다면 이 에너지는 과연 어디에서 오는 것인가.

4.

목숨을 바꿉니다 제 손톱을 보세요
노을 진 생의 뒤란 꽃잎에 숨겨 놓고
불같은 적막을 건넌 여름 심장을 바꿉니다

외로운 붓 한 자루로는 도저히 못 건너온
조선의 먹빛 하늘 붉은 반달 뜰 때까지
꽃 같은 울음 동여맨 제 손톱을 보세요

—「염지 봉선화가」 전문

'염지 봉선화가染脂鳳仙花歌'는 『난설헌집』에 실린 허난설헌의 칠언고시로 봉
선화 꽃잎을 따서 손톱에 물들이던 고유한 풍속을 소재로 하여 여인의 아름다운
정서를 노래하고 있는 작품이다. 허난설헌 작품이 봉선화물을 들이고 이에 대한
애틋함을 잘 형상화 시키고 있다면 인용된 박시인 작품은 방민호 교수의 지적처
럼 봉선화물을 들인 가시적인 물상보다는 만질 수 없는 생명 의지의 표현으로
볼 수 있을 것이다. (방민호,「생명 의지를 나타내는 시조」, 108면) 허난설헌은
이 작품에서 저녁에 "애절구에 짓찧어 장다리 잎으로 만竹碾搗出捲菘葉"손톱을 새
벽에 일어나 발을 걷다가 보니 붉은 별火星이 거울에 비치기도 하고"풀잎을 뜯을
때는 호랑나비 날아온 듯拾草疑飛紅蛺蝶/ 가야금 탈 때는 복사꽃잎 떨어진 듯彈箏
驚落桃花片"하다고 비유하기도 한다. 15세에 북인보다 사상적으로 성리학에 더
고착되어 있었고 보수적이었던 김성립과 결혼한 허난설헌은 자유로운 가풍을
가진 남인 집안의 친정에서 자라나 시집살이에 잘 적응하지 못하고 마치 자신의
죽음에 예견이라도 하듯 "부용삼구타 홍타월상한芙蓉三九朵 紅墮月霜寒"이란 시를
남기고 부용꽃 스물일곱 송이가 붉게 떨어지듯 27세 나이에 달빛 서리 위에서
차갑게 죽어갔다. 그런데 중요한 점은 시어머니와의 갈등과 남편의 불화, 친정
의 몰락, 두 명 아이를 잃게 한 돌림병, 뱃속 아이의 유산 등 모든 불행 가운데

남성 중심 사회에 파문을 던지는 시를 지었다는 사실이다. 이 작품 역시 단순히 "손톱 물들이는 여인의 아름다운 정서"라고 할 수 없는 부분이 나온다. 봉선화 물든 모습을 "피눈물의 자국涙血斑"인듯 곱다고 한 대목이나 붓을 쥐고 초승달 그리다 보면 "붉은 빗방울紅雨"이 눈썹을 스치는가 싶다고 하여 허난설헌 자신의 애절한 마음을 선연하게 그리고 있다. 이는 허난설헌의 슬픔이고, 더 나아가 조선시대 여인들의 아픔이기도 했다. 허난설헌은 시대를 초월한 페미니스트였던 셈이다. 이 슬픔을 시대를 초월하여 오늘 박시인은 "불같은 적막을 견딘 여름" "붉은 반달" "꽃 같은 울음"으로 형상화 시킨다. 문제는 이 시어들이 내포하는 바가 무엇이냐는 점이다. 이는 시인이 어떤 현실과 싸우고 있는지를 보여주는 다음의 작품에서 그 단서를 잡을 수 있다.

> 기층을 뚫고 푸석푸석 일기 시작한 흙바람을
> 만 리 길 저 묶음의 피리 하나로 마중 나온
> 푸른 순 여리디여린 사월의 뿔들 봐라
>
> 긴 병고 급경사 진 내 스물의 해안에도
> 우우우 투우로 우는 비린 사월 한 자락
> 그렇게 돋았다 꺾인 뿔의 그루터기 봐라
>
> 저기 외뿔 축축한 낮달로 숨은 꿈들
> 하늘소가 연한 뿔로 서로 눈짓하는 것을
> 오늘은 그리움으로 사월 언덕 가 봐라
>
> — 「나는 뿔이 그립다」 전문

시인은 "긴 병고"와 싸우고 있다. "급경사 진 내 스물의 해안"에는 생각조차 하기 힘든 병고의 세월이 있다. "우우우 투우로 우는 비린 사월"처럼 울지 않으면 안 될 아픔이 있다. 그러나 그것은 "외뿔 축축한 낮달로 숨은 꿈들"이 되어 다가온다. "푸른 순 여리디여린" "뿔"들로 돋아나기 시작한다. 이 거룩한 생명의 움틈을 보라. 죽음과도 같은 병마 속에서도 굴하지 않고 일어서는 생명성을 보라. 「염지 봉선화가」에서 보이는 "불같은 적막을 견딘 여름"이나 "붉은 반달", "꽃 같은 울음"의 이미지 또한 이 죽음의 병고와 깊은 관련이 있다.

그렇다면 박시인의 작품은 단순한 생명의 경의나 존중이 아니다. 이것을 넘어선 그 무엇이다. 인간의 무절제한 욕망으로 인해 철저하게 파괴는 환경 위에 생명이 돋아나듯 치유하며 일어서는 대지적 여성성, 다시 말해 에코페미니즘의 가장 바람직한 전형을 보여주고 있는 것이다. 「냉이꽃 유니세프」에서 "냉이꽃"이 "검은 태양"과 "콘크리트 가슴"의 숨 막히는 도시공간에서 "흰자위 유독 환해진 … 눈인사"를 용케 읽어내면서 맑고 밝은 공간으로 건강하게 채색해나가는 에너지 또한 여기에서 비롯되고 있는 것이다.

> 물방울 하나가 앳된 뺨을 빛내며
> 해제 날 황악산 쪽으로 막 날아오르려는
> 오백 살 측백나무를 맨손으로 붙든 사이
>
> 공양미 무명 자루 머리에 인 외조모가
> 소복의 어머니가 태어나지 않은 내가
> 환하게 일렁거리다 일순 절을 놓친다
>
> —「아주 짧은 영원」 전문

이 여성성은 외조모→ 소복의 어머니→ 태어나지 않은 나로 이어진다. "물방울 하나"가 순간 포착된 것은 찰나에 불과하지만 그 찰나는 생각해보면 3대가 "환하게 일렁거리"는 순간일 것이다. 우리는 이것이 짧지만 영원으로 이어지는 울림을 가질 것이라는 것을 기꺼이 믿는다.

5.

　박시인의 작품은 일전에도 얘기했듯 섬세한 서정성과 탄탄하면서도 부신 시적 상상력이 타의 추종을 불허한다. 어디 남모르게 슬쩍 꿍쳐 넣어두었을 태작駄作이 있을 법한데 어느 작품을 들고 보아도 단단하다. 옹골차게 속이 배어있다.

　　　귀뚜라미 울음에 걸린 귓바퀴 벗어 놓고
　　　꿈자리 바깥으로 달아나는 별똥별
　　　몇 실까 낚아채듯이 덜미 잡힌 빛 한 줄

　　　찰나의 포충망에 걸려 잠시 파닥이다
　　　무성으로 처리된 아름다운 시 한 줄
　　　가을의 얇은 날개에 금속 핀을 꽂는다

―「별빛 채집」 전문

　귀뚜라미 울음이 들리는 가을이다. 다른 소리가 다 죽었으니 귓바퀴가 온통 그 소리로 찼다. 시인은 귀로는 귀뚜라미 울음소리를 들으며 눈은 별똥별을 좇는다. 별똥별은 유성meteor,流星으로 암석 금속 물질의 입자나 조그마한 조각이 지구 대기로 진입하여 증발할 때 하늘에 나타나는 빛줄기이므로 빠른 속도로 움직이다 사라진다. 한 공간에 있다면 눈이 좇아갈 수밖에 없다. 별똥별이 지구를 향해 진입할 때, 유성체의 표면은 대기 중의 원자나 분자와 충돌하고 이 충돌로 인해 유성체 표면에서 물질들이 떨어져 나간다. 이 빛의 대부분은 움직이는 유성체 근처에서 발생하지만, 매우 빠르고 밝은 유성의 경우 비적飛跡이라고 하는 밝은 잔상이 운석의 머리 뒤로 남게 된다. 이 유성체가 지면에 더욱 가까워짐에 따라, 그 유성체 앞에는 밀도가 극히 높고 뜨거운 모자 모양의 가스층이 나타난다. 시인은 이를 "찰나의 포충망에 걸려 잠시 파닥이다/ 무성으로 처리된 아름다운 시 한 줄"이라고 묘사한다. 대부분의 유성체는 지상에서 80㎞ 높이에 도달하기 전에 부서져서 분해된다. 쉽게 부서지는 "가을의 얇은 날개"인 셈이다.

고목이 매화꽃을 들어 올리는 지점에서
봄이라는 저 유정한 허공의 이름으로
세상의 모든 종탑들은 반짝였을 것이다

무한대의 눈물과 웃음의 맨 나중이
매실이란 저 옹이진 향기의 태를 열고
첫 번째 푸른 종소리로 반짝였을 것이다

—「어머니의 기도」전문

시인의 시적 지향점은 아마도 "첫 번째 푸른 종소리"일 것이다. 그리고 그곳은 "고목이 매화꽃을 들어 올리는 지점"일 것이다. 죽음이 아니라 죽음이 곧 부활로 다시 살아나는 자리이다. "불현듯 꽃눈 속에서 꽃잎 벌어지듯/ 붉은 눈물 붉은 바람 붉은 부음 벌어지듯" 지상에 떨어지는 목숨 위에 자목련 피듯이 붉어지는 자리이다. (「자목련 피는 날」)

그러니 시인이여, 더 이상은 참지 말고 울고 싶거든 우시게나. 울어도 이미 그 울음은 손톱 속에 동여졌거나 "혈로를 뚫는 저 아찔한 얼음꽃"이 되어 이 음울한 대지를 환하게 맑히고 있느니. 꽃의 기도가 되어 하늘 날개 밑에 형형하게 살아 있느니. ▨

순수와 사랑의 단아한 시적 전개
― 우아지론

우아지 시인의 작품을 읽으면서 작품 편편이 참 반듯하고 고르다는 생각을 하였다. 생각의 입안에서 그가 택한 소재는 잘 섞여 부드럽게 육화肉化되고 있다. 단기간에 쉽게 얻어지는 세계가 아니다. 생경함이 없다는 것이니 관념과의 끊임없는 싸움을 계속해 왔다는 얘기다. 그러기에 작품을 편 편마다 오랫동안 갈무리해 왔다는 생각을 하지 않을 수 없다. 잘 정제되고 정돈된 단아한 아름다움! 어느 작품을 가지고 얘기를 해도 시인의 시적인 특성을 잘 가늠해 볼 수 있다. 여기서는 그의 시집에 나타난 시적 특성을 몇 가지로 압축해 살펴보고자 한다.

1. 배려와 사랑의 이타적 실천

특히 시인은 시적 대상들을 거리를 두고 살피면서도 남다른 애정을 가지고 접근하고 있는데 배려와 사랑의 이타적 실천이 돋보인다.

자목련 두어 송이 가지 끝에 달려있어

서쪽으로 가다말고 멈칫멈칫 걷는 햇살

한 템포 늦게 가는 길 활짝 핀 감탄사다

—「배려」 전문

자목련과 햇살의 교감을 포착한 작품이다. 봄의 전령사 목련은 어느덧 다 피었는가 싶으면 어느 한 쪽이 지기 시작해서 금세 모두 떨어지고 만다. 다지고 두어 송이 남은 자목련이 가지 끝에 힘들게 매달려 있다. 아마 내일이면 지고 말 텐데… 그러니 이제 서쪽으로 지려는 햇살은 멈칫멈칫 걸음이 늦추어진다. 그렇게 느끼는 시인의 시선은 자못 안타깝다. 애릿한 마음을 차마 어쩌지 못하는 측은지심이 지배하고 있다. 그런데 시인은 그것에 아파하는 마음을 뒤로 숨기고 "활짝 핀 감탄사"의 찬사를 보낸다. 오히려 굼뜨게 움직이는 "한 템포 늦게 가는 길"의 느릿한 정서에 산뜻한 마음을 실어내고 있는 것이다. 낮고 왜소하고 궁핍한 곳을 따뜻하게, 눈부시게 바라보는 배려의 마음이 적이 느껴진다.

노숙자 잠자리는 둘둘 말린 나뭇잎이다
그 속에 들어앉아 알을 품는 모성애
때 되면 떠나야 하는 경전으로 따른다

제 몸을 먹이 삼아 남김없이 내어주는
숭고한 어미의 끈 문 열어 눈부시다
고단한 생의 고리가 오히려 길이 된다

핏줄과 젖줄 통해 길은 또 이어지고
어제 오늘 내일이 염낭 속의 길인 것을
받았던 내리사랑을 다 쏟고 가야 하는

—「염낭거미」 전문

이 작품을 시집의 제목으로 삼은 시인의 의도 또한 이러한 배려의 마음 연장 위에 있음을 알 수 있다. 염낭거미는 동물행동학자 최재천 교수의 글에 다음과 같이 소개되고 있다.

"자식을 위해 희생하는 부모로 '염낭거미'를 따를 자 있으랴. 염낭거미 암컷은 번식기가 되면 나뭇잎을 말아 작은 두루주머니를 만들고 그 속에 들어앉아 알을 낳는다. 새끼들을 온갖 위험으로부터 보호하기 위해 밀폐된 공간을 만들었지만 그들을 먹일 일이 큰일이다. 그래서 염낭거미 어미는 자신의 몸을 자식들에게 먹인다. 어머니의 깊은 사랑을 아는지 모르는지 새끼들은 어미의 사랑을 파먹으며 성장한다."
(『동물과 인간 이야기- 생명이 있는 것은 다 아름답다』, 효형출판, 2001)

시인은 그런데 자식을 위해 기꺼이 몸까지 헌납하는 어머니가 사랑을 만드는 보금자리를 "노숙자 잠자리"로 본다. 왜 하필이면 노숙자인가. 여기에 시인의 남다른 애정이 있음을 주목할 필요가 있다. 이렇게 본 이유에는 시인의 적지 않은 의도가 숨겨져 있다.

일차적으로 나뭇잎을 말아 만드는 작은 두루주머니와 노숙자의 도르르 말고 자는 잠자리가 비슷하기 때문이다. 그러나 시인의 보다 진중한 의도는 이러한 표면적인 것에 있지 않다. 둘째 수의"고단한 생의 고리"와 셋째 수의 "어제 오늘 내일이 염낭 속의 길"이라는 인식에서 우리는 놀라운 사실을 직면하게 된다. 고단한 염낭 속의 길이 곧 노숙자의 잠자리와 같은 길이고 그것이 곧 결국 우리가 살아가는 길이라는 것이다. 그렇지 않은가. 집에서 살 수 없어 바깥에 내몰린 현실적인 노숙자만이 노숙자가 아니잖은가. 현대의 고단한 삶을 살아가는 우리 모두가 노숙자에 다름 아니다. 아버지의 집에서 벗어나 자신의 의지와 꿈이 전부인 양 살아가는 우리 모두는 불순종의 노숙자가 아니고 무엇이랴. 시인의 인식은 놀랍게도 여기까지 영역을 확장하고 있는 것이다.

영혼의 무게만한 21그램 작은 새가

잊지 않고 날아왔다

먼 북방의 오지에서
산 넘고 강을 건너며 온몸으로 찾아왔다

절 근처 기거하며 수행을 봐서인지
떠날 때면 훌훌 털며
모든 것 두고 가는
몰랐다, 우리 집착이 새 보다 무거운 줄

먼 곳을 가기 위해 마음까지 텅 비우는
어기찬 나래의 힘 허리 숙인 겨울바람
창공을 채우는 새떼
들판이 왜자하다

— 「철새처럼」 전문

상대에 따뜻한 배려를 하고 이타적 사랑을 실천하는 근본적인 자세는 자신의 욕망을 내려놓는 것에서 시작된다. 시인은 그러기에 먼 북방의 오지에서 수천 킬로미터를 날아온 작은 새가 이곳까지 왔다가 돌아가는 뒷모습에 경의를 표하게 된다. "먼 곳을 가기 위해 마음까지 텅 비우는"비움의 미학적 자세를 갖고자 한다. 우선 자신을 비워야만 그 빈자리를 남을 위한 사랑으로 채울 수 있음을 알기 때문이다.

「사람 사는 냄새」 또한 팔순을 바라보던 어머니를 보내고 난 뒤의 애틋함을 그려내고 있는 작품이다. 소재는 "어디서 솔솔 나오는 갈치 굽는 냄새"로 비롯된 것이지만 시인은 이 작품에서 다음과 같은 가구佳句를 잡아낸다.

신문에 오르내리는 시끄러운 이야기도/
저녁과 함께 먹으면 아무 일 아닌 듯이/
오늘은 나도 굽는다 네 토막의 갈치를

— 「사람 사는 냄새」 둘째 수

신문에 오르내리는 거대한 사건들이라도 소시민들 저녁상 머리에서는 소소해지기 마련이다. "웃으면 복이 온다 생선 살 발라주던" 어머니였기 때문이고, 그 어머니가 없는 지금은 시인이 그 역할을 감당할 차례가 되어 있는 것이다.

찬물로 세수하고 해가 져야 돌아오는
절절한 저 눈빛에 핏발이 서려있고
집마다 불이 켜져야 살아나는 산동네

보석보다 더 고운 별들이 초롱초롱
경상도 전라도가 사이좋게 한 골목에
달뜨면 자잘한 웃음 번져가는 우리 동네

내 고향 떠나올 때 품었던 큰 산들은
도심의 빌딩에 밀려 산동네에 정착했다
비탈에 생을 기대고 새우잠을 자는 동네

집 한 채 그려 넣고 허리띠 졸라매는
산다는 건 마음 자락 무엇인들 못 하겠나
수정동 달동네 지붕에 윤슬이 그득하다

─「수정동 달동네」 전문

'수정동'은 낮에는 모두 생업에 매달려야 하기 때문에 밤에만 살아나는 '달동네'이다. 이 동네 또한 소시민들이 어렵게 살아가는 "비탈에 생을 기대고 새우잠을 자는 동네"이지만 시인은 "경상도 전라도가 사이좋게 한 골목에" 자리한 화합의 동네임을 강조한다. "달뜨면 자잘한 웃음 번져가는" 자아와 세계가 동일성의 세계로 한 몸이 되어 있는 공간이다.

이외에도 여러 작품들, 이를테면 「봄 날」에는 모자 쓴 아주머니가 주는 전

단지가 "누구 집 엄마 같아 얼른 받아 "드는 시적 자아의 모습이 가볍게 그려지고 있고 「그네 흔들리다」에는 "산간벽지 떠돌다가 돌아온 바람의 다리"라도 "흔들리는 빈 그네에 시린 발을 올릴 때" "먼 데서 달려오는 산허리 잡았다 밀어"주는 따뜻함이 있다. 그런가 하면, 「주말이면」이라는 작품에서는 "표지가 달아난 책 귀 떨어진 접시까지/ 찻물을 우려 놓고 아버지 기다리는/ 어머니 고운 침묵"을 그리는 시적 자아의 모습과 "구덕 골 문화 장터" 모습이 옹기처럼 따스하게 그려지고 있다. 말하자면 시인은 서정시가 가지고 있는 장르적 특성인 동일화의 원리를 잘 구현함으로써 화해의 시학을 추구하고 있다고 볼 수 있겠다.

2. 시적 묘사의 재미성과 참신성

우아지 시인은 또한 시적 대상을 보다 재미있고 아기자기하게 그려내는 완숙성을 보여준다. 이러한 표현은 앞서 살펴본 「배려」에서 지려고 하는 자목련에 마음이 쓰여 "햇살을 멈칫멈칫 걷는"다고 표현한 부분에서도 드러나지만 다음의 작품에서 잘 형상화되어 나타나고 있다.

> 금이 간 장독대를 기웃대는 청개구리
> 참말로 비어 있나 곁눈질로 가늠할 때
> 인기척 돌아보는 눈에 파문이 스쳐간다
>
> 엎어진 돌확 아래 비스듬한 봉숭아꽃
> 빨갛게 매달고는 넌짓넌짓 나를 본다
> 마당을 훑는 바람이 손톱을 물들이겠다
>
> 문간에 누가 왔나 빠꼼이 내다보며
> 녹슨 쪽문 아래쪽엔 적막을 터는 생쥐
> 등목을 끝낸 그림자 후미진 담을 막 넘는다
>
> — 「그들의 생가生家」 전문

이 작품이 흥미로운 것은 각 수에 나오는 청개구리, 봉숭아꽃, 생쥐가 각각 자기 깜냥을 넌지시 보여주고 있다는 점이다. "곁눈질로 가늠"하는 청개구리, "넌짓넌짓 나를"보는 봉숭아꽃, "빠꼼이 내다보"는 생쥐는 이 집을 "생가生家"로 생각하는 주인들인 셈이다. 이들의 이러한 집 지키는 모습에서 시인은 안온함과 정겨움을 느낀다. "마당을 훑는 바람이 손톱을 물들이겠다"는 표현에 이 점은 잘 나타나 있다.

박수소리 들어가며 입장하는 면사포 같은

북방을 달려가던 고구려 백마 말갈기 같은

도반을 꿈꾸던 결기 눈바람을 억누르네
                                                    —「겨울산」 전문

이 작품에는 시적 대상에 대한 묘사가 선명하게 잘 나타나 있다. 시조가 갖는 형식적 제약으로 인해 묘사의 선명도는 종종 좋은 시조의 가늠쇠 역할을 해왔다. 당연히 시적 대상이 가지고 있는 특성이 잘 집약되어야 충분한 효과를 발휘할 수 있다. 초장과 중장을 직유로 이끌다가 종장에서는 "도반을 꿈꾸던 결기"의 은유로 시선을 집약시킨다. 초장의 부드러운 분위기가 중장의 "백마 말갈기"로 강도를 높이더니 종장에서는 단호한 의지로 표출되고 있는 것이다.

먼지바람 매달고 온 도시를 툭툭 턴다

좌르르 윤을 내듯 바닷물 씻어놓고

마음에 묻어 놓은 편지 달필로 읽어 본다

저무는 돗자리에서 눈 감고 가만 들으면

내 숨결 훑고 가는 자갈, 자갈 빠지는 소리

화살로 쏘아올린 기도 응답처럼 들린다

―「몽돌밭」전문

「겨울산」작품과는 달리 「몽돌밭」작품은 힘을 다소 빼는 듯한 목소리로 주제를 심화시킨다. 첫수에서는 바닷가에 오면 으레 세속에 찌든 먼지를 씻어내는 것으로 분위기만을 잡아내었다. 주목이 되는 것은 둘째 수 중장 이후다. 「몽돌밭」에서 듣게 되는 몽돌과 물이 빠지는 소리다. 시인은 이 소리를 "화살로 쏘아올린 기도"의 "응답"으로 형상화한다. "소리"가 "응답"으로 왔으니 같은 청각으로 이상하지는 않다. 그러나 그 응답이 "화살로 쏘아올린 기도"의 수식을 받고 있으므로 그리 간단하지는 않다. 쏘아올리는 동작과 빠지는 소리는 각각 상승이미지가 하강이미지로 변환되는 교차점인 동시에 시각적 이미지의 청각화가 이루어지는 공감각적 표현이 이루어지고 있기 때문이다. 결국 시인은 시인의 소망으로 올리는 기도가 몽돌과 물이 빠지는 소리처럼 시원하게 상달되는 것을 염원하고 있는 것이라 볼 수 있다.

허공을
뛰어내리다
발목을 접질려서

핏발 서고
맨발인 채
하늘이 휘어지다

팽팽한

침을 삼키고

쏜살같이 내달린다

―「활」 전문

　　시인의 묘사력을 유감없이 보여준 작품이 바로 여기 「활」이란 작품이다. 초장에서는 맹목적으로 과녁을 향해 달려가는 화살이 자신의 의지와는 상관없는 것임을 그려내고 있고 중장과 종장에서는 그래도 그것이 갖는 특성을 아주 간명하게 잡아내었다. 특히 여운을 남는 곳은 중장인데 "핏발 서고/ 맨발인 채"가 화살이 시위를 떠나는 바로 직후의 모습이라면 "하늘이 휘어지다"라는 부분은 무엇을 의미하는 것일까. 시위를 떠나 포물선을 그리며 날아가는 화살촉과 하늘 공간이 갖는 원심력을 그리 얘기한 것은 아닐까. 그렇다 치더라도 '하늘'보다는 '화살'이 휘어진다고 보는 것이 옳은 일일 텐데 시인은 이를 거꾸로 보고 있는 것이다. 팽팽히 거침없이 날아가는 화살! 그 뒤에 몰려드는 하늘… 그렇다 과녁을 향해 빠르게 날아가는 화살의 뒤로 하늘이 휘어져 빨려 들어가고 있는 것이다. 이 역설적인 표현은 종장으로 연결되면서 보다 탄력적이고 위력적인 화살이 되도록 도와주는 역할을 하고 있다.

　　시적 대상에 대한 묘사는 다음의 표현들에서도 어렵지 않게 찾아볼 수 있다.

시간도 가늘어진 눅눅한 장맛비에

제 발자국 끌고 가는 텃밭 한 쪽 붉은 목숨

온 몸이 호미 쟁기라 맨살로 땅을 간다

―「지렁이」 첫 수

멸치가 햇볕같이 그물에서 반짝일 때

횟집 친구 수다가 핸드폰에 가득하다

만선한 마음 쏨쏨이 두 팔 벌려 쏟아진다

―「봄이 온 포구」 첫 수

두 편 다 갓 볶아낸 콩처럼 팽팽하고 고소하다. 「지렁이」에는 온몸을 오체 투지로 끌고 가는 진지함이 "붉은 목숨"이라는 시어에서 잘 배어나온다. 호미, 쟁기처럼 맨살로 땅을 가는 모습을 비유하여 지렁이가 갖는 숙명적인 슬픔을 밀도 있게 잘 형상화하고 있다. 「봄이 온 포구」에서는 "싱싱한 비린내가 골목마다 번져가고/ 파도의 하얀 발이 갈지자로 뛰 다니는"의 생기 있는 모습을 가장 자연적인 모습의 찬란함(초장)과 문명적이면서도 자연스러운 모습(중장)을 통하여 그려낸다.

이외에도 「무인도」에서는 "보란 듯 움막을 짓고 신접살림하고 있"는 당당한 모습을, 「비빔밥 데이」에서는 "한달음에 달려오는 허기도 다독이며/ 한 달에 한 번쯤은 온몸으로" "오방색 지단 얹고/ 나박김치 곁들여" 함께 어울리고 싶은 흥겨운 마음을 형상화하고 있으며, 「드라이플라워」에서는 한때 생화로 넉넉한 마음을 두근거림과 함께 벽에 걸어두면 "한사코/ 마른 그리움/ 빈 벽마저 꽃이 된다"고 생의 여유를 담담하게 비유적으로 보여주기도 한다. 「나침반」에서는 "휴대폰 GPS로 집 나간 봄 찾을 수 있나/ 상실된 시간들은 삭제된 파일 일 뿐"이라고 하여 첨단 이기의 소재를 가져와 불확정인 오늘의 세태를 현대적인 변주로 낙폭 있게 보여주고 있는데

움직이는 그 생각에 글도 되지 않는 이 밤

양초에 불 밝히고 밑밥을 던져 봐도

손깍지 끼고 앉은 책상 찌도 움찔 않는다

생生을 낚는 강태공은 다름 아닌 나 아닌가

월척을 꿈꾸면서 쉼 없이 출렁거려

봄날의 바다 찾아서 갈 데까지 내가 간다

―「낚시」 전문

아무래도 묘사의 진수는 「낚시」에서 보듯 보조관념이 연계되어 하나의 상
으로 연결되는 확장 은유에 있다고 볼 수 있다. 글을 쓰는 행위를 낚시하는 것과
동일시하여 "강태공→ 밑밥→ 찌→ 월척→ 바다"로 연결되는 시적 구성은 시조
에서는 특히 구현하기 힘든 확장 은유의 진범을 보여주고 있다고 판단된다.

3. 순수 지향의 정신과 일상의 단정함

시적 대상에 대한 배려와 묘사의 탁월함에도 불구하고 우아지 시인의 시세
계에 있어 가장 큰 기저 자질은 모두에서 얘기했듯 아무래도 순수 지향의 정신
에 있다고 볼 수 있다. 주지하다시피 순수 지향의 정신은 단정한 마음에서 비롯
된다. 시인의 작품 곳곳에서는 일상에 대한 반듯하고 단정함이 묻어난다.

어둠이 깊은 겨울 커피가 다가서면
감았던 몸을 세워
난蘭이 되어 자리 잡고
함께 할 먼 길을 따라 부드럽게 젖어든다

생의 그늘 토닥이며 갈색 꽃으로 피어날 때
소낙비 내린 뒤에
한결 진한 흙냄새로

지나온 골목길마다 응어리를 풀고 있다

지그시 눈을 감는다, 김 서리는 시간 속에
보조개 파인 두 볼
웃음 떤 눈빛까지
한 잔의 따스한 언어 가슴속에 담긴다

— 「커피를 마시며」 전문

이 작품에는 일상을 살아가는 시적 자아의 모습이 단아하게 잘 나타나고 있다. 시적 자아는 순수함을 잃지 않으려고 노력한다. 동시에 차분한 부드러움으로 사색을 하고, 자기를 거울에 비춰보는 성찰적 자세를 갖고자 노력한다. "감았던 몸을 세워/ 난蘭이 되어 자리 잡고"나 "생의 그늘 토닥이며 갈색 꽃으로 피어날 때" 등의 표현에는 정신을 곧게 세우려는 순수함의 의지가 엿보인다. 그러나 어디까지나 그것은 "생의 그늘"을 토닥일 줄 아는 부드러움이 내포되어 있음으로이다. "한 잔의 따스한 언어"를 "가슴속에 담"듯 시를 쓰고 있는 것이다.

한순간도 쉬지 않는 시냇물이 살고 있다

가다가 돌을 만나 어깨동무 어울리고

순한 눈 깊은 햇살은 물풀의 꿈 키운다

별들이 사는 금천 여름밤은 황홀했어

언제쯤 귀향 할래 웃음 담아 내밀던 손

나 또한 손가락 걸며 풀잎처럼 살고 싶다

— 「그곳에는」 전문

"그곳"은 "한순간도 쉬지 않는 시냇물이 살고 있"는 곳이다. "순한 눈 깊은 햇살"이 있는 곳이다. 시인이 닿고자 하는 순수의 세계라 할 수 있다. 맑은 시냇물과 물풀의 꿈이 있는 세계, 별들과 풀잎의 맑은 세상 ─ 에코이즘ecoism의 생태학적 상상력이 지배하는 공간이다. 21세기의 풍요로운 물질 만능의 세상은 사실상 환경을 파괴시켰고 동시에 순수한 본래의 모습을 잃어버렸다. 시인은 이렇게 상실된 자연력을 복원하며 순수를 추구하는 본래의 공간으로 돌아가길 소원하고 있는 것이다. 아마 그곳은 "열두 살 갈래머리 소녀"가 건반을 두드리는 청명하고 고운 세계일 수도 있으리라.

손가락은 굵어지고 머리칼은 하얘지고
거울을 쳐다보면 아쉬움에 젖은 눈빛
주어진 길을 따라온 시간의 강물이어

한댓잠을 자던 잠이 하나 둘 깨어난다
복귀되는 음표를 되짚는 손끝 따라
지워진 그날의 길이 하나 둘 문을 연다

―「피아노를 치다」둘째, 셋째 수

"손가락은 굵어지고 머리칼은 하얘"졌지만 "복귀되는 음표를 되짚는 손끝 따라/ 지워진 그날의 길이 하나 둘 문을" 열도록 되돌이표로 돌아가기를 희원하는 시인의 마음에는 순수를 희원하는 간절한 마음이 공존하고 있다.

이 순수의 절대공간. 그곳에는 "아카시/ 잎을 따며/ 점을 치던 아픈 소녀"가 "누군가/ 보고 싶어/ 흰 꽃 입에 꼭 무는"곳이며(「유월 향기」) "수줍은/ 잔글씨가/ 마음 가득 돋"아나 "복사꽃/ 만발한 날/ 가려운 듯 떨"리다가 "한 줄도/ 못 쓴 속마음/ 그냥 눈을 감"는 곳(「새로 산 만년필」)이기 때문이다.

이 세상 길목마다 많은 게 있습니다

수많은 저 차량들 행선지는 다르지만

그 끝이 어디인지는 가늠하곤 합니다

이 세상 길목에는 없는 것도 많습니다

사라지지 않는 약속 아예 없는 것만 같고

어느덧 사라진 것들 눈에 가만 밟힙니다

가다 보면 있고 없고 종이 한 장 차이지만

별 게 아닌 것도 때론 별로 반짝이고

안개 속 흘러간 날에 내 마음을 닦습니다

　　　　　　　　　　　　　　　―「정류소에서」 전문

　　그래서 시인은 "어느덧 사라진 것들 눈에 가만 밟"힌다고 얘기한다. 사라진
것을 볼 줄 아는 마음에는 앞서 얘기한 이타의 사랑의 정신이 있다. 시인은 그러
나 요란하게 소리 내지 않는다. 아주 조용하게 나직하게 우리를 타이른다. 우리
모두의 삶이 별거 아닌 것 같지만 "별로 반짝"인다고. 그래서 자신을 닦아내고
또 닦아내라고.

　　부릅뜬
　　너울 바다
　　동해가 내 뜰이다

　　난 여기

뿌리박고

깃발을 흔드노니

꿈에도

짊어진 생애

곧은 뼈가 눈부시다

— 「독도」 전문

시인이 아마도 걸어가는 곳은 "부릅뜬/ 너울 바다"일 것이다. 잘못한 것이 없는가 늘 두 눈 부릅뜨고 감시하고 옥죄임 하는 현실, 그리고 불안정적이고 불확실한 모순들로 가득한 현실을 은유하고 있다. 이 유동적이고 가변적인 것에 시인은 "뿌리박고/ 깃발을 흔"든다. 그만큼 절실하기 때문이다. 이렇게라도 항변하고 싶은 것이다. 그러나 무엇보다 마지막 자리에 이 시를 놓는 이유는 "꿈에도/ 짊어진 생애/ 곧은 뼈가 눈부시다"라는 진정성 때문이다. 시인은 "곧은 뼈"의 눈부심으로 걸어가고자 한다. 꿈이라도 그녀는 자신에게 주어진 시의 길을 포기하지 않고 걸어갈 것이다. 이러한 진정성이 그녀를 단련시키고 정죄해왔음을 알 수 있다. 모두에 얘기했던 반듯하고 고른 치아의 정돈과 단정한 품격은 바로 이러한 자신의 순수 지향의 엄격성과 엄결성에서 연유하고 있음을 알 수 있다. ▨

눈부신 시적 상상력과 순수 지향의 치열한 시정신
― 김강호론

1.「오이」― 에로티시즘의 시적 상상력

김강호 시인의 작품은 사물에 대한 묘사가 압권이다. 상당수의 작품에서 이러한 특장을 보이고 있는데, 시조의 각 장이 가지고 있는 속성과 연결되면서 시적 긴장감을 동반하고 있어 읽는 재미 또한 동반되고 있음이 주목된다.

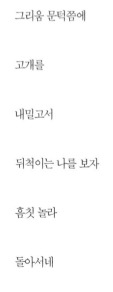

그리움 문턱쯤에

고개를

내밀고서

뒤척이는 나를 보자

흠칫 놀라

돌아서네

눈물을 다 쏟아 내고

눈썹만 남은

내 사랑

— 「초생달」 전문

이 작품이 묘미가 배가되는 곳은 종장의 반전이라고 할 수 있다. 중장에서 이미 시적 화자가 시인 자신임을 밝혀놓아 종장은 상대방이나 나 아닌 타자여야 옳은 전개인데 "내 사랑"으로 전개되고 있는 것이다. 엄밀하게 보면 "내 사랑"의 주체도 "나"이므로 내가 또 다른 나를 보고 있는 셈이다. 자아의 타자화인데 이승훈식의 타자화와는 다르다. 이승훈 시인은 자신을 타자화한 작품을 통해 자신을 희화시킨다. 자신을 타자화한다는 것은 자신에 대해 보다 엄밀하게 보고자 하는 데서 그 의미를 지닐 수 있다. 그래서 대부분은 자아에 대한 반성과 성찰적 기능을 동반하기 마련인데 이럴 경우 보다 시적 대상에 대해 진지하지 않으면 안 된다. 김강호 시인의 경우는 이러한 진지함도 진지함이지만 자아를 치환시키고 있는 시적 대상에 대해 묘사력이 탁월하다는 점이다. 이는 시적 대상의 특성을 감각적인 언어로 잘 잡아내기 때문이다. 인용 작품에서 "눈물을 다 쏟아 내고 / 눈썹만 남"아 있다고 보는 것이 그렇다. 시적 대상에 대해 포착해내는 시인의 시선은 예리하면서도 감각적이다. 다음의 작품들도 이러한 특성을 잘 보여주고 있다.

어둠 깨고/ 부화하는/ 어린 새 울음소리//

천둥소리 소나기소리/ 무지개 피는 소리까지//

다 받아/ 단 청을 하는/ 섬세한 손이 있다//

고요의/ 우물에서/ 밤새도록 길어 올린//

꽃이 피는 소리/ 사랑이 끓는 소리//

긴 여운/ 간직해 놓을/ 질그릇이 살고 있다

―「귀耳」 전문

매끈한 강/ 등줄기에/ 금 비늘이/ 돋던 날//

악보를/ 빠져나온/ 봄의 왈츠/ 음표들이//

노랗게/ 무리를 지어/ 춤을 추는/ 봄 나절

―「산수유 꽃」 전문

얼어붙은// 들판을 향해// 날아드는 봄의 점령군//

소리 없이// 투하投下하는// 햇살의 융단폭격에//

다투어// 탄성 지르며// 흐드러지게// 피는 꽃잎

―「탄성」 전문

「귀耳」를 "섬세한 손"이나 "질그릇"으로 보는 것은 시인만의 감각적 시선이다. 그러기에 소리로는 감지해내지 못할 "무지개 피는 소리"나 "사랑이 끓는 소리"까지 잡아낸다. 「산수유 꽃」이나 「탄성」은 꽃을 소재로 한 작품이다. 「산수유 꽃」은 "악보" "왈츠" "음표" "춤" 등의 음악적 상상력으로 확장은유를 시도하고 있다. 「탄성」은 이와 다르게 "점령군" "투하" "융단폭격" 등의 전쟁용어를 쓰면서 역동적이고 공격적인 봄의 모습을 그려 보여주고 있다. 시인은 또한 이들 대상을 그냥 단순하게 그 특성을 잡아내는데 그치지 않고 에로티시즘으로 연결시키고 있는데 다음의 작품들이 주목된다.

노란웃음// 흘리며// 담에 기댄// 사내를//

이레 쯤// 못 본 척하다// 화들짝 놀란// 옆집 아낙

어머나,// 망측도 해라// 큰 눈을// 질끈 감네

―「오이」 전문

봄 향기// 맑은 꽃대// 발기를 시작한다//

팽팽하게// 버티고 서서// 햇살과 애무하더니//

들판이// 흥건하도록// 쏟아놓은// 저 꽃물

—「민들레」전문

고샅길에/ 홀로 앉아/ 수줍은 듯 웃더니/

끈적이는/ 여름밤/ 무슨 일 있었기에/

얼굴을/ 잎 새에 묻고/ 숨었는지 모르겠네//

나그쳐/ 물이 보고/ 달래봐도 묵묵부답/

비수 보다/ 푸른 독기/ 품었던 속마음을/

보란 듯/ 툭 터트리며/ 자지러지는 것 좀 봐

—「봉숭아 2」전문

꽃을 대상으로 한 에로티시즘적 접근을 우리는 강우식 시인의 작품을 통해 익히 경험한 바 있다. 그에 의하면 시는 일종의 오르가슴이다. 오르가슴이 없는 시는 예술혼이 죽어있다는 것이다. 문학에는 금기시되는 성적 묘사를 질박하게 보여줌으로써 시단에 한때 논란을 불러일으켰다. 그런데 이 질박함과는 조금 다른 측면에서 — 감칠맛 난다고 표현하는 것이 더 옳을 듯하다. — 김강호 시인에 의해 시도되고 있는 것은 시조단을 위해 바람직한 일이 아닐 수 없다. 인용 작품들은 시적 대상의 외양이나 특징을 성적으로 연결하여 시적 분위기를 한껏 고조시키고 있다. 오이의 기다란 것과 민들레의 퍼짐성, 봉숭아의 터뜨려짐이 보다 적극적인 성적 표현을 가능하게 했을 것이다. 그것은 다음의 두 작품과 비교해 보면 쉽게 구분이 된다.

떠오르는/ 보름달 보자/ 온몸이/ 달아올라//

밤새도록/ 히죽거리며/ 몸을 섞어 놀다가//

한 낮엔/ 시들해져서/ 죽은 듯/ 사는 여자

― 「박꽃」 전문

에이는/ 그리움을/ 남몰래 삭이고 삭여/

행여나/ 들킬까봐/ 가둬놓은 그녀의 방/

그렁한/ 분홍눈물이/ 꽃망울로/ 맺혔네

― 「무화과」 전문

앞의 소재들에 비해 「박꽃」과 「무화과」는 상당히 정적인 소재들이고 꽃이나 열매가 갖는 특성이 다소곳한 부분이 없지 않은데 시인은 이를 잘 포착하여 "죽은 듯/ 사는 여자"나 "행여나/ 들킬까봐/ 가둬놓은" "그렁한/ 분홍눈물"로 표현해 내고 있다. 단순한 특징의 묘사에서 에로틱한 묘사에 이르기까지 시인의 시적 상상력은 활달하면서도 섬세하다.

2. 「아버지」와 「반딧불」 ― 가족사적 아픔과 시대에 대한 풍자

그렇지만 사물의 특성을 잘 잡아내어 이를 잘 묘사해내는 것으로만 끝난다면 그것은 시인의 책무를 온전히 했다고는 보기 어렵다. 대개 이에 충실한 작품들은 깊이 면에서 많은 문제점을 드러내기 마련이고 계속 음미하면서 감상하고 싶은 작품들이라고 보기 어렵기 때문이다. 김강호 시인의 작품이 신선하면서도 보다 단단하게 느껴지는 것은 주변에서 볼 수 있는 평범한 사물들에서 통념을 벗어나 당대의 가장 예민한 부분까지를 아우르는 시대성을 갖고 있기 때문이다.

뼈 속에

녹아드는

슬픔들을

감당 못해

온몸이

야위도록

가슴 쥐어뜯더니

세상을

덮고 남을 듯

피워 올린

눈물 꽃

—「조팝꽃 − 정신대」 전문

너는

공단에 살던

미싱쟁이

계집애

온종일

재봉틀로

가난을

깁고 살아

설움을

환하게 밝힌

속이 꽉 찬

꽃다발

—「배추」 전문

「조팝꽃」에서는 부제를 통해서도 알 수 있듯이 정신대의 문제를 다루고 있고 「배추」에서는 산업화 시대의 주역이었던 공단 근로자의 아픔을 형상화하고 있다. 조팝꽃의 아기자기한 모습, 그렇지만 그렁그렁한 눈물 같은 꽃을 이 땅의 가장 비극적이고 굴욕적인 사건으로 재현해고 있는 것이다. 배추는 또한 가장 민족적이고 우리를 대표하는 음식물 재료라는 점에서 이를 서민적인 이미지인 공단의 여공과 연결시키고 있는 것은 지극히 자연스러워 보인다. "설움을/ 환하게 밝힌/ 속이 꽉 찬/ 꽃다발"의 찬사를 보내는 시인의 시선이 따뜻하다. 다음의 작품들에도 이 점이 잘 나타나고 있다.

칼보다 날 선 눈을// 부릅뜬 하늘 아래//

가시 속 권좌들의// 음모는 늘어간다//

몸통을 잡고 흔들어// 털어 버리고 싶은//밤

— 「밤栗」 전문

어둠에 갇혀있던/ 초록빛 잎 들이//

빛 한줄기 찾아서/온 몸으로 절규하다가//

피 젖은/ 몸뚱어리로/ 나뒹구는/ 거리

— 「낙엽 − 금남로에서」 전문

「밤栗」에는 사회의 어두운 면을 동음이의의 언어유희를 통해 통렬하게 그리고 있고 「낙엽」은 5·18 광주 민주화 운동의 중심지에서 초개처럼 쓰러져간 젊은 영혼들을 "초록빛 잎"에 비유하여 형상화하고 있다.

이 땅의 젊은이로 살아가면서 시인이 보고 들었던 가장 가슴 아픈 일면들을 형상화 시켰다고 볼 수 있는데 이러한 현실 인식은 물론 나를 포함한 주위의 가족사적인 데서 시작하고 있음을 주목할 필요가 있다. 우선 나를 소재로 한 작품 「나」에서는 어느덧 중년에 들어선 감회가 "등짐 지고 허우적이는/ 가파른 능선 쯤에 서리 묻은 달빛이/ 머리에 얹히"고 있음으로 나타나며 이제는 "길게만 보였던 앞길이/ 훤히 보일 듯"도 함을 잔잔하게 술회하고 있다. 「위 내시경」이라는 작품에서는 "나도 모르는 사이 검붉은 비리들이/ 슬그머니 자리 잡고 활짝 피고 있"음을 경계하기도 한다.

> 요양원에 누워 있는 일흔다섯 살 수줍은 소년//
>
> 평생토록 펼쳐 두었던 자미紫薇빛 하늘을//
>
> 허름한 마음 주머니에 시나브로 담고 있네//
>
> 뒤틀린 세월만큼 야위고 멍이 들어//
>
> 뼈만 남은 등줄기를 긁어드릴 때마다//
>
> 설움이 메아리쳐서 앙가슴을 울리네//
>
> 귀뚜라미 한 마리가 헐쑥한 달을 끌고//
>
> 구멍 숭숭 뚫려 있는 꿈결을 찾아가서//
>
> 못다 한 노래 한 소절 은빛으로 풀고 있네//
>
> 어렴풋한 기억 속에 마른 손 집어넣어//
>
> 땀방울 먹고 자란 머드러기 쥐어보다가//
>
> 넘치던 눈물샘도 말라 속울음만 우는 소년
>
> ―「아버지」 전문

　「아버지」는 총 4수로 된 작품이며 시집의 표제작이기도하다. 담양의 한 요양원에 모신 아버지를 동행한 길이라 같이 가본 적이 있다. 보고 와서는 눈시울을 붉어진 시인을 보고 마음이 적이 안쓰러운 적이 있는데 그 아버지도 이제 먼 길을 떠나셨다. 이 작품은 4단 구성의 전형적인 모습을 잘 보여주고 있다. 첫 수와 둘째 수는 요양원의 아버지 모습이지만 셋째 수는 "귀뚜라미 한 마리"의 이야기 때문이다. 그렇지만 그 귀뚜라미는 "헐쑥한 달을 끌고/ 구멍 숭숭 뚫려 있는 꿈결을 찾아가서/ 못 다한 노래 한 소절 은빛으로 풀고 있"는 아버지의 슬픔을 대신하는 존재이다. 더 나아가 아버지의 또 다른 모습처럼 해석되면서 애잔함을 더해주고 있다. 세월이 갈수록 작아지고 작아져서 소년 같은 아버지의 모습은, 아버지를 대상으로 쓴 다른 작품 「나목裸木」에서 보이는 "매섭게 눈을 부릅뜬 회초리"조차도 이제는 없다. "어렴풋한 기억 속에 마른 손 집어넣어/ 땀방울 먹고

자란 머드러기 쥐어보"기도 하다가, 평생토록 펼쳐 두었던 멍빛 하늘을 "허름한 마음 주머니"에 연신 담아내고 있는 순진무구함만이 남아있는 것이다.

투명한/ 그리움을/ 밤새도록/ 적시는 비//

매화꽃/ 향기 입고/ 봄 뜨락에/ 앉아서//

초록빛/ 정情을 키웠네/ 눈물보다/ 아픈 열매

— 「처형妻兄 — 매실」 전문

반평생 홀로 살아 외로우셨던 할머니

쉬지 않고 두런대는 옛날 옛적 이야기가

쥐눈이콩이 되어서 몇 자루쯤 찼는데요

이야기 끊어질까 봐 한숨도 쉬지 않고

조팝꽃 몽우리를 사정없이 터트려서

주위를 온통 하얗게 덮어 놓고 있는데요

깜빡 조는 사이 목소리는 더 커져서

뻥튀기 기계 되어 연신 튀겨대는데요

잠깐 새 내가 끼어들어 저, 저기요 머시……

— 「머시」 전문

이 가족사적인 얘기를 하면서도 시인은 사물의 특성을 활용한다. 「처형妻兄」은 "초록빛 정情"이 가득한 면을 매실에 비유하기도 한다. 「머시」라는 작품은 입담이 좋았던 할머니와 시적 화자의 어린 시절 회상이 정감 있게 전개되고 있는 수작이다. 이 작품은 특히 서정시의 장르적 특성인 순간성이 잘 구현된 작품이다. 몇 십 년 전의 얘기를 함에도 그것은 바로 지금 옆에서 얘기되고 있는 착각을 불러일으킨다. 이 가족사적 얘기는 연대기는 "죽어도/ 지워지지 않을/ 기억의 슬픈 삽화插畵"로도 연결되기도 하고(「외할머니 5」) "나비 떼 무리 지어 추사체로 날아와서/ 마령들에 양각陽刻하듯 날개 펼쳐 놓은 자리"나 "두 귀 활짝 열어 놓고 세상 소리 듣는 마이산"으로(「진안 나들이」) 나들이를 나서기도 한다.

이 가족사적이고 주변적인 것에 대한 관심은 대사회적인 영역으로 확장되기 마련인데 사물을 통한 비유적인 접근이 아니라 보다 직접적으로 다룬 「2008, 태안반도」 같은 작품들도 보인다. 기름 유출로 인해 "검은 재앙 그물에 걸려 축 늘어진 태안반도"를 "기름을 뒤집어 쓴 새鳥 눈망울에 잠"기는 해조음과 기침소리로 형상화시키고 있는 것이다. 그러나 이 작품의 경우 환경 파괴의 비판적 인식보다는 "다투어 달려들어/ 상흔을 닦아낼 때/ 악몽에서 깨어나 새살이 돋는 바다/ 옥루玉淚를 쏟아 놓은 듯 물비늘이 부시다"에서 보듯 다시 태어나는 희망의 관점에서 서술되고 있다. 그보다는 현실에 대하여 좀 더 적극적으로 개입하여 비판이나 풍자의 경향을 보여주는 다음 두 편의 경우가 주목된다.

입구는 빨아들이지 럭셔리한 것들을 루비똥이나 다이아몬드 도도한 품위까지 유혹의 긴 혀를 내밀어 명예까지 삼키지

터질 듯 차오른 탐욕 힘겹게 삭여서 아득한 출구 향해 밀어내야 할 시간 도도한 위선덩어리가 앙탈을 부리고 있지

감히 누구든지 호사를 부리지 마라 버릴 것 다 버리고 떠나야 할 동굴이다 닫힌 문 열고 나가야 열반에 이를 수 있는

─「해우소」 전문

한가한 밤 빌딩에서 반딧불 세상을 본다

두 눈을 부릅뜨고 고속 질주하는 놈, 몇 뼘 공간만 있으면 대가리 밀어 넣는 놈, 순식간에 사선을 넘어 유턴하고 가는 놈, 사이사이 아슬아슬 곡예 하듯 가는 놈, 시시비비

가리느라 눈이 튀어나온 놈, 이리저리 끼어들어 빼도 박도 못하는 놈, 두 눈 시뻘겋게
부릅뜨고 역주행을 하는 놈……

저것들 벌레이기 망정이지 사람이면 어쨌을꼬.

— 「반딧불」 전문

우선 이 작품들은 형식면에서 독특하게 처리되고 있다. 「해우소」는 평시조
3수를 장 구분 없이 쓰고 있고, 「반딧불」은 사설시조로 쓰고 있다. 사실 김강호
시인의 작품은 많은 경우 언어를 절제하고 그 간명함의 효과를 위해 행갈이를
빈번하게 하고 있다. 각 장을 한 행으로 처리 한 경우도 보기 드물다. 그런데 인
용 작품의 경우는 이에 비하면 상당히 이채로운 구조를 가지고 있다. 전자의 경
우 한 수를 한 행으로 처리한 이유는 시의 비판 대상이 되는 탐욕적인 면을 부각
하기 위한 것으로 보이며, 후자의 경우는 반딧불 세상의 구체적 모습을 열거의
수법으로 보여주는 것이 사설시조에 적합했기 때문으로 해석된다. 전자의 경우
내리닫이식으로 읽히는 흡입력을 가지고 있는데 "빨아들이지" "삼키지" "터질듯
차오른" "앙탈을 부리고 있지" 등의 술어나 관형어구가 행간의 여유보다는 급박
함을 띠고 있어 시적 효과를 극대화 하고 있다. 후자의 경우 중장에서 구체적인
모습을 생동감 있게 그려낸 것도 새로운 맛을 더해주고 있지만 정작 종장에서
"저것들 벌레이기 망정이지 사람이면 어쨌을꼬." 한탄한 것이 결국 인간의 행태
를 적나라하게 보여주고 있다는 점에서 폭소를 자아내게 한다. 이 인용 작품들
은 오늘의 시조단에 사라져가고 있는 재미성을 동반하고 있다는 점에서 전범이
될 만한 작품이라 생각된다.

3. "소금 꽃" – 순수 지향의 치열한 시정신

시인의 시정신을 관통하고 있는 것은 무엇일까? 보다 본질적인 문제에 접근
하기에 앞서 이런 질문에 우회적으로 답하는 작품을 먼저 살펴보는 것이 순서일

듯싶다.

> 검게 물든 지상의
> 욕망을 덮기 위해
>
> 하늘은 뼈를 깎아
> 눈꽃을 뿌리고 있네
>
> 설원雪原을 뚫고 솟아나는
> 죽순 같은
> 죄목
> 한
> 촉

— 「백지白紙 1」 둘째 수

시인은 시인들의 시 쓰기 작업을 "눈꽃"에 비유하고 있다. 눈이 내리는 것은 "검게 물든 지상의/ 욕망을 덮기 위해"서라는 것이다. 그런데 그 주체가 되는 "하늘은 뼈를 깎"는다고 했다. 쉽게 저절로 시가 이루어지지 않음을 얘기한 것이다. 아니 보다 엄격한 엄숙주의를 얘기하고 있는 것이다. "검게 물든 지상의 욕망" 때문에 이미 우리들이 살핀 바대로 시인은 현실과 역사에 대한 응전력을 가지고 시창작에 임한 것이라는 것을 어렵지 않게 확인할 수 있고, 그것이 엄숙주의에 토대를 두기 때문에 현실과 역사에 대한 시인의 생각은 보다 중심적인 세계관을 형성하리라 짐작이 되기도 한다.

> 쉽게
> 다가설 수 없는
> 신앙 깊은 기도의 방

검은
양심 꾸러미
줄줄이
끌고 들어가

겹겹이
둘러앉아서
회개하는 모습
보았느냐

저 거룩한
성전에
모두 뛰어 들어라

속엣 것
다 비워서
맵게
타는 향이

세상을
온통 하얗게
물들이고
있나니

— 「양파」 전문

　사물을 통해 그 특징을 묘사해내는 시인의 특장은 현실이나 역사의식으로
의 확장을 보여줄 뿐만 아니라 그의 정신세계를 형상화 시키는 데에도 어김없이

기여하고 있다. 시인은 양파를 통하여 그것이 가지고 있는 엄숙주의를 포착해낸다. 겹겹이 둘러싸고 있는 양파의 모습을 "회개하는 모습"으로 그려내면서 이윽고 도달하는 내밀한 양파의 방을 속을 "신앙 깊은 기도의 방"으로 비유한다. 그러니 양파는 충분히 "거룩한 성전"일 수 있다. 더욱이 그것은 온몸을 던져, 비리고 싱거운 맛까지도 깔끔한 뒷맛으로 정리하는 모든 식재료의 원천이 아닌가. "속엣 것/ 다 비워서/ 맵게/ 타는 향이// 세상을/ 온통 하얗게/ 물들이"는 것은 이러한 양파의 특성을 얘기하고 있는 것에 다름 아니다. 결국 이 작품은 회개를 통해 한 "세상을 하얗게" 만들어 가는 것이라고 할 수 있는데 이는 또 다른 사물 시 「감자 꽃」의 "희디흰/ 꽃으로 앉아/ 너울대는/ 나비 떼"의 "희디흰 꽃"의 세상과 상통하고 있다. 한편 「수평선」에서는 "종다리/ 울음소리를/ 팽팽하게/ 당기는 선"의 긴장감이 나타나고 있는데 이 또한 「양파」나 「감자 꽃」에서 시인이 추구하는 방향과 크게 다르지 않다. 세상을 무결점의 희디흰 꽃의 세상으로 만들려고 하는 시인의 의도는 순수 지향의 정신이라 부를 수 있고, 이 정신은 대개 "종다리 울음소리"와 같은 진정성을 지니기 때문이다. 종다리는 높이 솟구치면서 운다. 그야말로 죽을 듯이 혼신의 힘으로 솟구치다가 그 절정에서 돌처럼 떨어진다. 박아지의 「종다리」에서 익히 보았듯이 말이다. 그 "울음소리를 팽팽하게 당기는 선"이 수평선이라는 것이다. 가구佳句가 아닐 수 없다. "수평선"은 그러기에 시인이 가 이르고자 하는 착지점 같은 곳이다.

마침내 무너져 버린 어둠을 더듬어서
굳은살 박인 손으로 찾아낸 연장들
튼튼한 건축을 위해 날을 파랗게 세운다
썩은 채 나뒹구는 살이 찐 나무 밑동
벼르고 선 톱날로 단숨에 잘라내면
끌이여 찍어내거라 옹이 한 점 남김없이
불쑥불쑥 솟아나는 저 숱한 비리들도
순리의 결을 따라 대패여 밀어다오

피고름 터진 자리에 생살 돋을 때까지
맞물려 든든한 기둥 한 치 오차도 없을 때
하늘 쩡쩡 울리도록 못을 박아 놓는다
뜨거운 눈물이 돌아
비로소 피는 소금 꽃

―「목수의 꿈」 전문

인용 작품은 시인의 특징적 면모가 잘 드러나면서도 시인이 도달하고자 하는 궁극의 문학적 지향점이 어디인가를 잘 형상화시키고 있는 작품이다. 목수가 나무를 다듬고 기둥을 세워 초석을 놓는 과정은 시인이 언어를 기초로 한 편의 시를 창조해내는 행위와 별반 다르지 않다. 목수의 꿈은 다름 아닌 시인의 꿈이며 이상이다. 그런 의미에서 이 작품에 보이는 "소금 꽃"또한 "수평선"의 연장 위에 있음을 알 수 있다. 이 작품에는 시인이 지키고자 하는 엄숙주의는 물론 그가 찾고자 하는 순결한 세계의 구체적 모습도 보인다. 시인을 둘러싼 현실은 "마침내 무너져 버린 어둠"이고 그래서 "숱한 비리들"이 "불쑥불쑥 솟아나는"공간이다. 시인은 여기에 굴하지 않고 언어를 벼린다. "굳은살 박인 손"으로 건강한 미래를 위해 "날을 파랗게 세"우며 시를 쓴다. 불가항력으로 버티고 선 썩은 현실을 한 점 남김없이 "단숨에 잘라내"고 "순리의 결을 따라" 언어를 정제하고 다듬는다. "피고름 터진 자리에 생살 돋을 때까지"작업은 계속되리라. 그러기에 그것은 고통과 땀으로 이루어진 결정체 "소금 꽃"인 것이다. 하늘의 뼈를 깎는 눈꽃이나 "희디흰 꽃" "울음소리를 팽팽하게 당기는 선"의 결정체가 이것임을 우리는 어렵지 않게 알 수 있으며 시인이 도달하고자 하는 궁극적인 정점임을 알 수 있다.

우리는 지금까지 김강호 시인의 작품을 세 가지 측면에서 살펴보았다. 시인의 창작 출발점은 무엇보다 자아 밖의 세계와 시적 대상에 대한 무한한 애정에서 출발한다. 이 대상의 특징적 면모를 에로티시즘적인 면에서, 시대나 삶에 대한 반영 측면에서 접근한다. 이를 통해 시인은 진정한 삶의 가치가 시로부터 이루어지기를 소망한다. 그 구체적 모습은 썩지 않고 비리의 모든 환부를 제거하여 진정으로 건강한 세계를 소망하는 "소금 꽃"으로 완성되고 있다. 시인은 이제 첫 행보를 시작한 것에 다름 아니다. 1999년 동아일보 신춘문예에 「명경대」 당선되었으니 이제 10년이 된 셈이다. 그렇지만 시인은 현재는 광주전남 시조시인협회 부회장을 맡고 있으며 우리나라 젊은 시조시인들의 대표적 그룹인 "우리시"모임을 이끌고 있다. 또 늦깎이로 한국방송통신대학교 국어국문학과 졸업하였고, 여기에 연고를 둔 학생들에게 따로 시조 창작을 지도하고 있기도 하다. 시인은 이미 지도자적 위치에 서 있는 것이다. 이에 걸맞게 그의 작품들도 이제 웅숭한 깊은 맛을 우려내리라 생각한다. 이 시집에서 보여주는 세 가지 측면의 장점을 잘 이어나가면서, 시적 대상에 대한 내면의 뜨거움을 치열한 시정신으로 건져 올리는 작업이 계속적으로 이어지길 바란다. ▨

정교한 형상화와 생태학적 상상력
― 김윤숙론

1. 시적 사유의 정교한 형상화

김윤숙 시인은 4년 전 첫 시집을 상재上梓 할 때 선명하고 분명한 시적 자세를 보여주었다. 필자는 그때 "그 누가 자석처럼/ 무작정 날 당기는가// 한 여름 애월 바다 절벽을 박차 오른// 방충망 파도를 치는/ 내, 노동은/ 그리움이다" (『가시낭꽃 바다』)라는 시를 보고 놀란 적이 있다. 시 본문의 시적 형상화도 그렇지만 전혀 예기치 않던 제목이었기 때문이었다. 이 똑같은 놀라움을 독자들도 한 번 느껴보라는 의미에서 과연 이 시의 제목이 무엇일까 묻고 싶다. 물론 인용한 것은 이 시의 전문이다.

우선 이 시의"그 누가"라고 지칭한 것이 제목일 수 있다. 그것은 "자석처럼 무작정 날 당기는" 무엇이다. 동시에 그것은 "절벽을 박차 오른"것이고, "내" 다음의 쉼표나 초장의 "날"에서 보듯 시적 자아인 나이다. 나처럼 그것의 "노동은 그리움"이다. 자, 이제 제목이 감잡히시는가. 그러나 여전히 섣불리 대답할 수 없다. 오히려 미궁 속이다.

이 시의 제목은 「담쟁이덩굴」이다. 그런데 이 시의 제목을 알고 나서 이 시를 다시 읽으면서도 아하! 그렇구나 하고 느껴지지 않는다. 바로 느끼지 못하고 의외로 우리는 왜지? 라고 되묻지 않을 수 없게 된다. 왜인가. "날 당기는가"나 "박차 오른"의 상승 이미지는 위를 향해 오르는 담쟁이덩굴의 속성과 잘 맞아떨어진다. 그러나 정작 이 모든 표현의 끝에 와 걸리는 "내, 노동은/ 그리움이다"라는 표현은 의외성을 가지고 있다. 왜냐하면 이 표현은 다분히 중의적이기 때문이다. 우선 제목과 관련하여 담쟁이덩굴의 벽을 오르는 행위가 그리움이라고 할 수 있다. 담쟁이덩굴의 구체성이 그리움이라는 추상과 만나면서 시인의 시적 상상력은 한결 탄탄해진다. 그러나 이 표현은 여기서 그치는 것이 아니라 시적자아의 노동이라는 것이 그리움이라는 것까지를 내포한다. 농장을 운영하고, 시를 쓰는 것이 그리움이라는 것이다. 담쟁이덩굴이 바로 시적 자아라는 것이다. 여기에 이르면 의표를 찔린 것 같은 충격을 받는다. 시인은 이 모두를 고려하고 작품을 썼다는 얘기다. 시인이 시 창작 과정에서 얼마만큼 자신을 단단하게 단련시켜왔는지를 엿보게 하는 대목이다.

김윤숙 시인의 이번 시집 『장미 연못』은 첫 시집 『가시낭꽃 바다』에서 보인 시적 형상화가 훨씬 더 탄탄하게 자리 잡고 있음을 본다. 한 시인이 거느리는 시적 사유가 어떻게 극적으로 형상화되고 있는가를 잘 보여주고 있으며, 시 창작의 전범이 될 만한 기법적 측면이 주목이 되기 때문이다. 시인은 일련의 창작 과정을 통해 한 작품으로 고려해야 할 여러 가지 사항을 다양한 방법으로 시도하고 있다. 이것은 물론 크게 보면 시적 묘사와 진술을 다 아우르면서 좋은 작품을 쓰고자 하는 노력의 일단이라고 간단하게도 말할 수 있을 것이다. 그러나 내용은 간단치 않다. 왜냐하면 묘사 하나만을 살피는데도 단선적인 묘사가 아니라 중층의 겹무늬가 시도되고 있으며, 이는 어느 부분을 강조하느냐에 따라 판이하게 다르게 나타나고 있기 때문이다.

이파리도 꽃이 되는
초파일 연등 철엔

장미농장 바닥에선
잘린 잎의 푸른 연못

헛손질 툭 부러진 꽃

팅겨나는

그리움

—「장미 연못」 전문

　우선 시집의 표제작이 되는 「장미 연못」은 시인의 시적 체험이 어떻게 사유화되면서 형상화 과정을 거쳐 한 편의 시가 되는가를 잘 보여준다. 아마 시인은 직접 운영하는 농장이나 이와 유사한 곳에서 장미 꽃잎이 무수히 잘려 나간 것을 복도했을 것이다. 남들이라면 아무 생각 없이 지나쳤을 이 풍경을 시인은 유심히 살펴보았을 것이다. 잘린 진초록 잎들은 바닥에 지천으로 널브러져 땅의 색깔이 보이지 않을 정도로 빼곡하게 뒤덮고 있다. 비쳐드는 햇살에 잘린 잎들이 더러 반짝거리기도 한다. 잡으면 팅겨나갈 것 같은 빤질빤질한 이파리들이 물의 살갗 같다. 그러고 보니 푸른 연못이다. 그런데 때는 바야흐로 초파일 무렵이다. 거리마다 연등이 내걸렸다. 환하다. 시인은 이를 "이파리도 꽃이" 된다고 한다. 이파리는 흔하고 흔한 것인데 이것이 꽃이 되는 것이니 모든 초라한 것도 다 대접받고 복을 누리는 시기인 셈이다. 그래서 "잘린 잎의 푸른 연못"도 꽃의 연못이 된다. 제목이 "푸른 연못"이 아니고 「장미 연못」이 된 이유이기도 하다. 그러나 실제의 "푸른 연못"엔 "잘린 잎"들만 존재하는 것이 아니라 "헛손질"로 "툭 부러진 꽃"도 더러 존재하고 그래서 그것이 돌출부를 이루면서 "그리움"으로 팅겨 오르기도 한다.

　이 작품에서 특히 주목이 되는 것은 "이파리도 꽃이" 된다는 진술적 표현이 초장 첫 구절에서 바로 치고 나가고 있다는 점이다. 이 진술을 뒷받침하기 위해 시인은 묘사를 하고 있는데(진술 다음에는 반드시 묘사가 따를 필요가 있다. 묘사가 없는 진술은 죽은 진술이 되기 쉽기 때문이다.[1]) 이 묘사가 그리 간단치 않고 앞서 설명한 것처럼 뒤에 까지 연속적으로 걸리면서 깊이 있는 울림으로 시를 끌어가고 있다.

---

1) 이지엽, 『현대시 창작강의』, 고요아침, 2005, p. 471.

늦봄이라 서둘렀나

황매화 어룽 진 눈물

햇살이 쏟아진 오월

지은 죄도 사할 것 같은

꽃잎이 사방 날리는, 아픔도 꾹 참는다

—「황매」 전문

「황매」에는 "황매"가 가지고 있는 특성이 일단 "어룽 진 눈물"로 나타난다. 「장미 연못」이 다소 우회적인 수법을 쓰고 있다면 「황매」는 붉은색에 흰색이 섞이는 황매의 모습을 순간적으로 먼저 잡아내고 있다. 이 "어룽 진 눈물"이라는 사유는 무엇인가에 불화가 생겨날 때의 표현을 요구하게 되고 시인은 초장 첫 구 "늦봄이라 서둘렀나"를 생각하게 됐을 것이다. 서두르다 화장의 뒤처리를 깔끔하게 못했다는 것도 내포하지만 종장의 "아픔"하고도 연관을 맺게 된다. 시간적인 공간을 늦봄으로 설정한 이유는 황매를 실제적으로 본 시간대가 그래서일 수 있지만 종장 첫 구의 "꽃잎이 사방 날리는"는 낙화를 고려하면 보다 쉽게 수긍을 할 수 있다. 정작 중요한 것은 중장의 표현이다. "햇살이 쏟아진 오월/ 지은 죄도 사할 것 같"다고 한다. 속죄贖罪의 직접적인 지칭은 물론 오월의 햇살이다. 그만큼 눈부시다는 강조의 표현일 것이다. 그러나 이 문면은 그렇게만 해석되지 않는다. 중장 전체가 초장의 "황매화 어룽 진 눈물"에 또한 걸리고 있기 때문이다. 이 경우가 전자의 경우보다 훨씬 묘미가 큼을 알 수 있다. "황매화 어룽 진 눈물"이 "지은 죄도 사할 것 같"다고 보는 것은 시의 소재인 "황매"를 도드라지게 할 뿐만 아니라 주제의 심화에도 크게 기여를 하기 때문이다.

한편 종장 후구의 표현은 주체가 누구냐에 따라 두 가지로 해석된다. 끝까지 드러나지 않는 서정 자아로 볼 수도 있고, "황매화 어룽 진 눈물"로 볼 수 있다. 전자로 보는 것은 간접적이어서 잘 살아나지 않지만 후자로 보면 예사 작품을 뛰어넘는 견딤의 미학이 소롯하게 잘 살아나고 있음이 주목된다.(사실 중장으로 도치적 표현으로 인해 후자로 해석하는 것이 훨씬 자연스럽다)

그렇다면 이 작품을 구상하여 한 편을 완성하기까지 시인의 형상화 과정은 한 땀씩 촘촘하게 엮어나가고 있음을 알 수 있다. 다시 말하자면 이 시는 "햇살이 쏟아진 오월"에 "황매화 어롱 진 눈물"을 보니 "지은 죄도 사할 것 같은"데 벌써 "꽃잎이 사방 날리는, 아픔도 꾹 참는" "늦봄"이라는 자각을 이와는 다른 순서로 재구성하고 있는 것이라 볼 수 있다.

비행장 옆 농장 길엔 언제나 앞서 있다

확장 공사 바리 캐트 소롯길마저 차단하는

봄날이 저문 이 땅에,
노랗다. 슬픈 경계

— 「민들레」 전문

이 작품은 구성이나 형상화 측면에서 보면 앞서의 두 작품과 또 다르다. 「황매」는 초장에서 「장미 연못」은 중장에서 제목이나 소재에 관련된 내용들을 간파할 수 있어서 한 작품의 지향점을 파악하기에 손쉬웠지만 이 작품은 초장과 중장을 다 읽어도 주제나 소재에 대해 감을 잡기가 어렵다. 종장까지 다 읽어도 감이 잘 오질 않는다. 제목을 염두에 두고 종장 후구를 다시 보아야 그런 것인가 어렴풋하게 느끼게 된다. 소롯길은 사람이 적게 다니는 작은 길로 논둑길 같은 곳을 말한다. "비행장 옆 농장 길"은 아마도 늘 "확장 공사 바리 캐트"를 치고 있는 모양이다. 비행장을 확장하려는 것일 텐데 농장으로 가는 논둑길마저도 노란 경계로 막고선 비애를 색깔 이미지를 통해 비교적 선명하게 그리고 있다. 제목 「민들레」는 무엇을 의미하는지 직접적으로 드러나지 않는다. 민들레는 씨가 바람에 날려 다니다가 땅에 내리면 싹이 나고, 꽃이 피는 데 일주일이 채 걸리지 않는 것으로 유명하다. 꽃가루받이와 수정이 이루어지면 꽃대가 땅바닥 가까이 누웠다가 열매가 다 익으면 다시 하늘을 향해 고개를 쳐든다. 흔히 민들레 씨앗을 홀씨라고 부르는데 이는 잘못된 것이다. 꽃이 피지 않는 민꽃식물은 홀씨(포자)를 만들어 바람에 날려 번식한다. 그러나 민들레는 꽃을 피워 열매를 맺으므로 홀씨가 있을 리 없다. 민들레의 씨앗에는 갓털이라는 솜털이 붙어 있어 바람을 타고 멀리 퍼져나가는데 이런 모습이 홀씨와 비슷하지만 홀씨(포자)식물은 아니다. 갓털은 씨앗이 적당한 곳에 도달할 때까지 움직이지 않도록 씨앗을 고정해주고, 수분을 공급한다. 바람을 타고 멀리 퍼져나가는 갓털과 씨가 바람에 날려 다니다가 땅에 내려 싹을 내고 꽃피우는 소시민적 모습을 상징하고 있는 것은 아닌지. 아니라면 민들레꽃의 노란색과 바리 캐트 노란색을 견주어서 빚어 낸 것은 아닌지. 아마 둘 중의 하나로 유추해볼 수 있을 것이다. 어느 쪽으로 보더라도 이 시가 주는 공간적인 미학은 다분히 슬픔의 정조로 젖어있다.

「장미 연못」과 「황매」, 그리고 「민들레」는 똑같이 단시조이면서 자연을 소재로 하고 있는 공통점을 지니고 있다. 시인이 유달리 제주의 자연에서 골라낸 생태적인 소재를 즐겨 다루고 있는 점이 주목된다. 이들 작품들은 이러한 공통적 요소에도 불구하고 이를 형상화시키는 방법은 이 세 작품이 상당한 차이를 보이고 있다. 「장미 연못」은 초장, 「황매」는 중장, 그리고 「민들레」는 종장에 무게 중심이 놓여있다. 주제가 어느 부위에서 드러나느냐에 따라 전개 방식이 차이를 보이고 있다. 시인이 풀어내는 방식이 아주 정교하게 잘 직조되고 있음을 우리는 주목하지 않을 수 없는데 「장미 연못」은 방사형放射型이라 할 수 있고, 「황매」는 집중형集中型, 「민들레」는 귀납형歸納型이라 명명할 수 있을 것이다.

「장미 연못」은 중장의 묘사가 중층으로 연속 걸리는 부분이 압권이어서 이것이 초장의 진술과 종장의 묘사에 퍼져나가는 형태를 취하고 있으며, 「황매」는 초장과 종장이 중장에 집중되는 형태를 취하고 있으며, 「민들레」는 개개의 구체적인 사실이나 현상에 대한 관찰로서 얻어진 인식을 그 유類 전체에 대한 일반적인 인식으로 이끌어가는 귀납歸納, induction의 방법을 취하고 있다. 「장미 연못」의 방사형放射型에 속하는 작품으로는 「봄날」, 「노래의 진원지」, 「선인장」, 「

연어이야기」 둘째 셋째 수 등이 있고, 「황매」의 집중형集中型에 속하는 작품으로는 「추억」, 「휘파람새」, 「동백꽃」, 「민들레」의 귀납형歸納型에 속하는 작품으로는 「섶다리」, 「남천」, 「소나무 사랑」, 「명사십리」, 「빈집」, 「적막」, 「원추리 꽃」 등의 작품을 들 수 있다. 단시조를 사실상 이러한 여러 형태로 구현하는 것은 결코 쉬운 일이 아니다. 김 시인의 작품에서 이에 대한 여러 형태를 확인할 수 있는 것은 그가 작품을 부려 쓰는 운용의 폭과 깊이가 결코 만만치 않음을 보여주는 것이다.

2. 시대에 던지는 화해의 고해성사

천여 평 온실 장미를 몽땅 베었다
생가지 자르는 동안 근처에도 못 갔다
환기구 모두 내리고 제풀에 마르게 했다
폐경된 나처럼 허옇게 변하던 이파리
마른 가지 스친 자리에 가시가 박혔다
녹이 슨, 못에 박히듯 시퍼런 독 퍼진다
동거한 날들을 차마 쉽게 못 놓으리
화석 같은 밑 둥에 시위하듯 솟는 새순
온몸이 꾹꾹 아리다,
장밋빛 피멍으로

―「폐원」 전문

이 작품은 천여 평 온실 장미를 몽땅 베어낸 아픔을 얘기하고 있다. 아마 온실의 장미가 병충해에 걸려 못쓰게 된 것 같다. 장미에는 가지마름병이나 흑점병이 있다. 가지마름병은 줄기에 처음에는 회갈색의 원형 병반이 생기고 병반의 가장자리에는 적자색을 띠며 표피층에 흑색 소립점을 형성하고 병든 줄기 부위의 윗부분이 말라죽어간다. 흑점병은 잎에 흑갈색의 주연이 불명확한 원형의 병반이 생기는데 이 병에 걸리면 잎이 쉽게 떨어져 피해를 입는다. 아마 여기에서의 병은 "허옇게 변하던 이파리"로 보아 잎 줄기에 흰 가루 형태의 반점이 생기는 흰가루병(백삼병白澁病, powdery mildew)으로 판단된다. 병에 걸리면 곰팡이 균사류가 엉키기 때문에 식물체가 회백색을 띠게 된다. 병에 걸린 부위는 흉한 모양으로 뒤틀리면서 잎이나 줄기를 시들게 하고 열매의 질이 떨어지게 된다. 밤과 낮의 온도차가 심한 지역이나 통풍이 잘 되지 않는 곳에서 흔히 발생하는 것으로 알려져 있다. "환기구 모두 내리고 제풀에 마르게"하며 "생가지 자르는 동안 근처에도 못"가며 "천여 평 온실 장미를 몽땅 베"내는 고통을 어디에 견줄 것인가. 시적 자아는 이를 자신의 "폐경"에 견준다. 새로움을 더 이상 생산해낼 수 없는 불모지의 쓸쓸함에 견주고 있는 것이다. 그러나 그 황폐함으로 인해 "마른 가지 스친 자리에 가시가 박"히고 "녹이 슨, 못에 박히듯 시퍼런 독 퍼"져나가도 시적 자아는 "화석 같은 밑 등에 시위하듯 솟는 새순"의 의미를 용케도 잡아내고 있다. 아무리 아픈 시련이 다가와도 시인은 좌절하지 않는다. 시련이 그녀를 단련시켰기 때문일 것이다. 다음의 작품은 이를 잘 예증하고 있다.

겨울 끝자락 마른풀 화르르 타오를 듯

송당리 마을 지나 다랑쉬 저 억새들녘

누군가 확 그어대듯 이내 불꽃이 인다

발걸음 잠시 놓아도 허공에 눈물 젖는

덤불 속 찔레 제 몸 불씨 살리는 봄은

무자년, 고해성사로 이 땅이 주는 보속이다

광대나물 상모 돌리듯 섬 밖을 떠돌아도

끝내 못 내려놓던 내 등짝의 짐 하나

다랑쉬 잃어버린 집터, 푸른빛에 내려놓다

— 「무자년, 고해성사」 전문

　「폐원」이 개인사적인 고통과 아픔을 형상화한 것이라면 여기 「무자년, 고해성사」는 대사회적이면서 역사적인 아픔을 형상화하고 있다. 그러나 이 작품은 기존의 4·3을 얘기한 것과는 다른 위치에 놓인다. 시인은 이 작품에서 화해를 시도하고 있기 때문이다. "끝내 못 내려놓던 내 등짝의 짐 하나"를 "푸른빛에 내려놓"고 있기 때문이다. 내려놓은 장소는 "송당리 마을 지나 다랑쉬 저 억새 들녘" "다랑쉬 잃어버린 집터"인데 역시 무자년 끔찍한 일이 벌어졌던 공간이다. 시인은 이렇듯 역사적 사실과 이로 인한 현실적 아픔을 외면하지 않는다. 오히려 세월이 흘러 미움도 잘못도 다 풍화된 그곳을 "푸른 빛"으로 바꾸며 고해성사를 하고 있다. "덤불 속 쩔레 제 몸 불씨 살리는 봄"이 다시 온 것은 4·3의 상흔이 준 "보속"의 의미를 지니고 있다. 칠흑 같은 어둠이라도, 지워지지 않는 화인 火印이라도 이제 다 떠나보내야 한다. 이는 분명 이전의 자세와는 다르다.

등 돌리면 떠나리 사월의 이야기는
활시위 당기듯이 바다를 당기는 달아
한라산, 그 물음 앞에 섬으로 앉아 있다.

— 「내 한라산」 셋째 수2)

가을 끝물 소섬은 끝내 울음 못 참는다.
아버지 제삿날에 승선권 사서 들면
파도는 섬 바위 핥듯, 우도봉을 오른다

— 「우도 쑥부쟁이」 첫째 수3)

---

2) 김윤숙, 『가시낭꽃 바다』, 고요아침, 2007, 29쪽.
3) 위의 책, 65쪽.

전자의 작품이나 후자의 작품에 나타난 4·3은 "섬으로 앉아 있"거나, "가을 끝물 소섬은 끝내 울음 못 참는다"에서 보듯 참아내기 힘든 고통을 수반하고 있다. 그래서 시적 자아는 이러한 지우지 못한 상처 앞에서 늘 왜소할 수밖에 없는 부채의식에 시달린다. 제주인이라면 가질 수밖에 없는 죄의식을 가지고 있는 셈이다. 이러한 죄의식으로 인해 아무리 그 시대가 슬퍼도 "그 슬픔의 그 눈빛도" 증언하며 그 터에 "발 먼저 세상에 딛고 중심을 잡"으며(각각 「내 한라산」 첫 수와 둘째 수) 살아갈 수밖에 없으며, "바다만큼 키 낮추"며 "백년등대 그처럼 때론 멍하"게(각각 「우도 쑥부쟁이」 둘째 수와 셋째 수) 아픔을 감내할 수밖에 없는 존재들로 나타나고 있다. 말하자면 희망이나 치유의 불씨를 살리기 힘들었던 고통의 역사가 이번 시집에 들어서는 조용한 변모를 보이고 있는 셈이다.

하모리 시퍼런 파도 눈물처럼 시린데

팔월 여름 끝자락, 흙먼지 꽉꽉한 길

온몸이 흥건히 젖어 가슴 깊게 스민다

산과 바다와 오름이 나를 에워 쌓고

바람결 그 예비검속* 무참함을 듣는다

달개비, 갯완두꽃 총총히 피워 올라

매장했던 자리에 남겨진 것은 새 발자국

모슬포, 그 누구에게도 차마 길을 못 묻는다

— 「모슬포」 전문

이 작품은 주에 밝혀진 것처럼 1950년 한국 전쟁 당시 모슬포 경찰서 관내에서 예비검속으로 구금됐던 구금자 중 252명이 무참히 학살당한 내용을 담고 있다. 물론 그 이전의 4·3은 이보다 더 참혹했지만 전쟁이 휩쓸고 간 잔혹한 그해 8월 대정읍 섯알오름 부근의 현장은 파도마저도 "눈물처럼 시"리게 부딪혀온다. "새 발자국"만 남아있는 "매장했던 자리"의 모슬포에서는 "그 누구에게도 차마 길을 못 묻"지만 시인은 이 자리에서도 "총총히 피워"오르는 "달개비, 갯완두 꽃"에 주목한다. 죽음의 상처를 치유하며 피워 오르는 생명력을 바라보고 있는 것이다. 이는 「폐원」에서 보듯 "장밋빛 피멍으로" "온몸이 꾹꾹 아리"더라도 "화석 같은 밑 둥에 시위하듯 솟는 새순"의 의미와 상통하며 「무자년, 고해성사」에서 보이는 "누군가 확 그어대듯 이내 불꽃이" 이는 "덤불 속 찔레 제 몸 불씨 살리는 봄"과 "다랑쉬 잃어버린 집터, 푸른빛"의 생명력과 동질의 것이다.

요컨대 시인은 지우지 못한 상처 앞에서 늘 왜소할 수밖에 없는 죄의식을 건디고 거기에 생태적인 상상력을 통해 눈부신 생명력으로 치환시키고 있는 것이다. 이 점은 시인의 가장 큰 장점이다.

그 오랜 시간 머물던 바람의 초록 향기는
나무의 몸을 핥고 전신에 피 돌게 한다
유월 숲, 어떤 상처도 예서는 아물 것 같은

경계를 풀어 살갗이 짓무르고 하나 되는 일
연리목 신령스런 사랑 그만의 방식으로
이제는 굳어진 명치끝, 딱따구리가 헤집는다

내게 정녕 전하고픈 무슨 말 있었을까
나무의 등걸마다 글자 한 자씩 새기는
초여름 먹먹한 사랑에 먼 하늘 우러른다

— 「비자림 연리목」 전문

시인이 이 작품에서 보여주는 "경계를 풀어 살갗이 짓무르고 하나 되는 일"의 함의는 상당히 복합적이다. 분명 이 안에는 시대의 아픔을 견디고 그 상처가 치유되는 과정이 들어있음 직하다. 왜냐하면 이 과정은 "오랜 시간 머물던 바람의 초록 향기"이기 때문이다. 결코 적지 않은 시간을 묵히고 갈무리했던 인고가 엿보인다. "나무의 몸을 핥고 전신에 피 돌게 한다"는 생명성의 회복이 "어떤 상처도 예서는 아물 것 같은" 예감을 같게 한다. 이러한 피돌기는

겨울 봄 지나 한여름
집 껴안는 담쟁이가
댓돌 마루며 안방까지
손을 뻗어 나갔다
상처에
푸른 피 돌아
빈 집이 웅성거린다.

　　　　　　　　　　　　　　　　　　　　　—「빈집」둘째 수

덕진진 바다를 향한 철갑의 총포에서
외진 골목 앉은뱅이로 피고 지는 저 풀꽃들
또 한 번 전승을 알리는, 이름 모를 병사 같다

　　　　　　　　　　　　　　　　　—「강화, 덕진진에서」셋째 수

"현관 문짝도 떨어져" 나간 빈집마저도 생기가 넘치게 하며 (「빈집」) 외진 곳의 이름 없는 풀꽃들마저도 "또 한 번 전승을 알리는, 이름 모를 병사 같"게도 한다. (「강화, 덕진진에서」)

불가마 달군 눈물에, 허리 펴는 술패랭이꽃(「술패랭이꽃」마지막 수 종장)
따습던 봄바람이/ 바퀴살로 돌고 돌아(「봄빛」둘째 수 중장)
온몸으로/ 생을 들어 올리는 풀벌레 소리(「노래의 진원지」첫수 초장)

새소리/ 붉은 울음도/ 툭, 툭, 툭/던져낸다(「동백꽃」 종장)

수묵 빛 바람 일어 백매 향 흩어진다(「백동경」 마지막 수 중장)

손바닥 연두 이파리로/ 몸을 칭칭 감았다(「칡넝쿨」 첫수 종장)

어머니/ 짜디짠 생으로/ 망초꽃을 피운다.(「추자도」 마지막 수 종장)

    이 시집에는 생태학적 상상력이 푸르른 광휘의 생명력으로 타오르는 표현들이 이처럼 많이 등장한다. 이것은 시인이 첫 시집 이후 지속적으로 보여주고 있는 제주 자연에 대한 애정과 무관하지 않다. 제주의 "오름"이 보여주는 광대무변한 대지적 여성성과 수많은 자생 풀꽃과 숲의 풋풋하고 싱싱한 생명력이 시인의 시 속에서 하나씩 피어나고 있다.

    이 시집의 해설을 마무리하면서 필자는 김 시인이 보여주고 있는 시적 대상에 대한 정교한 형상화 기법이 한국 시조문학의 묘사 기법을 한 차원 더 높게 이끌어 주고, 개인적으로는 더 나아가 견고하고 탄탄한 울림의 큰 시를 우리에게 선사해 줄 것이라는 신뢰를 갖게 되었다. ▨

온고이지신溫故而知新의 시적 상상력과 생명성

— 박용하론

1. 차분하면서도 정갈한 아날로그적 삶의 시학

박용하 시인의 작품에는 따뜻함이 있다. 동시에 차분히 정제된 단아한 사유가 있다. 따뜻함은 가족에 대한 지극한 애정에서 비롯되고 있으며 이를 바탕으로 잘 정돈된 삶의 사유들은 독자로 하여금 아득한 향수를 느끼게 한다. 부모님에 물려주신 유훈은 시인에게 생의 좌표가 되어 하나하나 그대로 살아난다. 할아버지에게서는 한학의 가르침까지 물려받았다. 그 뜻을 오늘의 상황들에 맞추기란 힘들 것이다. 급격하고 임기응변적인 현대의 디지털적인 삶이 아니라 더디가면서도 하나씩 곱씹어 보는 아날로그적 삶의 기준에 적합하기 때문이다. 그러나 시인은 기꺼이 자신의 삶은 물론 철학까지도 이 아날로그적 기준에 맞추고자 한다. 차분하면서도 정갈한 아날로그적 삶의 시학이 바로 박용하 시인의 작품세계 요체다.

> 획 하나도 조심해 그라
> 타이르시던 아버님 교훈
>
> 반백년 세월이 가고
> 나도 이제 늙었지만

컴퓨터 앞에 앉으면
어제같이 떠오른다

내 편지 틀린 글자
정성스레 고쳐 보내주시고

자식들 장성해도
항상 마음 못 놓으시던

빛바랜 아버님 편지
오늘도 걱정하신다

—「아버님 편지」 전문

　　시인은 아마도 아버님이 보내신 젊은 날의 편지를 그대로 간직하고 있음이
분명하다. 컴퓨터 앞에서 떠듬거리며 시詩를 쓸 때면 바로 옆에 있는 것처럼 "획
하나도 조심해 그라" 타일러 주시는 아버지가 생각난다. 편지의 오탈자를 하나
씩 지적해주시던 세밀함과 이제쯤이면 괜찮다 싶을 정도로 장성했을 때에도 늘
걱정과 염려로 마음을 쓰시던 자상함을 기억하는 것이다. 아주 사소하여 그런
일이 있었던 것조차 잊어버렸을 법한 일들까지도 세밀하게 기억하여 시상의 중
심으로 가져오는 시인의 마음에는 형식과 규율을 강조하던 전통적 사고를 넘어
서는 따뜻한 애정이 있다.

어머니 떠나시고 영정 한 장 방 지킨다.
안 계셔도 방 따습게 불 넣고 등 켜놓았다
감도는 공허한 마음, 차마 문 못 닫겠다.

늘 앉으셨던 식탁, 그대로 비워두고

때마다 내 앞으로 밀어 놓던 반찬 그릇
호수에 물결이 일 듯 다가오는 어머니

아들 며느리 보고 싶어, 경노당도 가고 싶어
언젠가 오시려나, 꽃바람 건 듯 타고서
목련 꽃 환한 샛길로, 꽃 핀 듯 오시려나.

—「어머니의 빈자리」 전문

시인은 이미 돌아가신 어머님의 살아생전 식탁의 자리를 아직껏 비워두고 있다. 지극한 마음이 없으면 불가능한 얘기다. 식사를 할 때마다 반찬 그릇을 밀어 놓던 어머니. 세상의 어머니들이 자식 앞에서 늘 그렇게 하건만 이를 "호수에 물결이 일 듯" 자주 생각하는 시인들은 아주 드물다. 봄이 와 목련꽃 환히 핀 것만 봐도 그 샛길로 꽃이 핀 듯 오실 것 같다고 얘기한다. 어머니를 생각하는 것이 자연스레 일상의 한 부분이 되어 있음을 알 수 있다.

2. 용서를 빌 길이 없다
나에게 자주 하시던 조부님 말씀 한마디
"소년이로 난학성 일촌광음 불가경"
용서를 빌 길이 없다, 허송세월 다 보냈으니

3. 과묵
바위같이 말이 없으시고 늘 듣기만 하셨다
하물며 남 헐뜯는 말씀 평생 못 들었다
살림은 가난했어도 나누어 주기를 좋아하셨다.

—「할아버지 생각 셋」 부분

아마도 할아버지는 시인에게 소학이나 명심보감, 사서 등 한학의 소양 교육을 시시때때로 하였음직하다. 시간을 아껴 써야 하는데 허송세월을 했으니 "용서를 빌 길이 없다"는 인식 안에는 "미각지당 춘초몽未覺池塘 春草夢 계전오엽이추성階前梧葉已秋聲"이란 구절에서 얻을 수 있는 가을 오동잎 같은 자신의 존재를 잘 알기 때문일 것이다.

> 산등성 이십 리 길 산저리 앞 큰 내 건너
> 대금동 잘 사는 집에 고모님 시집가셨다
> 울안에 감나무 많고 토종 벌통 놓인 그 집
>
> 배운 남편 소실 얻어 읍내 딴 살림 차려
> 시부모 모시다가 쓸쓸히 세상 버렸다
> 빈집의 적막 깨운다, 툭 떨어지는 풋감 소리
>
> ―「고모 생각」 전문

고모가 살았던 생은 응달의 삶이었다. "울안에 감나무 많고 토종 벌통 놓인" 잘 사는 집에 시집을 갔지만 "배운 남편 소실 얻어 읍내 딴 살림 차"린 아픔을 감내해야 하는 비극의 삶이었다. 가부장적 절대 권력이 가족사에 엄연하게 존재하던 시대였다. 잘못되었지만 부당하고 왜곡된 현실을 묵묵히 견뎌내야 했던 시대를 암담히 그려내고 있다. 오히려 "시부모 모시"며 순종의 한 시대가 살다간 아픈 생애를 "툭 떨어지는 풋감 소리"의 청각적 이미지로 잘 살려내고 있다. 마치 떨어지는 소리가 한참이나 들리는 듯한 여운을 느끼게 한다.

시인이 가족사적인 것에 대한 남다른 애정은 고향에 대해 갖는 애정과 다를 바 아니다. 「가을비 영동역」에서는 이러한 시인의 심경이 잘 나타나고 있는데 "삼도봉이 지켜보는/ 내 고향 영동역"을 가게 되면 어김없이 가슴이 설렌다고 적고 있다. "한 세월 뒤돌아보면/ 가뭇없이 떠난 사람"들 뿐이어도 "경부선 증기 기관차/ 물 넣고도 숨이 차던 // 추풍령 오르막길/ 헐떡이며 넘던 고개"는 늘 잊지 못하고 있는 것이다. 객지의 삶을 살아가는 누구에게나 그렇듯 고향과 가족은 떼래야 뗄 수 없는 불가분의 관계를 맺고 있다.

2. 현실 너머의 역사에 사고를 기대고 실천하는 믿음의 시학

가족에 대한 지극한 따뜻함은 주변으로 확산되고 시대를 넘어 역사적인 사고에까지도 확장되어 나간다. 앞서 우리는 시인의 사고가 현대의 디지털적인 삶이 아니라 아날로그적 삶의 기준을 따르고 있음을 보았는데 대개 이럴 경우 고답적이기 쉬운데 박용하 시인은 현실의 삶에 대하여도 예리한 사고를 얹는다. 역사가 모여진 것이 오늘의 삶이란 사실을 분명히 자각하고 있기 때문이다.

찔레꽃 필 때가 가뭄 심하단 옛말 있다
80년대 어느 핸가 극심한 한 발이 들어
양재천 물 푸던 양수기 밤새워 통통거리고

게리마을 포이마을 잔디마을 원터마을
일력동원 모내기 때 파란 물감 퍼지던 곳
지금은 빌딩의 숲이 가뭄 모른 채 크고 있다

— 「들 찔레꽃·가뭄」 전문

"일력동원 모내기 때 파란 물감 퍼지던 곳"은 지금은 "빌딩의 숲이 가뭄 모른 채 크고" 있는 곳이다. 두 공간은 아주 상이한 기능을 하는 이질적 공간이지만 세월의 흐름 속에 변화된 동일한 공간이다. 자연적인 공간이 인공적인 공간으로 완전히 탈바꿈하고 있는 현실이 극명하게 대비되면서 현대인을 싸고 있는 문명의 극단적인 양상을 보여주고 있다. "가뭄 모른 채" 솟아오른 "빌딩의 숲"이 지배하고 있는 현대는 건조하고 딱딱한 물질의 세계다.

꼭두새벽 불 밝히고 바쁜 경매 시작되면
치열한 가격경쟁, 이겨야 사는 현실인가
명패 단 출하물과 농민들 눈빛마저 번득인다.

새 주인 트럭에 실려 떠나가는 농수산물

어느 집 식탁에 올라 저 몸이 산화散華 될까

고달픈 좌판 위에도 뉘엿뉘엿 노을이 앉고 있다

― 「가락시장에서」 부분

승복 차림 차력사 앞 사람 많이 웅성거린다

재주도 가지가지 또 무슨 꿍꿍이 속일까

등 굽은 노인들 속여 약을 파는 세상인심

먹을거리 감나는 장터 몇 천원에 배부른 시간

국밥집 막걸리 잔 추억 흠뻑 취할 때

석양에 짐을 꾸리는 어머니 모습도 본다.

― 「모란시장」 부분

농수산물도매시장과 전통재래시장의 두 모습을 통해 현대를 살아가는 삶의 치열한 현장이 가감 없이 잘 드러나고 있는 작품이다. "치열한 가격경쟁"속에 가장 순박해야 할 농민들의 "눈빛마저 번득"이기도 하고, 물건을 팔기 위해 "꿍꿍이 속"을 벌여 "등 굽은 노인들 속여 약을 파는 세상인심"을 적나라하게 보여주기도 한다. 그러나 이러한 치열함을 지닌 "고달픈 좌판 위"의 삶이지만 시인은 "뉘엿뉘엿 노을이 앉"는 부드러운 풍경에 위로를 받기도 하고, 그 석양에 "국밥집 막걸리 잔"에 취하는 이들을 애정으로 바라보며 그들 사이에서 "짐을 꾸리는 어머니" 모습을 보기도 하는 것이다.

시인은 역사적인 사건과 사물에도 관심을 보이는데 「철도 박물관에서」란 작품에서는 "지금은 위리안치, 제자리만 지"키는 1942년 서울에서 제작하여 청량리에서 부산 간 특급열차용 기관차로 이용되다가 1971년 퇴역한 파시형 증기기관차를 그려내기도 한다. 단지 역사적 사물의 복원을 그리고 있는 것이 아니라 시인은 이를 통해 우리의 근대화 과정 속에 겪은 험난한 역사적 사실 곧, 한

국전쟁의 아픔과 "컴컴한 터널 속을 연기 뚫고 빠져나와 들판을 힘차게 달"리는 근대화 과정을 보여주기도 한다.

"동작동 국립묘지에서"란 부제가 부쳐진 「6월, 그 기억」이라는 작품에는 "아침밥 저녁 죽으로 어렵게 살던 시절"을 떠올리며 "트럭 타고 전선으로 홀연히 떠"나 전쟁에서 산화한 국군들을 추모한다. 그러나 이 작품 무게 중심은

> 이름마저 잃어버린 무명용사 묘비 앞에
> 누가 울다 갔을까 비 젖은 하얀 국화
> 해마다 유월이 오면 저며 온다 가슴이

역시 셋째 수에 놓인다. 역사적 사실이 지닐 수밖에 없는 무미건조함을 "비 젖은 하얀 국화"의 서정성으로 보완하고 있는 것이다. 아마 시인은 "해마다 유월이 오면 저며 온다 가슴이"라고 절절히 말할 수 있는 마지막 세대일 것이다. "진시황 이뤄놓은 거대한 꿈 천하통일"의 「만리장성」에서는 "돌을 쪼던 석공들의 정 소리, 망치소리/ 성 밑에 묻혀 있을 장정들의 신음 소리"를 듣기도 하고 「낙성대 공원에서」는 고려의 명장 강감찬(948~1031) 태어난 집터인 낙성대를 보면서 "거란의 십만 대군 물리친" 용맹과 "아직도 나라 걱정에 잠 못 들고 계시는" 장군을 생각하기도 한다. 이런 역사적 장소만이 아니라 현실적 공간에서도 시인은 긴장의 끈을 놓지 않고 있는데 「어떤 초병」에서는 "늦은 밤 이른 새벽 출퇴근길 걱정도 하며/ 수많은 차량과 행인 안전 위해 봉사"하는 신호등의 "눈보라 비바람도 개의치 않는 불침번을" 그려내기도 한다.

3. 생에 대한 충일한 에코이즘의 시학

박용하 시인의 작품은 또한 생에 대한 에너지가 충만한 에코이즘적 사고를 보여주고 있다. 자연을 늘 가까이 해왔기에 어쩌면 당연한 것으로 생각할 수 있지만 단지 좋아한다는 차원을 넘어서 생태적인 차원의 문제에 상당한 관심을 가

지고 있음이 주목된다. 특히 생태의 파괴로 인해 인간들이 어떤 자세를 가져야 하는가를 보여주기도 한다. 21세기가 화합과 공존의 시기라는 점을 감안해보면 에코이즘의 사고야말로 미래 구원의 중요한 시학적 자세라는 점에서 의미가 작다고 하지 않을 수 없다.

> 보랏빛 맥문동 꽃이
> 인사하는 아파트 옆 공원
> 매미는 식전부터 목청 돋워 짝을 찾고
> 불붙은
> 배롱나무 꽃
> 가지마다 활활 탄다
>
> 지금쯤 고향에는
> 풋감이 살 오르고
> 배동선 벼포기 출수를 서두르겠지
> 팔월은
> 속살 찌는 달
> 푸나무는 바쁘다
>
> —「팔월 어느 날 – 아침 산책」 전문

"불붙은/ 배롱나무 꽃"에는 강렬한 생의 메타포가 있다. "풋감이 살 오르고" "벼포기 출수를 서두르"는 "속살 찌는 달"의 건강함이 있다. 이 건강함이 이끌어 가는 사회가 바로 에코이즘이 지향하는 세계이다. 이 건강함은 물론 단순한 노력에서 오는 것이 아니다. 모든 것이 축 늘어져 태만해지기 쉬운 팔월에 "배롱나무 꽃"은 가장 활발한 신진대사를 하며 가열차게 생의 의지를 표출하고 있는 것이기 때문이다. 자연은 그대로 보이는 아름다움만을 지닌 낭만적인 존재가 아니다. 삼동의 혹한을 건너가는 식물들을 보라. 살갗을 트며 그들은 누구보다 치열하게 생을 건너가고 있는 중이다.

고향집 난초 닮은 두터운 파란 입술
쭉 뻗은 꽃대 위에 주황빛 꽃 문 열고
촛대에 불을 밝혔다, 온 집안이 환하다

삼동 추위 이겨내고 출산한 봄 아기
십 년 넘게 함께 살아 정도 담뿍 들었다
티 없이 맑은 얼굴에 옛정이 묻어난다.

―「군자란 꽃」 전문

몇 달을 뜸 들이다 뽑아 올린 꽃대인가
어린 나비 날아와서 날개 접고 앉아 있다
누구를 만나고 싶어 세밑 엿보다 찾았을까

길러준 정 고맙다고 수줍게 미소 머금고
세상 구경 잠시 하다 봄 오기 전 떠난다고?
속내는 말하지 않고, 청향만 뿜고 있다

―「베란다 한란」 전문

그렇지 않은가. 모든 영광은 늘 고난 뒤에 오는 법. 고난을 이겨낸 뒤라야 얻어진 열매가 더 달고 빛난다. 인용한 두 작품은 추위를 이겨내고 꽃을 피우는 군자란과 한란을 밀도 있게 그려내고 있다. 둘이 뿜어내는 희망의 메시지는 "온 집안이 환"해지고 "속내는 말하지 않고, 청향만 뿜"어 대는, 겨울임에도 충만한 생명성으로 넘치고 있다.

거실과 베란다에 함께 사는 식물 가족
아내가 자식처럼 보듬는 청정식물淸淨植物
눈빛도 맑게 해주며 헛헛함도 잊게 한다

직장만 우러르며 만취한 남편 대신

난蘭을 토닥이며 고독을 비질한 아내

'어떻게 내가 살아왔을까, 풋풋한 저게 없었으면'

그 옛날 이불 하나로 같이 자던 작은 온돌방

체온을 서로 나누며 더불어 산 어르신들

사랑만 서리서리 남긴 채 떠나가고, 떠나가고

— 「청정식물」 전문

생명을 가까이하는 마음은 결코 먼 곳에 있는 것이 아니다. "거실과 베란다에 함께 사는" 것이다. 이 작은 실천은 아내를 통해 실천되고 있는데 시인은 이를 통해 "이불 하나로 같이 자던 작은 온돌방"을 생각한다. 그리고 보면 「청정식물」은 싱그러운 일상의 상쾌함만을 주는 것이 아니라 정신적인 혼탁함까지를 맑혀주는 역할을 하고 있는 귀중한 존재라는 것을 알 수 있다.

「산국山菊」에서는 "산 어귀 홀로 와 서서, 고개 숙인 침묵"처럼 "향기 짙은 금빛 얼굴"로 맞이하는 산국山菊을 그리고 있는데 "빈집 많은 산골 동네 산 밑에 외딴 집"과 "문짝도 넘어진 채 허물어진 흙돌담"을 운치 있게 그 공간으로 담아내기도 한다.

동해바다 어우러져 그림같이 푸르던 산

화마가 태운 민둥산엔 숯등걸만 남았다

세월이 얼마를 가야 죽은 땅에 피가 돌까

하늘땅 놀란 산불, 모든 숨결 앗아갔다

불속에 알, 새끼 두고 연기 속을 날던 새들…

바위도 침묵을 깨고 고함지른 삼포리

— 「삼포리를 지나며」 전문

해일이 덮치면 피할 곳 없는 작은 섬에
노도는 용서 못할 듯 밤새워 포효한다
잠시도 잠들지 못했다 겁 많은 내륙인

교회의 새벽종이 구조선이듯 반갑다
성도들 통성기도 노여움도 풀릴 거나
저 파랑 어금니 앞에 빌어대는 기도여

알겠다, 섬사람이 까맣게 탄 얼굴들을
바위 틈 풍란도 태풍 견뎌 향기 피우고
동백 숲 쓰러진 고목, 겪은 시련 알겠다

―「홍도 일박 ― 폭풍 경보」전문

자연의 아름다움만을 가까이 할 수 있는 것이라면 청록파 시인들과 무엇이
다르랴. 현대의 자연은 화마와 해일로 얼마든지 파괴되어 이지러진 기형의 모습
으로 우리를 덮쳐올 때가 많다. 숯등걸만 남은 폐허의 땅이 되어버린 삼포리. 폭
풍이 무섭게 몰아쳐 몸 하나도 피하기 힘들었던 작은 섬 홍도. 성난 재해의 휩쓸
림 앞에 인간은 너무나 왜소한 존재에 불과하다. 그러나 인간의 욕망은 자연을
끊임없이 파괴한다. 허울 좋은 개발의 미명 아래 불을 지르고 길을 낸다. 자연의
큰 재해가 쓸고 간 자리에는 늘 인간의 오욕이 자리 잡고 있다. "세월이 얼마를
가야 죽은 땅에 피가 돌까"라고 묻는 시인의 질문이 아프기만 하다.

1. 왜가리
물벼룩 숨어버린 영화천에 발 잠그고
박제같이 서 있는 왜가리 한 마리가
골똘히 걱정을 하네, 어디로 가야 할지…
2. 들쥐

산책길 바꿔 타고 들어선 개천 뚝 풀밭

놀란 들쥐 질겁하고 굴로 숨는 저 잽싼 도망

이 도시 어떻게 사나 혀를 널름 내두른다

―「영화천에서」 전문

이 작품 역시 도시 속에서 개천이 얼마나 오염되고 찌들어가고 있는지를 잘 보여주고 있다. "박제같이 서 있는 왜가리 한 마리"의 외로움이 어찌 왜가리에만 국한된 것이겠는가. 현대인 모두가 그런 왜가리 같은 존재가 아니겠는가. 개천 뚝 풀밭에도 문명의 때가 끼기 시작하여 "들쥐" 하나도 갈 길을 잃고 헤매고 있다. 인간의 욕망이 배어든 자연환경이 얼마나 생태계에 위협적인가를 아주 간명하게 보여주고 있는 것이다. 「동물 위령비」 작품에서는 "태어난 고장에서 종족 끼리 살지 못하고/ 이국땅 감옥 생활로 숨을 거둔" 동물들의 영혼을 위로하고 있다. 시인의 관심은 이렇듯 살아있는 것들이 제대로의 삶을 영위하지 못함에 대해 안타까워한다. 근본적으로 생명 존중의 에코이즘에 기대어 사유하고 있음을 잘 보여주고 있다고 판단된다.

4. 탄탄한 서정성과 조화로운 삶을 위하여

우리는 지금까지 박용하 시인의 시편들에 나타난 문학적 지향점에 대해 살펴보았다. 박용하 시인의 시편들은 차분하면서도 정갈한 아날로그적 삶의 시학, 현실 너머의 역사에 사고를 기대고 실천하는 믿음의 시학, 생에 대한 충일한 에코이즘의 시학적 자세를 보여주고 있다. 박시인의 작품들은 탄탄한 서정성에 바탕을 두고 있음은 물론이다.

쓰름매미 울음소리에

찌던 더위 물러가나

빨간 고추 일광욕 마당에
메밀잠자리 가을을 알리고 있다

텃밭에
갈 무 배추 가시는
두런두런 부모님 음성

— 「세월 1 — 입추 무렵」 전문

"갈 무 배추 가시는 두런두런 부모님 음성"에서 세월의 흐름을 읽을 수 있는 시인이 과연 몇이나 될까. 아무렇지 않은 평범한 일상 가운데서 느끼는 깊이에서 묘미를 느낀다. 제주도에서 "도로변 줄지어 선 단팔수丹八樹 가로수를 보며 "팔 남매 열여섯 식구"를 바라보는 부모님 모습을 그리는 박용하 시인에게 가족은 생의 전부이자 모든 좌표의 시발점이다. 그러나 시인은 이를 바탕으로 역사와 현실로 그 범위를 확산시키며 폭넓은 사유와 인식을 견인한다. 결국 시인은 자연이 가지고 있는 경이로운 삶에 주목하고 이 생명성에 기대어 남은 생에 대한 조화로운 귀의를 생각한다. 사물의 깊이와 상황이 보여주는 인식이 조화를 이루면서 다소 무미해지기 쉬운 일상에 탄력을 주고 있는 박용하의 시편들은 분명 더 깊은 세계를 열어 가리라 확신하며 이 글을 마치고자 한다. ▨

울림의 시학과 실존적 휴머니즘

— 강경화론 2002년

1. 시적 감동, 익숙함 속의 깊이 있는 울림의 시학

강경화의 시편들에서는 익숙함 가운데 만나는 시적 감동이 있다. 그런데 이 시적 감동은 그냥 일직선으로 다가 오는 것이 아니라 우회해서 오기 때문에 잔잔하고 여운이 길다. 가벼운 일상 가운데 있으되 결코 가볍지만은 않은 생의 깊이가 있는 울림을 동시에 수반하고 있다. 이 점이 바로 다른 시인들과는 확연히 구분되는 강 시인의 가장 큰 특장이다.

세금 내려고 기다리는데 걸려온 낯선 번호
소식 없다 잊을만하면 전화하는 그 친구
참 많이 보고 싶구나
어떻게 지내니?

말일 우체국은 우표에 풀칠하기보다
잘 산다는 도장 받기 위해 오히려 숨 막힌다
꽝꽝꽝 영수증 받아들고
잘 지내, 너는?

— 「안부」 전문

우리는 이 작품의 시적 자아가 얼마나 그리 쉽지만은 않은 힘든 삶을 살아가는 평범한 소시민이라는 것을 쉽게 간파할 수 있다. 이 작품이 묘미가 있는 것은 아주 순간적인 일련의 과정을 통해 우리 서민들의 삶 전체를 고도의 절제된 언어로 대변하고 있다는 점이다. 시적 자아는 방금 전 우체국에 왔다. 세금을 내기 위해서다. 번호표를 뽑고 기다리는데 자신의 번호가 불려져 창구 앞에 섰는데 핸드폰 전화벨이 울린 것이다. 받아보니 낯익은 목소리가 아니다. 아주 가끔 그저 잊어버릴만하면 전화를 거는 친구다. 그러니 막상 끊기도 어중간하고, "어! 너 였구나." 알은 채를 하기도 전, 그 짧은 잠시의 엉거주춤한 순간을 기막히게 파고들어 상대편은 "어떻게 지내니?"하고 빠르게 묻는 것이다. 과연 나는 잘 살고 있는가, 뭘 하며 지내고 있는가. 아주 찰나적으로 시적 자아는 자신을 본다. 그와 동시에 고지서와 돈을 한꺼번에 내고 꽝꽝 영수증 도장을 받는다. 고지서의 마감일이면 으레 수납창구는 붐비는 법이다. 미루다가 마지못해 마감 닥쳐 나온 게으름도 있지만 이리저리 급한 용처를 막다 보면 늘 마지막에 오게 된다. 말하자면 이 모든 저간의 어려움을 "잘 산다는 도장 받기 위해 오히려 숨 막힌다"라는 말에 절묘하게 버무려 넣었다. 살아가는 삶의 어려운 과정을 이렇게 우회적 표현으로 건너가면서 바로 전화에 답변과 함께 재빠르게 상대에게 공을 넘긴다. "잘 지내, 너는?"이다. 실제적으로 잘 지내는 것이라기보다 구구연하고 시시콜콜하게 얘기할 수 없어서다. 친한 친구도 아니고 그럴 자리도 아니기 때문이다. "잘 지내"보다는 "그저 그래"가 어울릴 수도 있지만 그것조차도 아주 뜸하게 전화를 한 친구니 내색하고 싶지 않은 부분이 있어서다. 간명하게 모든 것을 잘 대변해줄 수 있는 답이 아마 이것이었을 것이다. 이런 행간의 느낌들은 이 시는 다 담고 있다. 말하자면 먼 친구에게서 온 한 통의 지극히 사소한 안부 전화와 지극히 간명한 답을 통하여 이 시대 소시민들이 살아가며 겪는 생의 고뇌나 아픔을 압축적으로 보여주고 있는 것이다. 사실 시조는 이러한 고도의 압축성으로 인해 관념적이라는 비판을 많이 받는다. 그러나 이 작품은 이러한 압축을 하고 있으면서도 결코 관념적이지 않다. 안부를 묻고 이에 답하는 대화도 구체적이지만 이를 제외한 각 수의 단어들, 이를테면 "세금" "낯선 번호" "소식", "전화" "말

일" "우표" "풀칠" "도장" "영수증"등이 모두 구체적이다. 우체국과 실생활에서 소통되는 유통 언어가 대부분이기 때문이다. 이중 고뇌와 아픔의 키워드는"세금"과 "도장"과"영수증"이다. 말하자면 소시민의 부대끼는 삶을 이 세 단어에 투영하고 있는 것이다. 사실 우리의 삶 모두가 자녀들의 교육비와 공과금과 관리비와 각종 잡비들에 얼마나 시달리고 있는가. 서로 간에 진정한 소통을 위하여 "우표에 풀칠하기보다"는 "잘 산다는 도장"을 받기 위해 우리의 청춘을 다 소진하고 있지 않은가.

> 할머니의 잦은 기침에 굽어진 손마디로
> 상가 주변 널브러진 박스들 모아 놓고
> 작은 발
> 번갈아 밟으며
> 고단한 하루를 다진다
>
> 편다고 펴보지만
> 다시 굽는 허리처럼
> 밟아도 밟아도 부푸는 박스들
> 질긴 삶
> 그 끈 풀릴까봐
> 질끈 동여맨다
>
> 덜컹이는 리어카 위로 날아와 떨어진 꽃
> 그거라도 꾹꾹 밟아 차곡차곡 올려주고 싶다
> 지는 놀
> 등진 걸음 따라
> 숨이 차는
> 매달린 봄
>
> — 「리어카에 실린 봄」 전문

「리어카에 실린 봄」은 사회의 한 풍속도가 되어버린 노인들의 폐휴지 줍는 모습이 그려지고 있는 작품이다. 그러나 이 작품을 그리는 현실적인 범주의 이야기가 어떻게 서정적으로 육화되고 있는가의 관점에서 보면 그리 만만치 않게 형상화되고 있음을 알게 된다. 첫 수에서는 박스를 주워 이를 수습하는 모습을 그려내고 있는 반면 둘째 수에서는 "밟아도 밟아도 부푸는 박스들"을 허리가 구부려져 잘 펴지지 않는 삶과 연결함으로써 운율감을 한껏 살려내고 있다.

셋째 수는 리어카 위로 시선을 옮겨온다. 공교롭게 "리어카 위로 날아와 떨어진 꽃"에 초점이 모아진다. 삶의 고단함이 쉽게 가시지 않는, 그래서 밟아도 늘 정제되지 못하는 삶을 이 꽃을 통해서라도 해소시켜 보고자 노력한다. "꾹꾹 밟아 차곡차곡 올려주고 싶"은 소망이 간절하게 느껴진다. 그러나 봄이 오는 것은 쉽지가 않다. "지는 놀/ 등진 걸음 따라/ 숨이 차는/ 매달린 봄"이기 때문이다. 우리나라 노인 빈곤율은 OECD 국가 중 1위다. '자원 재활용 연대'얘기를 빌리자면 전국에 한 140만 명 정도의 노인분들이 이 고물상을 이용하고 폐지를 팔고 있다고 한다. 하루 많이 벌어야 8, 9천 원 정도. 이들 중 대부분은 가족관계가 단절되고 자녀에게 버림받았다는 걸 증명해야 하기 때문에 기초생활수급자로도 인정받지 못하고 있다. 이들에게 봄은 요원할 수밖에 없다. 숨이 차게 매달려 힘들게 살아갈 수밖에 없는 존재들인 것이다.

이 작품이 갖는 중요한 의미는 서정적 육화를 어떻게 실현시키고 있는가이다. 사회적인 문제로까지 대두되고 있는 현실적인 문제를 해결해나가는 데 있어 다른 구체적인 객관적 상관물인 "꽃"을 가져옴으로써 능란하게 돌파해 나간다. 그러기에 "덜컹이는 리어카 위로 날아와 떨어진 꽃"은 이 땅 할머니들의 다른 이름들이며 이들이 피워낼 봄이 까마득하게 멀리 있고 아주 하찮은 것일지라도 "꾹꾹 밟아 차곡차곡 올려주고 싶"은 간절한 소망을 갖게 되는 것이다.

시끄럽다 불평 마라

쉬 타오르는 사람들아

사랑 앞에 제 살 깎아

소리의 피 흘린 적 있나

가지 끝,

정적 흐른 뒤

파르르 흔들린다

— 「매미」 전문

단시조 작품인데 매미 소리를 통해 불평하기 좋아하는 사람들의 생리를 일시에 제압하고 있다. 매미가 제 목청을 다해 여름을 살고 죽는 것을 "사랑 앞에 제 살 깎아/ 소리의 피 흘린 적 있나"로 그려내고 있다. 사랑 앞에 제 살을 깎는 간절함이 있고 소리의 낭자함이 '소리의 피'일 수 있으니 집약된 표현이 절창이다. 이 절절함에 서면 "쉬 타오르는"것을 경계해야 한다. 우리의 삶은 얼마나 즉흥적이고 표피적인가. 순간에 감동하고 편안함에 너무 길들여져 있다. 절실함을 잊고 지낸다. 진정성 있는 삶의 모습이 "파르르 흔들"리는 떨림으로 다가온다.

강경화 시인의 작품들은 이처럼 쉽게 읽힌다. 그러나 이 익숙함의 행간들에는 많은 이야기가 숨겨져 있고, 시적 감동이 있다. 이 시적 감동은 단발마적이 아니라 잔잔하고 여운이 길다. 가볍지 않은 생의 깊이가 있는 울림을 보여주고 있는 것이다.

2. 인간에 대한 신뢰와 하찮은 것들에 대한 애정

강경화 시인의 또 다른 시적 특징은 인간에 대한 더운 신뢰가 작품의 기저 자질을 형성하고 있으며, 작고 한미한 것들에 대한 무한한 애정이 넘치고 있다는 점이다. 인간에 대한 신뢰는 자신에 대한 긍정으로부터 시작한다.

길을 걷는다 사람이 그리운 날엔

수많은 이들이 내 곁을 스쳐 지나도

그 뒤엔 늘 그리움 채우는 바람이 머문다

한참을 서 있는 우체국 앞 계단은

기다렸다 떠나보냄에 익숙해진 모습이다

어쩌다 나 그대에게 길들어진 길처럼……

닮은 얼굴 하나 둘 우체통에 밀어 넣고

휘청이는 걸음 떼어 올라서서 본 거리는

줄에서 빗나간 글씨처럼 눈빛들이 살아있다

매양 담담히 스쳐가는 이들이지만

때로는 사람이 사람을 견디게 한다

오늘도

거리를 나선다

참 푸른 바람 인다

— 「사람이 사람을 견디게 한다」 전문

강경화 시인의 시적 면모를 가장 잘 보여주는 작품이다. 시인은 힘들게 걷는다. "휘청이는 걸음"이다. 행동이 부자연스럽다. 장애를 가졌기 때문이다. 그런 장애 때문에 길거리를 나서는 것이 두렵고 부끄러울 법도 하다. 그러나 시인은 휘청이며 걸으면서도 표정이 이를 데 없이 밝다. 곁을 스치고 지나가는 수많은 사람들… 이 사람들을 시인은 믿음과 소망의 눈으로 바라본다. 그러기에 이 사람들 뒤에는 "늘 그리움 채우는 바람이 머"물고, 때때로 이 사람들이 어려운 상황을 견디게 하는 힘이 된다. 이것은 인간에 대한 뜨거운 신뢰를 가지고 있다는 얘기다. 세상에 대한 긍정은 거리의 모습을 "줄에서 빗나간 글씨처럼 눈빛들이 살아있"는 것으로 형상화시키고 있는 부분에서 여실하게 드러난다. "줄에서 빗나간 글씨" 역시 시인의 자화상 일부분이라는 점에서 더 큰 의미가 있다. 결국 이 작품은 세상에 보내는 인간에 대한 더운 신뢰이며 동시에 시적 자아 스스로에게 보내는 따뜻한 믿음이라 볼 수 있다. 말하자면 휴머니즘의 입장에 서 있다고 볼 수 있다.

휴머니즘은 근본적으로 인간다움에 대한 깊이 있는 천착이다. 오늘날 인간들은 행복에 대한 환상을 오래전에 배반당했다고 볼 수 있나. 과학기술의 발달은 인간을 기계문명의 주인공보다는 노예로 전락 시켰으며, 세계의 합리화와 기계화는 인간을 비인간화 시켰다. 이러한 관점에서 보자면 휴머니즘은 비인간화되어가는 첨단 산업사회에 대한 저항적 몸부림이라고 볼 수 있다. 이 저항적 몸부림을 우리는 "줄에서 빗나간 글씨"를 통해 볼 수 있다. '줄'은 과학기술의 길이며, 세계의 합리화와 기계화의 길이다. 벗어나지 않고 줄에 맞춰서기를 강요하는 스피커의 길이다. 시적자아는 여기에는 살아있음이 없는 몰개성의 길임을 애기한다. "줄에서 빗나간 글씨"는 개성들이 살아서 반짝인다. 그 '눈빛'들에는 파들거리는 생명이 있다. "참 푸른 바람"이 일렁거린다.

마음이 깊으면 하늘에도 길을 낸다

8살 되도록 새신 신고 땅 위에 서지 못해
넘어진 적 또한 없어 늘 깨끗하던 아이
발자국 찍힌 제 길 하나 만들지 못했다
눈빛 닿는 모든 곳이 가야 할 길이라며
하늘에 가장 넓은 길 닦아놓은 아이
흐린 날 더욱 심하게 경기하던 그 아이
어느 날 라면 먹다 죽었다. 봄은 오는데

왜 또 난, 찍히는 발자국이 휘어져 따라올까

— 「마음이 깊으면 하늘에도 길을 낸다」 전문

시인은 작고 한미한 존재들에 늘 관심을 갖고 있다. 근무처가 지체장애 학생을 위한 특수교육기관이었고 본인이 장애를 갖고 있기 때문에 이들에 대한 관심은 어쩌면 당연한 것인지도 모른다. 인용된 작품 또한 심한 장애로 인해 "8살 되도록 새신 신고 땅 위에 서지 못해/ 넘어진 적 또한 없어 늘 깨끗하던 아이"를 대상으로 하고 있다. 아이의 짧은 삶과 죽음이 주는 의미를 통해 인간 실존의 문제를 휴머니즘 입장에서 바라본다. 요컨대 강 시인의 작품들은 휴머니즘 중에서도 실존적 휴머니즘에 바탕을 두고 있다고 볼 수 있을 것이다. 말하자면 사람이 어떻게 존재하는가를 탐구하는 철학의 바탕 위에 있다는 얘기다. 인간은 스스로 만들어가는 존재이지 신이나 다른 어떤 것이 운명을 미리 정해 놓은 존재가 아니다. 실존주의는 또한 인간은 자유로우며, 자신의 선택에 책임진다고 주장한다. '실존이 본질에 앞선다'라는 말은 그런 의미에서 쓰임새를 먼저 생각하고(본질) 만들어지는(존재) 물건과 달리, 인간은 정해진 본성이나 운명 없이 먼저 세상에 태어난 다음(실존) 스스로 자신을 만들어간다(본질)는 뜻이다. 말하자면 이 작품은 실존은 있으나 본질이 진행되지 못한 삶을 보여주고 있는 셈이다. 그러나 이런 삶이 이 아이에만 그치는 것이 아니다.

날 때부터 눈먼 이는 소리로 꿈을 꾼다
무엇도 본 적 없어 꿈조차 깜깜한데
젤 먼저 졸음 앞에선 눈꺼풀이 내려온다

온몸을 던져도 읽어내기 힘든 세상
닿지 않는 소리에도 키질은 필요한 법
뒤섞인 소리 앞에서 부릅뜨는 두 귀

못 이룬 꿈, 꿈에서 이룬다고 누가 했나

짚어가는 지팡이 끝 초점이 흔들린다

깊은 잠

더듬는 손마다

밝아오는 소릿길

─「귀로 꾸는 꿈」 전문

시각장애인의 삶에도 이에 대한 질문이 이어진다. "온몸을 던져도 읽어내기 힘든 세상"에 이들이 할 수 있는 것은 무엇인가. 무엇을 하더라도 녹록하지가 않다. 필자는 10년 넘게 시각장애우를 위한 시창작 강의를 하고 있는데, 이들이 시를 쓰는 과정 또한 험난하다. 단어를 습득하는 것도 힘들고, 사물을 형상화하는 데도 치명적인 약점을 가질 수밖에 없다. 또한 모든 글은 읽어가면서 써야 하는데 읽을 수 없으니 아주 힘든 과정을 거쳐 쓸 수밖에 없다. 그러니 함부로 "못 이룬 꿈, 꿈에서 이룬다고" 말하기도 민망하다. 그런데 시인은 "소리로 꿈을 꾼다"고 소망을 말하고 "깊은 잠/ 더듬는 손마다/ 밝아오는 소릿길"이라고 미래적 전망을 제시한다.

노인 요양병원 치매 환자들의 아침 열리면

밥 먹고 돌아서서 또 밥 달라는 분, 먹을 건 죄다 자식 준다며 주섬주섬 싸매는 분, 이불 보따리 들쳐 이고 장에 간다는 분, 침대보 홀러덩 벗겨 지근지근 밟아 빠는 분, 베개 들쳐 업고 둥개둥개 자장가 부르는 분, 이 년 저 년 욕이란 욕 줄줄이 외는 분, 아들 내외 사진 보며 "또 이 년은 누구요?" 하시는 분, 이 할머니 저 할머니 툭툭 치며 집적대는 분, 음악만 나오면 덩실덩실 춤추는 분, 온 동네 들썩여도 가만히 앉아 성경책만 읽는 분, ……분, ……분. 눈물도 없는 초롱초롱한 눈들이 놓지 못한 하나의 시간만을 더듬고 있다

훗날엔, 문자 날리고 오락하는 이 생기려나

— 「그들만의 세상」 전문

　치매 환자들의 일상을 그리고 있는 이 작품은 인간 존재에 대한 질문을 역설적으로 보여준다. 태어날 때부터 지적 능력이 모자라는 경우를 '정신 지체'라고 부르는 반면, 치매는 정상적으로 생활해오던 사람이 다양한 원인에 인해 뇌기능이 손상되면서 지적 능력이 전반적으로 저하되어 일상생활에 상당한 지장이 나타나고 있는 상태를 말한다. 요즘 요양원을 가보면 절반 이상이 치매 환자들인데, 최근 급속한 고령화로 50만이 넘어섰고 향후 더욱 늘어날 것이라 한다. 인용된 작품에서처럼 치매는 인간에게 가장 중요한 능력인 지적 능력의 현저한 저하가 문제이다, 기억력, 언어 능력, 시공간 파악 능력, 판단력 및 추상적 사고력 등 모든 지적 능력이 거의 없어지고 기본적인 욕구 행위와 각각이 단편적으로 특정 행위만을 하고 있는 기이한 모습을 스크랩하면서 시인은"놓지 못한 하나의 시간만을 더듬고 있다"는 말로 압축해 보인다. 본질보다 실존이 앞선 극단의 경우가 아마 치매일 것이다. 현대는 "스스로 자신을 만들어간다(본질)"는 자아실현이 어려워질 정도로 험난해져 가고 있다. 가난이 대물림되고 부가 세습되고 있는 현실은 서민들의 마음을 더욱 힘들게 한다.

　이처럼 강경화 시인의 작품들은 실존적 휴머니즘의 세계를 폭넓게 보여주고 있으며 세계와의 끊임없는 화해를 시도하고 있다. 인간에 대한 더운 신뢰와 작고 한미한 것들에 대한 무한한 애정을 보여준다. 인간에 대한 신뢰는 자신에 대한 긍정으로부터 시작하여 다른 인물들, 특히 소외되고 부족한 자들과 동행하는 삶을 보여주고 있다.

　우리는 지금까지 강경화 시인의 시편들에서 나타나고 있는 시적 특성을 살펴보았다. 잔잔하고 여운이 긴, 가볍지 않은 생의 깊이가 있는 울림의 시학적 자세와 더불어 인간에 대한 더운 신뢰와 하찮은 존재들에 대한 애정이 가장 큰 줄기이자 특장이다. 실존적 휴머니즘이라고 단정해도 좋을 만한 이 토대 위에 더욱 견고하고 미려한 건축물을 올려주길 바란다. 견고함은 내면의 끊임없는 반성

위에서 가능하며, 미려함은 진부하지 않는 자유로운 시적 상상력 위에서 가능할 것이다. 이러한 시적 특징을 잘 살려 더욱 견고한 실존적 휴머니즘의 세계를 구축하는 탄탄한 시인이 되어 주길 부탁드린다. ▨

제3부

몸 낮춤의 미학과 차오르는 생의 의지
― 장원이론

1. 제주 정서의 양면성

장원이 시인의 이번 시집에는 제주 정서에 관한 시편들이 많다. 그러면서도 생활 속에 느낀 단상들이 잔잔하게 무르녹아 있다.

제주 정서는 우선 제주의 풍물들에 담겨 있는 의미를 시인 스스로 재해석하는 것으로부터 시작한다. 제주는 우선 제주만의 꼬장꼬장함이 있다. 그것은 척박한 땅으로부터 살아남기 위한 생존의 방식이자, 중앙 권력에서는 철저하게 버림받다시피 소외되어온 세월을 견뎌온 섬사람들 나름대로의 삶의 방편일 것이다. 한 곬을 파는 우직한 고집이 편 편마다 묻어 나오고 있다. 아마 이것이 없었다면 제주 정서는 뭍사람들의 드난 풍정風情에 휩쓸려 고유의 정체성을 다 잃어버리고 말았을 것이다.

> 한 치의 오차 없이 꼬장꼬장 날 선 수평선
> 숨죽인 해조음 앞에 볼멘소리 허락지 않으며
> 설익은 갯갓의 절리 아직 툭툭 썰고 있다
> 잘린 자리 피어난 저 고집을 어찌할까
> 누구랴, 뭐라고 먼저 말문을 열까
> 수천 년 가슴 끓던 일 허혈의 심장 달고

바람결에 물결에 주먹 펴서 다 맡기곤

비껴 선 낙석의 모서리 바로 세운다

제자리 못 궁글린 석벽 하후 더운 숨 내쉰다.

—「갯갓 주상절리대」 앞부분

"한 치의 오차 없이 꼬장꼬장 날 선 수평선"이나 "갯갓의 절리 아직 툭툭 썰고 있"는 그래서 "잘린 자리 피어난 저 고집"과도 같은 강인함이 배어있다. 그러나 이러한 고집은 아집으로도 치부되는 단점이 있기 마련인데 장원이의 시들은 출구를 마련해두고 있다. 제주 정신의 또 다른 일면이 있기 때문이다.

논깃물 반딧불보호구역 실없이 웃는 팻말

손가락 세우며 쉿, 입 다물라 한다

출입문 달지 않은 해식굴 통행을 허락하며

갯갓다리 건너 돌작밭 길 동반의 삶 축복하는

갈매기떼 빈손도 미쁘기만 한 여 하나

비워져 가벼운 마음 한데바람 맞받아친다.

—「갯갓 주상절리대」 뒷부분 전문

그것은 "갈매기떼 빈손도 미쁘기만 한 여 하나"에 잘 드러나 있다. "빈 손"이여도 받아들이는 삶이라는 것이다. 그냥 받아들이는 것이 아니라 "미쁘게" 받아들인다는 것이다. 아무것도 허용하지 않을 고집불통의 단단함이 있지만 마음을 주면 "통행을 허락하"는 "동반의 삶"이라는 것이다. 이 동반의 삶은 공동체적 공존의 삶이라고 할 수 있는데 '오름'을 노래한 많은 시편의 작품에서 이러한 정신을 어렵지 않게 찾아볼 수 있다.

동네잔치 지켜주며 검은 흙 보듬으며

사방의 단정한 경작지 지심을 살찌우며

한라산 지맥을 이으며 조망을 밝힌다.

— 「높은 오름」 셋째 수

제주는 오름의 도시다. 어디서든 오름을 볼 수 있으며 그 오름은 제주인들의 삶과 밀접한 관련을 맺고 있다. "발부리 휘감긴 소리 끌어안은 인연"처럼 옆에 있다. 공존하고 있다. 그러니 인용시에서 살필 수 있듯 동네의 대소사를 굽어보며 그 몸을 내주어 삶의 지맥까지 이어주고 있는 것이다.

고와서 서러운 걸 감상이라 말 일
지나는 자국마다 묻어나는 외곬의 풀씨
굼부리 하늘만큼만 품어라시더면

이제 다시 꾸는 꿈은 여기서 시작해야 하리
세상사 많은 말을 바람길에 풀어놓을 때
듣는 귀 도드라짐을 겸손히 느낄 수 있어

살아있는 날의 첫 삽을 작게 뜬다 해도
가만가만 와 닿는 커다란 왕이메 성품
받을 자 자격을 묻는다. 아니, 절대 묻지 않는다.

— 「왕이메오름 자락에 발끝 모으고」 전문

그러기에 "외곬의 풀씨"만을 품는 것이 아니라 세상사의 모든 길들을 품으며 가만가만 제주인들의 가슴에 와 닿는 것이다. "살아있는 날의 첫 삽을 작게" 뜨는 그 누구든 무엇이든 품어주는 공동체적 삶의 자세를 오름은 지니고 있는 것이다.

저물녘, 아스라한 불빛들이 졸졸 따라다니면

먼 길에서 만난 낯선 사람조차
정으로 한 묶음으로 다시 정으로 매듭 풀린다

까칠한 매듭 풀리는 일 감사할 일
누구에게나 주지만 아무나 받지 못한다며
해원의 다랑쉬오름 엉겅퀴
낮은 등 받아든다

점등 시간 설렘도
소등 시간 안도감도
바람의 세기만큼 함께 가기에
11월 함께 접는 풀벌레 순한 울음
따뜻하다.

— 「다랑쉬 오름의 엉겅퀴, 그 무심의 말을 듣다」 전문

제주가 아무리 관광도시가 되고 변해간다 할지라도, 그 안에는 "먼 길에서 만난 낯선 사람조차/ 정으로 한 묶음"이 되는 따뜻함이 있다. "다랑쉬오름 엉겅퀴"는 "낮은 등 받아"들고 "11월 함께 접는 풀벌레"도 "순한 울음"을 우는 따뜻함이 공존하고 있는 것이다. 「제주 아리랑」은 변화되어가는 제주가 어떻게 외부 문화를 접합시키고 있는지를 잘 보여주고 있는 작품이라고 할 수 있다.

'너만 먹고 나만 먹고'
제주에는 없는 말
세상에서 가장 큰 말
인연 맺어 돌봐주기
가진 것 다 털어주고
가슴 가득 채운 넋

누리 아띠 공생의 삶 질곡 계단 함께 건너

친구 되어 손잡아주기 설익은 남의 노래같이 불러 힘 보태는 물 건너온 다문화가정

쇠앗배로 서로 묶어 궂은 일 좋은 일 함께 가는 고운 손

아리아리 고운 태 스리스리 고운 맘

어려운 일 발 벗고서 솔선하는 착한 마음

쉽게 말하지 마라

쉽게 삭히지 마라

다가선 가만한 바람

숨죽이는 모래바람.

— 「제주 아리랑」 후반부

"물 건너온 다문화가정"은 제주에 새롭게 일어나고 있는 변화의 한 모습이다. 이러난 변화를 제주는 어떻게 받아들이고 있는가. "궂은일 좋은 일 함께"하고 "어려운 일 발 벗고서 솔선하는" 따뜻함으로 어우러지고 있음을 얘기한다. '너만 먹고 나만 먹고'라는 말이 그래서 제주에는 없다고 단언한다. 뭍사람들에게서는 볼 수 없는 "가진 것 다 털어주는" 애정이 있다는 것이다. 그러니 언뜻 보기에는 강파른 옹고집으로 뭉쳐있는 것처럼 보이지만 가슴의 이면에는 어디에서도 찾아보기 힘든 끈끈한 정과 따뜻한 손길이 내재해 있음을 시편들 곳곳에서 찾아 볼 수 있는 것이다.

2. 몸 낮춤의 미학, 따뜻함과 그리움의 정서

이러한 제주 정서의 양면성은 장원이 시인이 제주를 직접적으로 노래하지 않는 작품, 이를테면 생활인으로서 살아가는 삶의 단면들에서도 잘 나타나고 있다. 여성으로서의 섬세함과 더불어 따뜻하고 부드러운 면이 드러나는 작품들이 주종을 이루지만 생의 차오르는 의지를 드러내는 작품들도 적지 않다. 섬세함과

더불어 따뜻하고 부드러운 면은 시적 대상에 대한 묘사의 절묘함에서 비롯되고 있다.

묘사의 절묘함은 특히 단수의 작품들에서 그 진가를 발휘하고 있는데 「소나기」나 「동지팥죽」은 따로 음미해볼 만한 충분한 가치가 있다.

장마 후, 젖은 흙 말리는 한 줌 볕 불러다

눅눅한 가슴 열어놓고 곰팡내 삭히는데

쉿소리 젊은 방패 방화수

흩어지는 촛불시위대.

— 「소나기」 전문

시큰둥한 그리움이라 언제 그랬든가
가지가지 서린 기다림이 문 밖을 나설 즈음
황진이 춘풍이불 속에
꽃잠 든 조춘.

— 「동지팥죽」 전문

「소나기」 작품은 시적 대상과는 거의 무관한 곳으로까지 확대되는 시적 상상력이 돋보이는 작품이다. 소나기와 그것을 갑자기 맞이하는 모습을 각각 "쉿소리 젊은 방패 방화수"와 "흩어지는 촛불시위대" 비유하고 있는데, 보조관념으로 그려진 것들이 우리 시대의 가장 민감한 현실 문제를 은유하고 있는 점이 독특하다. 시인의 시선은 "흩어지는 촛불시위대"에 모아지고 있다. 그것은 초, 중장의 "젖은 흙 말리는 한 줌 볕 불러다 눅눅한 가슴 열어놓고 곰팡내 삭히는" 다시 말해 일반 서민들이 시대의 아픔을 견디며, 마음이라도 위로받고자 하는 행위에 맞춰지고 있는 것이다. 소나기는 그것을 무차별적으로 쓸어버리는 존재이니 권력이나 압제의 표지로도 해석이 가능하다. 「동지팥죽」이란 작품은 언뜻 보기에는 밋밋한 작품같이 보인다. 그러나 읽으면 읽을수록 여운이 남는 작품이다. 마지막 종장에 얹히는 이중적인 은유 때문일 것이다. "황진이 춘풍이불"은 겨울의 들판을 상징하면서도 시적 자아의 현재를 표상하는 매개물이다. 동시에 그것은 "동짓달 기나긴 밤을 한허리 베어다가" 감춘 공간이기도 하다. 그러기에 거기에 "꽃잠 든 조춘"은 "시큰둥한 그리움"이 아니라 "가지가지 서린 기다림", 아주 단단한 알갱이의 그리움이라는 것이다. 이깃이 바로 "동지팥숙"이라는 것이니 함유하고 있는 시적 정서가 단순하게는 해석되지 않는다.

먼 길 돌아온 봄 벗나무 가지에 들어
물관 타고 올라가 가만가만 손톱 밑에
애벌레 살찌우는 소리 꽃망울 놀란다

— 「기적」 전문

시원始原을 몰라,
눈시울 어혈진다.
무진霧津의 삶 앞에서
버스기사 춘부의 짐 들어 올리듯
바닷길 잠시 멈춰 서
가만히 잡는 손 있어

— 「춤추는 막새바람」 둘째 수

시적 대상의 섬세한 묘사는 따뜻함으로 연결된다. 「기적」에는 눈에 보이지 않는 시적 상상력이 돋보인다. "꽃망울 놀"라 터뜨려지는 것을 "물관 타고 올라가 가만가만 손톱 밑에 애벌레 살찌우는 소리"로 읽은 것이 바로 이것이다. 전체적 시적 분위기는 아늑하면서도 생기가 넘친다.

「춤추는 막새바람」 둘째 수에도 비유로 그려진 "버스기사 촌부의 짐 들어 올리듯"의 표현이 오래도록 시선을 붙든다. "바닷길 잠시 멈춰 서/ 가만히 잡는 손"은 그러한 버스기사의 손과 같아 "눈시울 어혈"이 지는 뜨거움이 되고 "무진 霧津의 삶"을 살아가는 힘이 된다. 결국 이 모든 것은 시적 대상이 되는 "막새 바람"을 말함이니 함유된 뜻이 이중으로 걸리는 효과를 거두고 있다.

무엇보다 중요한 것은 "애벌레 살찌우는 소리"나 "버스기사 촌부의 짐 들어 올리듯"의 표현에 담긴 시인의 시선이 따뜻하다는 점이다. 이 따뜻함은 그냥 이루어진 것이 아니다. 자신만을 위해 삶을 투여하는 사람은 단단하기는 하지만 따뜻하지는 않는 법, 시인은 자신보다는 타자를 위하고, 자신을 기꺼이 낮추는 겸손의 미학을 잘 알고 있다.

삼매봉 자락
틀어 올리는
겨울 소나무 가지 사이
언뜻 비치는 파란 하늘의 마음을 받아
스스로 새겨라 훨쩍, 작은 아이 어린 손에 쥐어줍니다

왕따 당한 귤나무
활기 넣는 귀엣말
자식은 부모의 기도로 자란다
울타리 착한 탱자나무 작은 말에 귀 기울입니다.

— 「기원祈願, 작은 말에 귀 기울이기」 전문

기원은 흔히 도달할 수 없는 큰 것을 바라기 십상인데 시인은 "작은 아이 여린 손에 쥐어"주고 "울타리 착한 탱자나무 작은 말에 귀 기울"인다. 작은 것에 더 마음을 쓰고 있는 것이다.

모르는 일

소중하면 할수록 조심스러움

사랑하면 할수록 넓어지는 마음 알까

이 시간 절로 벙그는 부처꽃의 까닭을.

말랑말랑한 하루살이

그리 어려우랴만

따뜻한 해맞이가

부모님 사랑의 매가

한 끼니 그보다 와싹 그리운

까닭 모르는 일, 아는 일.

―「때로는」 전문

시인의 마음은 그래서 어려운 현실에 처하더라도 "따뜻한 해맞이"나 "부모님 사랑의 매"를 더 그리워한다. "소중하면 할수록 조심스"럽고, "사랑하면 할수록 넓어지는 마음"을 갖기를 소망하는 것이다.

II.

마사이족 걸음으로 가을은 온다

여름이 설레발치나 단정히 온다

주름살 되레 고운 샛길도 이마를 편다

이제 책상 위 찻잔 저 먼저 턱 괴고

넘기는 책장마다 눈빛이 맑아온다

꽉 다문 입술 끝에서 분홍 땀이 식는다.

―「9월, 가을의 문」 부분

「9월, 가을의 문」의 작품은 총 11수로 된 작품이다. 가을이 오는 과정을 여러 각도에서 잡아낸 작품인데 시적 대상을 섬세하게 읽어내는 솜씨가 능란하다. I 의 넷째 수 "연륜을 품은 만큼 적어진 하늘의 별/ 사근사근 초저녁 별 저가 가슴앓이 한다/ 생인손 끌고 온 세월 눈꺼풀을 누른다" 대목은 특히 가을로 접어들면서 자연의 변화와 더불어 자아의 심리 상태까지 미세하게 잡아내고 있다. 인용한 II에서도 더위에 찌든 일상이 여유를 찾는 모습을 "주름살 되레 고운 샛길도 이마를 편다"고 그려내고 있으며, 둘째 수에서는 한결 정갈해져가고 있는 계절의 운치를 투명하게 형상화시키고 있다. "넘기는 책장마다 눈빛이 맑아"오는 시인의 체취가 따뜻하면서도 오롯하게 살아나고 있다.

3. 차오르는 생의 의지

한편 장원이 시인의 작품세계는 따뜻하고 부드러운 세계를 그리면서도 차오르는 생의 의지를 잘 갈무리하고 있다. 곡선의 유연함과 아울러 직선과 직립의 솟구침을 가지고 있다. 생에 대한 강렬한 의지와 건강성을 지니고 있는 셈인데 자전적 이야기로 보이는 다음 작품에서 우리는 시인이 가지고 있는 기저 기제를 충분히 확인해볼 수 있다.

시어머니 봄 햇살에 얼굴을 내밀쳐도
낯빛 변치 말라는 말씀 따라 삽니다
천성은 친정어머니 따라
한 여름 흰 꽃 곧게 피웠습니다

무자식 상팔자라지만 남 못 줄 또 하나의 정
세상 영그는 다산의 삭과 입찬소리 않으며
자식과 함께 사는 법 올차게 익힙니다.

빠른 바람에 굳센 풀일까 웃음기 거두지 않고

사흘 굶어도 티 안내는 품격을 안고

미움도 사랑으로 받은 종부宗婦

의연히 살아갑니다.

―「흰꽃나도샤프란, 속담 속의 관계」 전문

싫은 일, 궂은일이 있어도 흰 꽃이 되어 웃음을 잃지 않으면서도 "자식과 함께 사는 법 올차게 익"히는 외유내강의 전형성을 지니고 있다. 이를 시인은 "빠른 바람에 굳센 풀"로 비유하고 있다. "사흘 굶어도 티 안내는 품격"을 가지려고 노력하며 "미움도 사랑으로 받은 종부宗婦"로 "의연히"살아감을 얘기하고 있는 것이다. 그러니 시류에 영합할리 없으며 정도 아닌 길을 걷지도 않는 꼿꼿함을 지니게 됨은 당연한 일이다. 생의 건강한 면을 강조하다 보면 시적 대상에 대한 생경함이 여과되지 않은 채 드러나는 단점을 갖기 마련인데 장원이의 시편들은 잘 육화되어 있으면서도 곧은 면을 보여주고 있는 것이 강점이다. 「말매미」는 특히 그런 점에서 주목되는 작품이다.

벗나무 가지에서 장맛비 피하다

여우볕 한 조각에 젖은 날개 말리려

방충망 꽉 붙잡은 손

박제되는 한 생애

―「말매미」 전문

이 작품이 주는 강렬성은 시인의 기질적인 면을 다시 한 번 느끼게 한다. 박제가 되더라도 비겁하게 굽히지 않는 강직함이 그대로 전달되어 온다. 시적 대상과 그 대상을 둘러싸고 있는 역학관계를 적절히 설정하는 묘사 능력이 뛰어나다. 「말매미」가 죽어가는 대상에 대한 굽힘 없는 강직함을 그리고 있다면 「미로, 여정의 회귀」는 시련 끝에 돋아나는 생명의 의지를 그려내기도 한다.

섬 고집 한 올씩 풀며 음보를 헤아리다
먼저 나선 기약의 마음 미안함도 함께 하는
서설을 거두며 간다.
해진 발끝에 돋아난 새살.

— 「미로, 여정의 회귀」 후반부

그러나 차오르는 생의 환희는 특히 다음의 작품들에서 더 두드러지게 나타
난다.

간질간질 봄볕
발바닥에 싹 틔운다
뽀족한 노란 웃음
유채꽃 감춘 비밀
가슴속 절리 틈, 틈새 땜질하는 꽃향기

— 「봄의 노래」 초반부

주거니 받거니
권하거니 말리거니
지화자,
손안에 들어온 바람 한 줌
얽은 손 가만 쓰다듬는
깡총한 입추의 문턱

더하고 빼고
나누고 곱하니
네 개의 계절 맞춰 시조 읊는 가을
신열을 삭히는 놀음

걸음걸이 4음보

—「오늘의 행복지수」 전문

「봄의 노래」에서는 약동하는 생명의 기운을 질감 있게 그려내고 있다. 봄볕이 간질거리는 모습을 "발바닥에 싹 틔"우는 것으로 그려내며, 유채꽃의 향기가 사람 사이에 벌어진 틈까지도 메워주고 있다. 「오늘의 행복지수」에는 시조의 형식 장치인 4음보에 빗대어 흥겹게 가락의 유연성이 묻어 나온다.

「시월에 핀 인동꽃」에서는 "가시나무 얹혀 다시 피어"나는 인동꽃을 그리고 있으며, 「일출, 마침표 없는 일상」에서는 "군소리 하나 없이/ 절 우는소리 여상히 들으며/ 한라산 그늘받이만큼/ 길이를 맞추는/ 하루"의 변함없는 묵묵한 일상을 그려내기도 한다.

여기에서 더 나아가 「삶, 어느 날」에서는 "서로가 말 트면 백일몽도 함께 꾸게 돼"고 "한 생각 한 마음이 영원하지 않더라도/ 오늘의 태양만은 오늘 사람 것"이라고 얘기하면서 "누구나 껴안을 수 있"도록 "능소화 담을 넘는다"라고 하여 발랄하면서도 도발적인 적극성까지도 보여준다. 「오일장 단상」에서는 "꼼장어 굽는 연기와 와자지껄한 막걸리 사발"로 가을이 무르익어가는 시장통 모습을 그려내기도 한다. 이 작품에서 이 흥겨움은 "어화 둥둥 내 사랑이여/ 궁따꿍따닥 웅으웅……"이라는 표현에서 절정에 달한다. 고단한 삶의 연속일지라도 긍정적이면서 낙관적으로 바라보는 시인의 세계에 대한 인식은 화해적이면서도 아름답다.

지금까지 우리는 장원이 시인의 작품세계를 일별해보았다. 장원이 시인의 기저 자질에는 제주 사람의 뜨거운 피가 관통하고 있다. 그러기에 제주 정서의 양면성이 잘 드러난다. 강인하면서도 공동체적 공존의 삶의 방식을 수용하는 쌍방향성을 지니고 있다. 따뜻함은 그대로 시인의 생활 모든 면에 묻어난다. 삶의 공간에서 부딪치는 크고 작은 얘기들은 본래의 정신을 흩트리지 않으면서도 생의 의지와 따뜻함을 맑고도 온유하게 보여주고 있다. 시인은 이제 어떤 모습으로 변모할 것인가. 단언하기는 힘들지만 보다 원숙한 사유의 세계로 생을 내면화하는 작업을 보여주지 않을까 기대하게 된다. 그 일면을 우리는 다음과 같은 작품에서 읽을 수 있다. 이 작품에는 비극적 서사가 가로놓여 있으면서도 그것에 매몰되려는 감정을 제어하는 힘이 있다. 시적 대상을 객관화하고 엄정해지려는 안간힘이 느껴진다. 마치 터지려는 울음을 애써 참고 있는 듯이. 그래서 "멘톨 향에 절어있는 관절과 하얀 기억들"은 시인만이 가지고 있는 과거이지만 우리도 언젠가 가졌던 기억이고 체험인 듯 착각을 불러일으키게 한다. 그렇지만 우리는 결국 그 표면만 읽었을 가능성이 많다. 이 작품은 끝까지 그 바닥의 깊이를 보여주지 않기 때문이다. 시인이 앞으로 보여줄 세계가 원숙한 사유로 생을 내면화하는 작업일 것이라는 기대는 이런 점에서 가능한 얘기다.

1.
스멀스멀 아침이 깨어나는 5시 05분
불면의 가로등 해장국집 국솥에 들어
불꽃 핀 프로판가스 언 손을 녹인다.
얼어붙은 바람막이 점퍼가 먼저 숨 돌리는 새
한 무리 언 땀복들 몸 녹일 즈음
용역의 눈꺼풀 풀린 아침
찬 물기를 털어 낸다.

2.
언제랴, 대물린 주전자에 자리끼가 말라간다.
커억 컥 마른 가래 뱉어내는 밤이 길다.
빛바랜 마당 귀퉁이 진자리 마른 자리 다 보내고.

3.
옛집 그 자리 부모님 구슬 땀 쌓인 자리,
멘톨 향에 절어있는 관절과 하얀 기억들

딱 하나 정정한 얼굴 가슴에 품은 검불 하나

뒤돌아 외면한 자리 「노인학대 예방센터」
저 혼자 젊다 손사래 속에 묻힌다
긴 휴가 짧은 방문에 '어이가라'는 야성의 치매.

─「겨울휴가」 전문

서정과 현실의 조화 다양한 형식미학
— 김숙자론

　　김숙자 시인은 강진의 시인이다. 김영랑과 김현구를 배출한 강진, 남도 답사 1번지의 시인이다. 그런지 시인에게는 남도의 기질이 흐르고 있다. 강진의 자연을 노래하고 강진이 가지고 있는 멋을 얘기한다. 그 소리는 높지 않다. 마치 옆 사람에게 소곤거리듯이 친숙하게 들려준다. 낮은 햇살이 웅얼거리고 잔잔한 바람이 스쳐 지나간다. 날카로움이 전혀 보이지 않는다. 세상과 화해하는 너그러움이 전제되어 있다. 그렇다고 현실을 완전히 무시하지 않는다. 현실은 날것으로 존재하지 않고 이 서정성 속에 무르녹아 스며들어 마치 한 몸처럼 움직이는 듯한 착각을 불러일으킨다. 현실성까지도 육화시키는 뚜렷한 시적 특징을 보여주고 있다. 물론 이러한 서정성과 현실성의 조화는 시조라는 단아한 형식 속에서 이루어지고 있는데, 이 형식을 운용하는 데에 김 시인만의 나름대로 시조미학이 숨어있음을 간과하기 어렵다. 이를 순차적으로 살펴보도록 하겠다.

1. 정적情的이면서 정적靜的인 서정성

이제 오나

님 기다린

군작郡鵲으로 까치네 재

이별의

돌아 뵈기 재

여우 꼬리 구미九尾재

흘러간

인심 따라서

절로 절로 모듬 재

― 「우리 고장의 재」 전문

　지역적 특성을 잘 드러내는 "재"를 그리고 있으면서도 변하지 않는 고향의 인심을 이를 통해 간접적으로 그려 보이고 있다. 서로 사랑하는 연인들이 이별하기 안타까워 그 미련이 남는 모습의 자잘한 정을 "여우 꼬리" 모양의 "구미九尾재"를 통해 흥미롭게 그려내기도 한다.

가랑잎 띄운 연못

어른대는 무명 옷깃

백련사 업은 등에

천일각 닳던 인연

동백도 키를 재면서

흑산도 바라보던 곳

― 「다산초당」 첫 수

주련에 머문 시선

돌아보는 반세기

구름도 이곳에서는
모란으로 떠있고

뒤란을
우는 동박새
다시 푸는 실타래

— 「생전의 영랑 오빠와 그 생가」 셋째 수

'다산초당'이나 '영랑생가'는 강진을 대표하는 문화유적이다. 숱한 문인들이 답사를 했고 이런 연유로 적지 않은 시조 작품이 발표된 것도 사실이다. 인용 작품들이 이들 작품과 차이를 보이는 것은 시적 대상을 대하는 시인의 태도가 한결 정적情的 · 靜的이라는데 있다. 다산을 바라보는 애정은 "백련사 업은 등에/ 천일각 닮던 인연"에서 나타난다. 구강포 바다를 바라보며 시름에 잠겼을 다산 선생의 발걸음을 "닮던"이라고 보고 있다. 물론 천일각이야 그 뒤에 생긴 것이니 지금 천일각이 있는 장소를 지칭한 것이라 볼 수 있고, 그곳에서 오매불망 조정이나, 백성들, 가족들 생각에 잠겼음직한 다산을 그리고 있는 것이다. 더욱이 다산초당 산 넘어 있는 백련사를 등에 업고 있다는 표현에서는 한층 그 정스러움이 넘쳐나고 있다. 후자의 작품은 제목에서도 드러나듯이 더 친숙해 보인다. "뒤란"에서 울고 있는 "동박새"는 "영랑오빠"의 혼백이 다시 살아온 것이라고도 풀이해볼 수 있다. 이 두 작품은 이와 같이 모두 情的이면서도, 동시에 靜的이다. 말소리는 보이지 않는데 시적 대상은 살아 움직인다. 살아 움직이는 것은 그 실체들이 시적 자아의 가슴속에는 아주 가까운 존재로 현현되고 있기 때문일 것이다.

쪼
르
르

차를 따르는
소리조차 향이어라

—「엄동 야곡」 종장

민—뜩
스쳐간 더위
잎새주가 동이 난다

—「추석 벌초」 초장

의성어나 의태어를 적절하게 활용함으로써 작품에 동적인 의미를 부여하는 것도 흥미롭다. "차를 따르는 소리조차 향이"되는 듯한 착각을 불러일으킨다. 이를테면 「玉피리」에서 보이는 "지창도/ 잠 못 이루고/ 수묵으로 젖는다"의 표현과 유사하다. 자연이 삶에 어떻게 조응하며 한 몸으로 반응하는 보여주는 좋은 사례라 볼 수 있다. "민—뜩"이라는 단어에서는 다소간의 어려움은 혼자 기꺼이 견디며 수긍하는 남도의 더운 신뢰가 느껴진다.

2. 서정과 현실의 조화

김숙자 시인의 시는 이러한 서정성을 기축으로 하면서 때로는 현실적인 문제를 내포하기도 한다. 그러나 앞서 언급하였듯이 현실성까지도 육화시키는 뚜렷한 시적 특징을 보여주고 있다. 현실은 이 서정성 속에 무르녹아 그대로 한 폭의 그림처럼 다가온다.

연분홍
옷고름이
추석 낮달 여미고

꼭두 물감

댕기 추억

세무서도 모퉁이

물들일

곳이 없구나!

따라가지 못한 권속

—「강진 세무서의 봉선화」 전문

오랫동안 독립적으로 강진을 관할해오던 강진세무서가 결국 해남세무서 지서로 된 현실을 '봉선화'를 통하여 그리고 있다. 세무서가 지서로 바뀌게 된 이면에는 그만큼 어려워진 사정으로 전락된 강진의 지역 경제 문제가 가로놓여 있다. 세수가 감소되고 살기가 더욱 어려워진 현실을 간접적으로 시사한 것이라 볼 수 있다. 그런데 시인은 그 어려운 상황을 "물들일/ 곳이 없구나!"라는 말로 압축해낸다. 마치 믿어왔던 큰 기둥 하나가 빠져나간 듯한 섭섭함과 허전함을 아주 순화된 어조로 담아내고 있는 것이다. 이런 까닭에 섭섭함과 허전함은 살아있으면서도 우리는 자연의 한 풍경으로 잔잔한 밑그림을 그릴 수 있게 된다. 물론 목소리를 높이는 어떤 개입도 발견할 수 없다. 육화된 현실은 서정의 한 부분으로 그 경계를 지우며 친숙하게 다가오고 있는 것이다.

높은 산

낮은 물은

발림으로 삐치고

천년의

한이 서려

단장의 아픈 구비

고장도
목이 메어서
옛 산에 가 떨어진다

─「국악」 전문

타자의 목소리 개입이 없는 것은 「국악」 또한 마찬가지다. 현실성과 서정성이 잘 조화되고 있는 탓이다. 특히 「국악」이 '양악'과는 다르게 갖는 민족 고유의 숨결의 숨겨진 의미를 거부감이 들지 않도록 친자연적인 소재를 활용하여 아주 자연스럽게 그려낸다. "높은 산/ 낮은 물은/ 발림으로 삐치고" 구절은 '국악'이 갖는 높낮이의 음정과 꺾어 넘는 웅숭한 깊이와 유연성을 실감 있게 그려낸 가구佳句다. 이 '국악'이 처한 실제적 위치는 우리 민족의 "단장의 아픈 구비"를 담고 있으며, 동시에 "천년의 한이 서"린, "고장도 목이 메"일 수밖에 서글픈 존재일 수밖에 없다. 그러나 시적자아는 이러한 현실을 담담하게 그려낼 뿐 그것이 우리의 것이니 아끼고 계승해야지 되지 않느냐 강변하지 않는다. 그것은 독자의 몫이라는 것을 잘 알고 있기 때문일 것이다.

돌아보면 그립다
차라리 보릿고개

우리 토종 베어내고
이방으로 메꾸고

송심松心이
말은 못하고
문명병을 앓는다

─「문명병」 둘째 수

시집 전체적으로 보아 가장 강한 비판 시라고 볼 수 있다. 개발이라는 미명하에 우리의 것을 업신여기는 세태를 꼬집고 있는 것이다. "개발이다 발전이다/ 헐고 묻고 다시 파고// 오뉴월 염천에도/ 지칠 줄을 모"(「문명병」 셋째 수) 르는 인간의 집요한 욕망과 지배 욕구에 대한 강도 높은 질타가 이어지고 있다. 이는 한국인으로서 지켜야할 정신과 품위를 희원하는 시인의 바람이라고 볼 수 있는데, 이런 연유에서 시인은 차라리 못 먹고 못 살았지만 우리 것을 소중히 여겼던 시절로 돌아가고 싶다고 한다. 요컨대 시인은 어떤 가혹한 현실이라 할지라도 그것을 시로서 거론하는 것은 본령이 아니라는 점을 철저하게 인식하고 있는 듯하다.

3. 3장의 다양한 형식 미학

물론 이러한 모습을 그려내는데 시인은 시조의 형식을 거의 정격에 가깝게 구사한다. 아주 불가피한 경우를 제외하고서는 (앞서 인용 작품 「우리고장의 재」에서 "돌아 뵈기 재" 정도) 원칙에서 좀처럼 벗어나지 않는다. 동시에 시조가 갖는 3장 완결의 형식미를 완벽하게 구사한다. 통상적으로 시조 초장-중장-종장의 3장 구성 방식은 서론 − 본론 − 결론으로 전개되는 3단의 정형 구성을 취한다.1) 이 형식은 논리적인 구조가 갖는 합리성으로 인해 상당히 견고한 틀을 가지고 있다.

①
돌고 돈

---

1) 拙著, 『현대시 창작 강의』, 고요아침, 2005, 399~405쪽 참조. 삼단 구성이 가장 정제되어 나타난 장르가 시조다. 초장・중장・종장으로 구분되는 시조의 형식은 오랜 기간 동안 이어져 내려오면서 우리 민족의 정서를 대변하고 있다. 초장은 일으키는 구실을 한다. 얘기하고자 하는 내용의 전단계에 해당되는 것으로 배경이나 사물에 대한 표면적 의미를 대부분 보이는 대로 묘사한다. 중장은 전개의 역할을 한다. 초장의 일으킨 바를 이어서 그 내용을 구체화시킨다. 종장은 마무리에 해당되는데 가장 중요한 의미를 대부분 담고 있다. 대부분 주제도 여기에서 심화되어 나타난다. 그런 의미에서 종장은 시조의 핵이라고 불리기도 한다.

맵씨 시리
도로 물레 벗하는 삶

하심下心도
강산 세월
인욕忍辱으로 삭인 뜻이

화염의
산고를 풀고
천 년 학鶴이 맴돈다

— 「토우요土友窯」 전문

②
빗자루 붓질 끝에
무리 진 토박이가

하늘이 내려와서
꽃방석 섬이 뜨고

저물 목
꽃노을에는
이슬도 물이 든다

— 「채송화」 첫 수

「토우요土友窯」나 「채송화」의 구성방식은 서론·본론·결론의 A — B — C의 전개 방식을 취하고 있다. 이 형식이 갖는 장점은 시인이 주장하는 바가 일직선으로 독자에게 전달된다는 점이다. 가장 간명하면서도 명쾌한 진술 방식이다.

그런데 이 방식도 조금 더 유의하여 살펴보면 ①과 ②가 조금 다른 점을 발견할 수 있다. ①은 (A+B) ─ C로 연결되고 ②는((A ─ B) ─ C 로 연결되고 있음을 볼 수 있다. ①의 방식은 종장에 걸리는 효과가 극대화된다는 점에서 ②의 방식은 이 효과가 분산되기는 하나 보다 다양화된다는 점에서 나름대로 의미를 갖고 있다. 부언하자면 ①은 "도로 물레 벗하는 삶"과 "인욕忍辱으로 삭인 뜻"이 "화염의 산고를"푼 "천 년 학鶴" 곧 시적 대상이 되는 "토우요土友窯"가 된다는 의미니 결국 오랫동안 견뎌낸 아픔이 하나의 빛나는 결정체를 이룬다는 의미를 담고 있다. 이에 반해 ②는 "무리 진 토박이"가 "꽃방석 섬"으로 내려앉고, "꽃노을에는 이슬도 물이"드는데 이 둘이 다 "채송화"라는 것이니, 채송화는 "꽃방석 섬"과 "꽃노을 이슬"처럼 작고 아련한 아름다움을 지니고 있는 존재라는 것이다. 이처럼 A ─ B ─ C의 전개방식은 때로 다른 변형의 형태를 가지며 보다 다양하게 볼거리를 제공한다.

③
산심山心도
사태 져서
얼었다가 녹았다가

가루분
날리는 솔松
지팡이도 휜 허리

유채꽃
몇 마지기가
오금 저린 꿈속 길

　　　　　　　　　　　　　　　　─「인동忍冬」전문

이 작품은 A — A' — C 전개로 볼 수 있다. 중장은 초장을 이어받은 것을 설명하는 것이라 볼 수 있고, 종장은 이와 전혀 다르게 시상이 전개되고 있기 때문이다. 중장과 종장의 거리가 멀기 때문에 효과 면에서 보면 앞서와는 상당히 다른 효과를 거두게 된다. 이를테면 "지팡이도 휜 허리"와 "오금 저린 꿈속 길"은 전혀 다른 묘사이다. 그렇지만 이 둘은 동면 속에 잠겨 겨울을 견디어내는 깡마른 세월이나 인고를 보여주는 것으로 공통점을 가지고 있다. 독자들은 이질감을 주는 각각의 표현을 따라가면서 한 편의 작품에서 폭넓은 이미지의 흐름을 감상할 수 있게 된다. 이와는 다른 형태를 보이면서 주목되는 작품이 있다.

④
장마가
떠나드니
우주가 넓어졌다

잠자리도
사랑을 물어
높낮이게 맴돌고

청산도
물에 가 스며
새삼 정을 나눈다.

— 「좋은 날」 전문

이 작품은 독특하게 C — A — C'의 구성 방식을 보여준다. C가 먼저 나오는 경우는 대개 독자의 시선을 집중시키는 효과를 가져온다. 시선을 집중시키는 대신 이에 대한 합당한 이유가 반드시 다시 한 번 제시되어야 한다. 이점은 묘사와 진술로 된 작품의 경우 진술이 먼저 발화된 경우 반드시 묘사가 따라야 한다는 것과 상당히 유사한 의미를 가지고 있다.[2] 그래서 이 작품은 진술 — 묘사 — 진술의 서술 방식을 보여주고 있는데 진술의 효과적인 사용으로 인해 한층 사유가 깊어지고 있음을 확인해 볼 수 있다. 똑같은 3단 구성이라 할지라도 어떻게 구사하느냐에 따라 얻어지는 효과가 아주 다양함을 우리는 김숙자 시인의 작품을 통해서 확인할 수 있다. ▨

---

2) 이에 관하여는 앞의 책 451~496쪽 참조. 시적 진술은 묘사와 더불어 시를 이루는 양대 축을 이루는 중요한 기술 방식이기는 하지만 묘사와는 달리 시적 진술로만은 시가 성립되지 않는다.

서정과 감동, 지순한 사랑으로 그려낸 제주 정서

― 김향진론

프롤로그

김향진 시인의 작품은 따뜻한 서정이 살아 움직인다. 기교로 만든 정교한 솜씨가 아니라 몸으로 부딪치는 진솔한 따뜻함이다. 제주 토박이가 아니면서도 제주 정서를 잘 녹여내고 있다. 김향진 시인은 이용상 시인을 만나 서울에서 제주로 왔다. 서울 아가씨가 제주로 결혼해와 시인 남편 가르침을 받아 시인이 됐다. 남편 이용상 시인의 아픈 몸을 보살피며 늘 옆에서 뒷바라지를 해오고 있다. 승용차에 태우고 제주 곳곳을 돌아다니며 시심을 불러일으키는 것도 김 시인의 몫이다. 환자보다는 바쁘고 애 닳는 쪽은 언제나 병구완을 하는 쪽이다. 그런데 그런 힘든 과정을 한 해 두 해도 아니고 이십 년 넘게 해오면서 어떻게 시를 쓰고 이렇게 시집까지 내게 되었을까. 첫 시집을 내는 김향진 시인의 시편들을 읽으면서 나는 내내 마음이 뜨거웠다. 그것은 시인을 둘러싸고 있는 모든 것들에 대한 순수한 믿음과 생에 대한 진지한 열의와 지순한 사랑, 그리고 이에 필적할 만한 따뜻한 서정이 그대로 살아 숨 쉬고 있었기 때문이었다.

1. 한 세상 눈 밟힌 향기 ― 어머니

김향진 시인의 작품에는 어머니에 대한 그리움이 잘 묻어나고 있다. 수백수

천의 길을 넘어 그 어머니는 봄에도 오고 겨울에도 다가온다. 물설고 말 설고 모든 것이 설은 제주에서 그녀가 올곧게 어머니와 아내로서의 역할을 당당하게 해낸 것은 어머니로부터 이어받은 따뜻한 정과 사랑 때문일 것이다. 김 시인의 작품 곳곳에서는 이러한 어머니에 대한 그리움과 사랑의 정서가 기저 자질을 이루고 있다.

> 꽃 피는 제주 오월 시월 추위 같은데
> 새벽 찬 서리에 피어나는 감귤꽃들
> 객지에 그리움 스며서 익는 열매 꽃 핀다
>
> 어머니 세상 뜨시고 서울 소식 끊겼다
> 올해 거둔 감귤을 누구에게 먼저 보낼까
> 한 세상 눈 밝힌 향기, 우두커니 맡아 본다
>
> ―「감귤꽃」 전문

제주에서 가장 흔한 과일은 아무래도 감귤일 것이다. 시인은 이 감귤꽃이 "새벽 찬 서리에 피어나는" 것을 보면서도 "객지에 그리움 스"민다고 한다. 늘 어느 일을 하든지 어떤 것을 보든지 객지로서 느끼는 감회가 있을 수밖에 없음을 얘기하는 것인데 이를 어머니에 대한 그리움과 연결하여 애절함을 더하게 한다. 「봄」에는 늘 못 잊어하는 서울 계신 어머님께 안부를 올렸더니 "못난 딸/ 걱정이 쌓여/ 당신도 그립다고"하는 대목이 나온다. 그런 어머니가 세상을 뜨시고 서울 소식도 끊기게 된다. 살아생전에는 그래도 제주의 특산물이라고 감귤을 보내드렸는데 그것을 보낼 곳이 없는 것이다. 정작 보낼 곳이 없는 그 향기가 "한 세상 눈 밝힌 향기"가 되고 있는 것이다. 우두커니 그 향기를 맡아 보는 시인의 모습이 아프게 다가온다.

창밖엔 아지랑이
또 봄을 타는가
공연히 어디론가
멀리 떠나고 싶다
서울 땅 어머니 안부
오늘 더욱 궁금해

제주에서 삼십 년
사투리 익었는데
한라산도 남편도
까마득히 낯선 날
유배길 낮달을 따라
배회하는 늦저녁

―「외출」전문

　　제주에서 30년을 살아오면서 때로는 그렇게 자주 보던 한라산도 남편도 낯
설어 보이는 때가 왜 없지 않겠는가. 완전히 동화되지 못한 이방인으로서의 낯
섦이 간혹 섬뜩하게 찾아오는 것이다. 그러나 그런 가운데도 어머니에 대한 그
리움은 변하지 않음을 시인은 이야기한다. 있는 현실이 더 낯설수록 오히려 가
슴속에 깊숙이 아로새겨진 그리움의 대상을 찾아 더 멀리로 배회하고 싶은 역설
이 이 시에는 잘 나타나 있다.

강원도 가는 길은
눈물이 어리는 길

어머니 봉분 위로
함박눈 쌓이는가

이 마음
바람에 실어
온기로 덮고 싶다

은빛 물결 일으키자
세상 길도 끊어진다

어머니 수의 입고
헛기침을 하시는가

제주의
폭설 자락이
험한 고개 넘는다

―「눈 오는 날」 전문

"어머니 봉분 위로/ 함박눈 쌓"여도 시인의 마음은 어머니를 그리워하는 마음을 "바람에 실어/ 온기로 덮고 싶다"고 한다. "세상 길도 끊어진" 그런 막막함을 느끼는 것이다. 시인은 이 막막함을 제주 생활 속에서 가끔 만나게 되는 폭설로 비유를 한다. 그러나 이 폭설이 시인에게는 그리 싫은 존재가 아니다. 왜냐하면 온 세상이 은빛 물결로 변하는 겨울 한복판을 "어머니 수의 입고/ 헛기침을 하시는가" 되묻고 있기 때문이다. 돌아가신 어머니가 수 천 리 밖 딸을 보러 오시기 때문이다. 그러나 어디 폭설뿐이겠는가. 더 험난하고 모진 고통이 오더라도 시인은 두렵지 않다. 어머니는 온유한 피난처이고 든든한 요새이고 포근하기 그지없는 요람이기 때문이다.

시인의 어머니를 그리는 심경은 「성당의 종소리」에서도 잘 형상화되고 있다.

어머니 가시던 날

뻐꾸기도 울었다

빈손으로 왔다가

꽃상여로 돌아간 길

지금도 성당의 종은

아득하게 번진다

어두운 시간이면

문득 엄마 보고 싶다

성당 굴뚝 하늘 위로

연기는 종소리처럼

아픔을 둘둘 말아서

이사 갔던 어머니

―「성당의 종소리」 전문

그 어머니는 딸이 이승에서 아픔을 겪지 말라고 "아픔을 둘둘 말아서/ 이사 갔던 어머니"다. 성당의 종소리만큼 "아득하게 번"지는 존재이다. 성당 굴뚝 위의 연기처럼 번지다가 하늘에 점점 스미어 사라지는 존재인 것이다. 그런 아득함으로 늘 시인을 지배하는 어머니. 어머니는 죽음의 경계 너머 머나먼 곳에 있지만 시인은 그 모습을 감귤꽃이 피면 피는 대로 눈이 오면 눈이 오는 대로 종소리가 들리면 들리는 대로 어머니와 조우하며 오늘도 살아간다. 말하자면 어머니가 보여준 따뜻한 정과 사랑을 제주의 생활 가운데 그대로 실천하는 삶을 살아가고 있는 셈이다.

2. 고사목과 감나무 ― 제주의 정서

김향진 시인은 앞서 살핀 대로 제주 토박이의 시인은 아니다. 「서울 촌닭」에서 고백한 대로 서울이 고향이다. 그렇지만 그냥 밋밋하게 밀려온 삶이 아니라 현실을 극복해낸 매서움이 있음을 다음과 같이 얘기한다.

　　서울에서
　　태어나
　　물살 타고
　　탐라 왔네

　　당신 만나
　　사랑 움터
　　고사목 되었으니

　　하늘이
　　쩡쩡 울도록
　　살림 매서운
　　서울 촌닭

―「서울 촌닭」 전문

　　당신을 만나 고사목이 되었음을 얘기한다. 고사목은 어떤 나무인가. 고사목枯死木은 병이나 산불, 노화 등으로 인해 서 있는 상태에서 말라죽은 나무이다. 당신 만나 고사목이 되었다는 것은 자신의 사랑이 아무 조건 없는 사랑이었다는 것이다. 그 사랑이 지순하고 이를 데 없이 곡진했음을 얘기하고 있는 것이다. 더욱이 고사목은 과거에는 병해충의 우려 때문에 제거하였으나, 최근에는 생물 다양성 보전에 중요한 역할을 하는 것으로 밝혀지고 오히려 지역을 특화시키는 관광자원이 되는 경우도 적지 않아 보호하고 있는 경우도 적지 않다. 살아 천년 죽어 천년의 주목도 고사목인 경우가 많지 않던가. 지순한 사랑을 몸으로 실천하는 존재이면서 시인은 동시에 "하늘이/ 쩡쩡 울도록/ 살림 매서운/ 서울 촌닭"임을 자처한다. 물질적인 단단함만이 아니라 정신적인 웅골참도 동시에 존재하고 있음을 여실히 보여주고 있는 것이다.

　　제주 신촌 초가집
　　초로해진 감나무

　　가을의 푸른 하늘
　　뭉게구름 죄다 안고

　　홍시로
　　마음의 불 밝혀
　　시름을 덮고 있다

—「감나무」 전문

　　이렇게 보면 「감나무」는 마치 시인의 자화상 같게 느껴진다. 신촌은 남편 이용상 시인이 대를 물려 살아온 집이 있고 김 시인은 그곳에 새댁으로 들어서 이제 초로의 나이를 넘겼으니 그럴 법도 하다. 노심초사 "홍시로/ 마음의 불 밝혀/ 시름을 덮고 있"는 대목에선 오히려 '홍시'의 붉음에 시선이 집중되며 곡진함을 더해준다. "제주 신촌 초가집"에 어떤 어둠이 몰려와도 그 시름을 마음의 불을 밝혀 다 견디어 나가리라는 의지를 역력히 읽을 수 있다.

　　해안가에 산이 있다 그 이름은 더럭산
　　썰물도 아주 썰물 삼월 보름 물 때쯤
　　물질 간 누이 넋인가 숨비 소리 떠돈다

　　일본에서 만났다 김녕리가 고향인 사람들
　　바지게 지고 가듯 휘어진 한 생에도
　　섬처럼, 오직 섬처럼 더럭더럭 울고 간다

김녕리 해변에 술 한 잔 따라 놓고

묘산봉도 함께 불러 안주처럼 펼쳐 놓고

바다는 일 년에 한번 망향가를 들려준다

─「김녕리 바다」 전문

이 작품에는 김 시인이 제주 정서로 제주 해녀들의 애환을 그리고 있음이 주목된다. 제주 해녀들이 지닌 애환이 "바지게 지고 가듯 휘어진 한 생"임을 잘 알고 있는 것이다. 이 작품의 공간인 '김녕리'는 해녀마을로 지칭될 정도로, 해녀들의 활동이 왕성하고 해녀의 고장인 제주시 구좌읍 그중에서 가장 넓은 바다 어장을 갖고 있다. 김녕마을의 설촌 역사는 고려 충렬왕 26년(1300)으로 소급되며, 일제 강점기에는 동·서 김녕으로 나뉘게 된다. 그리고 2001년 1월 1일부터는 통합되어서 하나의 역사를 가지게 되었지만 해녀들이 치르는 잠수굿은 여전히 동·서 김녕 마을이 같은 날 다른 장소에서 치를 정도로 전통이 깊다. "물질 간 누이 넋"을 달래면서 "숨비 소리 떠"도는 아픔을 증언하는 시인의 시각에는 분명 참 제주의 정신이 무엇이고 그 아픔이 무엇인지를 명확하게 인식하려는 진지한 열의가 담겨 있다.

바람 속에 받든 하늘

비자나무 꽃 피었네

나에게도 형벌인가

하늘이 노하였구나

가문을 지켜준 세월

종일 비가 내리네

─「벼락 맞은 비자나무」 전문

「벼락 맞은 비자나무」에서는 오히려 모든 책임을 자신에게 책임을 돌린다.

가문을 위해 노심초사 지켜온 세월이지만 뭔가가 늘 부족하기만 한 모습을 자책
하며 하늘을 노하게 했다고 반성한다.

모성의 본능으로
둥지를 지키면서

새알 품은 어미새
초조하게 깃을 친다

목숨을 걸고 살아야
저 하늘을 품기에

―「둥지」 전문

무슨 기념일처럼
장날을 기다린다
자식들 떠난 자리
무엇인가 채워야지
장터에 휩쓸리려고
서둘러 외출한다

돌아서면 수평선
파도소리 흥정소리
해장국으로 달래는
바람 같은 내 인생
시골장 씨앗을 사서
텃밭에 봄 심는다

―「장날」 전문

「장날」에는 "자식들 떠난 자리"의 허전함을 메우려는 노력이 보이기도 하는데 다른 작품 「눈빛」에서는 "작년에 심은 국화/ 올가을엔 피지 않아// 내 손녀 서울 갈 때/ 눈 속에 담아 갔나// 내년 봄/ 텅 빈 마당에// 그리움 또 심어야지"라고 하면서 그 빈자리를 그리워하는 모습이 잘 드러나고 있다. 그러나 「둥지」나 「장날」의 작품은 제주가 가지고 있는 모성으로서의 여성성이 돋보인다. "모성의 본능으로/ 둥지를 지키면서/ 새알 품은 어미새"처럼 둥지를 지키려는 자세가 사뭇 진지해 보인다. 아울러 "바람 같은" 흘러가는 인생이라 할지라도 상황에 매몰되지 않고 "시골장 씨앗을 사서/ 텃밭에 봄 심는" 생의 열원이 상당히 듬직해 보인다. 이는 「눈빛」에서 "손녀가/ 머물다 간 집/ 국화에게 거름 준다"라고 하면서 "손녀에게 나누어 줄 가을"을 준비하는 마음에서도 읽힌다.

3. 떨어진 대추알 — 숭고한 순종의 삶

　남편이자 시의 스승인 이용상 시인은 거동이 불편하다. 움직이는 것이 불가능하기 때문에 수족이 되어 움직여 줘야 한다. 그런데 연약한 여자의 몸으로 시인은 남자들도 하기 힘든 병구완을 직접 하면서 일거수일투족이 되어 모든 것을 옆에서 거들어준다. 아주 간혹 이들 부부가 사는 집을 방문하여 남편 옆에서 내조하는 김 시인을 보고 있노라면 일종의 숭고함마저 느껴진다.

> 문지방 넘어서는 당신
> 무임승차하는 당신
>
> 수시로 긴급 출동
> 응급실 모셔간다
>
> 언제쯤 숨 고른 생활
> 어깨 펴고 운전할까
>
> 　　　　　　　　　　— 「대리 운전」 전문

"수시로 긴급 출동/ 응급실 모셔"가는 자세로 병구완을 한다. 언제 어떻게 될지 모르는 위급한 상황 속에서 시인은 꿋꿋하게 살아간다. "어깨 펴고 운전" 한 번 제대로 편히 할 수 없는 초조한 마음으로 늘 마음을 졸이면서 살아가는 모습이 작품 편 편마다 잘 나타난다.

대추나무 그늘 아래
숨어 사는 다람쥐

구월 하늘 기다리듯
앞 발 들고 손 비비다

일용할 겨울 양식을
슬그머니 채운다

지난밤 볼라덴에
부러진 대추나무

십 년이 찰나이듯
가슴 철렁 무너진다

병 수발, 여린 몸이 지쳐
떨어진 대추알 같다

— 「다람쥐와 대추나무」 전문

그래서 큰 태풍이라도 오는 날엔 가슴이 철렁 내려앉는다. 실제로 태풍 볼라덴이 지나간 밤 "부러진 대추나무"를 보며 "십 년이 찰나이듯/ 가슴 철렁 무너"진다고 하며 그 갑작스러운 꺾어짐을 진솔하게 담아내고 있다. 특히 자신을 병

수발에 지친 "떨어진 대추알"로 비유를 하면서 연약하기 그지없는 인간의 허약함을 순수하게 잘 드러내고 있는 것이다.

　　서방님 부축하고 산책길을 나선다
　　신촌 뒷산 둔지봉 고개 너머 비자림
　　함덕리 별장을 찾아 커피 향을 나눈다

　　우리가 모여 가면 바다도 함께 간다
　　덩달아 갈매기들도 안부를 물어 온다
　　신촌은 뼈 묻을 고향 내 유년을 씻는다

　　　　　　　　　　　　　　　　　　　　　　　—「유년」 전문

　　부부일심동체夫婦一心同體라고 하지 않았던가. 남편을 부축하고 나선 산책길이지만 부부가 같이 나서면 "바다도 함께" 가고 "덩달아 갈매기들도 안부를 물어 온다" 얼마나 아름다운 장면인가. 대를 이어온 신촌은 이들의 뼈 또한 다 받아들일 것이다. 사랑은 멀리 있는 것이 아니라 바로 여기에 이렇게 숨 쉬고 살아 있는 것이다, 그것을 행동으로 실천하며 살아가는 시인의 자세는 시가 곧 삶이요 시가 곧 사랑이다. 간절하고 순수한 마음 때문이리라. 그 반대도 같이 성립한다. 삶이 곧 시고 사랑이 곧 시가 된다.

4. 새순 밀어 올리는 힘 ― 그 서정과 감동

　　김향진 시인의 시편들은 정감이 있으면서 또한 서정성이 넘치고 있다. 내면을 향한 조용한 울림을 동반하면서도 감동을 연출해낸다. 대개 서정성이 좋으면 울림이나 감동이 약화되기 마련인데 김 시인의 시편들은 이 둘을 잘 아우르고 있음이 주목된다.

따지 못한

홍시 여럿

감나무가 수다스럽다

눈만 뜨면

학교 가듯

물리치료 나오는

나란히

누운 노을들

주고받는

안부 같은

— 「아침 뉴스」 전문

달이 밝아

음악 틀고

뜰 안은 호젓하다

풀벌레 소리도 그대의 음성인가

오늘 밤 그 달빛 걸러

홍차를 우려낸다

휘영청 뜬

달 진다

저녁과 아침 사이

왠지 달은 발자국을 남기지 않는다

홍차 속 달이 숨어 있다
봄비라도 올 것 같다

— 「홍차를 마시며」 둘째 수 전문

「홍차를 마시며」라는 작품 안에는 시인이 추구하는 서정의 깊이가 잘 나타
나 있다. 달이 밝고 뜰 안은 호젓하기 그지없다. 그 호젓함을 뚫고 가늘게 이어
지는 "풀벌레 소리" 그것이 그대의 음성인 것 같다. 늘 그리던 목소리, 어머니의
목소리이기도 하고 남편의 목소리이기도 하고 아이들의 목소리이기도 할 것이
다. 달빛은 교교히 흘러 밤을 촉촉하게 적신다. 흐르는 달빛을 걸러 홍차를 우려
낸다. 홍차에 우려낼 만큼 찰랑거리며 넘치는 달빛. 밤은 점점 깊어가고 그 달이
진다. 시인은 그래도 쉬이 잠에 들지 못한다. 이제 달은 말끔히 졌다. "달은 발자
국을 남기지 않는다" 달은 어디로 간 것일까. 그렇다. 마시다 남긴 홍차 속에 달
이 숨어 있다. 어디선가 바람이 일어서고 있다. 봄비라도 올 것 같은 새벽 무렵
이다. 말을 하지 않아도 시인이 간직한 그리움의 정서와 깊이가 그대로 와 닿는
작품이다.

침침한 하늘 아래
서리가 녹은 자리

그쪽으로 햇살이
새순을 밀어낸다

한사코 구시렁거린
봄이 건넨 푸른 밀서

— 「아름다운 공명」 둘째 수 전문

초승달이 깝죽 떠

남 몰래 속삭였다

구름처럼 떠돌면 그 여윈 꿈 서러워

바람도 들숨날숨을

허무 몇 닢 남는가

―「수선화 2」 첫 수 전문

전자의 작품은 봄이 오는 모습을 세밀하면서도 밀도 있게 그려낸 작품이고, 후자의 작품은 시적 내상에서 느껴지는 감각적 이미지를 배경과 함께 순간적으로 포착해낸 작품이다. 전자의 작품 「아름다운 공명」은 제목부터가 심상찮다. 공명共鳴이란 외부에서 주기적으로 가하여지는 힘의 진동수가 진동하는 개체 고유의 진동수에 가까워질 때 일어나는 현상이다. 서로 다른 두 개의 사물이 상응하는 반응인 셈인데 이 작품에서 두 개의 사물은 표면상 잘 드러나지 않는다. "절대 울지 말아야지" 다짐을 해도 나무들은 젖고 마음은 "밤새껏 뒤척인"다. 아마 "서리가 녹은 자리"는 그 밤새 뒤척인 자리쯤이 될 것이다. 그런데 하필이면 "그쪽으로 햇살이/ 새순을 밀어낸다". 이렇게 새순이 돋아나는 이유가 무엇일까. 뒤척인 자리와 새순이 돋는 자리가 서로 같이 상응하고 있다고 볼 수 있고 공명은 바로 이 지점에서 일어나는 것이라 볼 수 있다. 여러 가지 이유를 댈 수 있겠지만 뒤척인 자리에서 새순이 돋는 이유는 밤새워 전전반측輾轉反側한 그 아픈 마음을 헤아린 탓일 것이다. 이쯤 되면 공명도 '아름다운' 공명이라 이름 부칠 수가 있으리라. 새순이 기운차게 뻗어나는 것을 "한사코 구시렁거린/ 봄이 건넨 푸른 밀서"로 그려내는 것도 서정성이 잘 승화되고 있는 표현이라 볼 수 있다.

「수선화 2」에서 배경은 "초승달이 깝죽 떠/ 남 몰래 속삭"이는 공간이다. 그래서 어디에 둘 데 없는 "여윈 꿈"으로 떠있는 가냘픈 존재가 수선화라는 것이다. 수선화는 1월 탄생화에 해당하는데 자기 사랑과 고결 혹은 신비와 자존 등 '내면의 외로움'을 의미한다. 둘째 수에 나타나는 "마음도 얼어붙은 눈 속에 핀 수선화"와 그 수선화를 둘러싼 만평의 고요는 자신 안에 갇혀 곁에 있는 사람들을 진심으로 마주 볼 수 없는 외로움을 잘 형상화하고 있다.

에필로그

김향진 시인의 작품은 삶과 시가 일치하고 있다. 어머니에 대한 그리움은 시인의 시세계를 형성하는 기저 자질이다. 살아가는 사람 사이의 정과 사랑을 어머니로부터 물려받았으며 이러한 정신은 어머니를 대상으로 쓴 작품들에서 잘 나타나고 있다.

고사목과 감나무의 상징물을 통해 제주의 정서를 보여줄 뿐만 아니라 「김녕리 바다」 작품을 통해 "바지게 지고 가듯 휘어진 한 생"과 같은 제주 해녀들의 애환을 그리고 있음이 주목된다. 참 제주의 정신이 무엇이고 그 아픔이 무엇인지를 명확하게 인식하려는 진지한 열의가 담겨 있다. 동시에 「둥지」나 「장날」의 작품은 제주가 가지고 있는 모성으로서의 여성성이 돋보인다.

아울러 김 시인은 부부일심동체夫婦一心同體의 사랑을 실천하며 간절하면서도 순수하게 이 시대를 살아가는 시인이다. 남편을 보살피며 같이 산책을 하고 시를 함께 나눈다. 이 참된 실천의 자세는 시가 곧 삶이요 삶이 곧 시임을 보여준다. 김 시인의 시편들은 새순을 밀어 올리는 힘과도 같은 서정과 감동이 있다. 내면을 향한 조용한 울림을 동반하면서도 감동을 연출해낸다.

첫 시집의 긴장을 이어가면서 보다 원숙한 경지의 좋은 작품을 보여줄 것이라는 기대를 하며 이 글을 마친다. ▨

가락과 역사성, 그 형식과 내용의 조화

— 이정홍론

이정홍은 자서에서 "시어는 자연의 섭리로 녹아들도록 마음과 머릿속을 푸른 칼로 난타를 쳐야 한다."고 적고 있다. 처음에 시의 형식과 내용을 동시에 지적한 말이라고 생각이 들었는데 다 읽고 나서도 그런 느낌이 들었다. 시조가 갖고 있는 가락을 그는 잘 타고 있다. 운용하는 시어들이 "자연의 섭리"에 녹아들고 있는 것이다. 그러면서 동시에 "마음과 머릿속을 푸른 칼로 난타"치고 있다. 잊어가는 역사에 대하여, 안주하는 삶에 대하여 끊임없이 경계를 보내고 있다. 이번 시집 속에 나타난 작품세계를 이 형식과 내용 면에서 살펴보았다.

1. 가락과 재미성의 시학

밤눈 먼저 멀어가는 가난도 한 식구라예,

흰죽 쑤다 뿌려놓은 은하길 그 언덕 넘어

소실점

돌고 돌아와

뉘 가슴 저리 젖는가.

물도 설고 낯선 타국 별과 달도 자지러진

풀벌레 목 쉰 울음 환청같이 풀어나 놓고

허울만
만주 방직공장 돈벌이 꾐에 끌려간….

어린 누이 젖꼭지네
허기로 핀 산수유꽃
하늘 저 치뜨는 눈에 가난도 한 식구라예,
깡말라 벌집 된 몸을
울 너머 누군 지운다.
―「허천뱅이별의 밤」 전문

　가난했던 시절의 얘기를 시대사에 잘 버무려 넣고 있는 이 작품의 압권은 "밤눈 먼저 멀어가는 가난도 한 식구라예,"의 사투리 가락에 있다. 이 말은 시적 자아가 허공에 부리는 넋두리이자, 어린 누이의 "깡말라 벌집 된 몸"의 아픔을 치유하고자 하는 노력이다. 이 작품은 시인의 가락 운용이 예사 솜씨가 아니며 재미성까지 겸비하고 있다는 점은 특히 다음의 대목에서 두드러진다.

가난도 한 식구라예,
은하길 그 언덕 넘어
뉘 가슴 저리 젖는가.

　"한"이나 "그"나 "저리"는 통사구조상 뒤쪽과 연결되지만 율독은 앞쪽과 연결된다. 이러한 경향은 음보 간의 시간적 등장성을 이루려는 속성과 잘 맞아떨어진다. 그런데 종장은 조금 달라진다. "저리"가 앞쪽에 걸리면서 5음과 3음으로 선장후단先長後短의 효과가 일어나고 있기 때문이다. 이 선장후단의 미학은 뒤를 가볍게 함으로써 간결미와 여운의 효과를 주는데 적합하다.

　이 점은 2수와 3수에서도 비슷하게 나타난다. 2수에서 중장 후구 "환청같이 풀어나 놓고" 3수에서의 중장에서 전, 후구 "하늘 저 치뜨는 눈에" "가난도 한 식구라예,"에서도 묘미는 잘 드러나고 있다. 특히 여기서는 선단후장先短後長의 미학적 효과가 두드러지게 나타난다. 안정감을 주면서 뒤의 음보에 무게 중심이 실리게 된다. 운율의 자유로운 운용은 통사구조상 "하늘/ 저 치뜨는 눈에"와 "가난도/ 한 식구라예,"로 분할되지만 실제의 율독은 "저"나 "한"이 앞 음보에 걸리면서도 상당히 자유로운 탄력을 느끼게 한다. 이점은 거의 같은 의미를 주는 다른 말, 예를 들어 '하늘 저기 치뜬(치뜨는) 눈에'나 '가난도 같은 식구'와 같이 고쳐놓고 보면 확연히 구분이 된다. 후자에서 느끼는 것은 아주 딱딱한 기계적 율격이다. 이러한 기계적 율격의 단조로움이 가지고 있는 단점을 이정홍 시인은 잘 간파하고 있다.

동시에 이 작품은 읽는 재미와 동시에 깊이를 느끼게 하는데 중심 심상에 해당하는 "어린 누이 젖꼭지네/ 허기로 핀 산수유꽃"이 셋째 수에서야 드러나면서 앞서 전개된 내용들이 다시 한 번 재구성되는 효과를 연출하고 있다. 그런데 그것도 첫수는 독립적으로 상을 이끌어 한 단락을 이루고 둘째 수와 셋째 수가 하나의 상으로 모아지고 있다. 자연 둘째 수는 셋째 수의 중심 심상에 간섭하므로 아주 급박한 흐름을 보여준다. 반면 셋째 수는 완만하면서도 또박또박 새기는 듯한 느낌으로 상이 전개된다. 이 점은 율독을 해보면 확연한 차이를 가질 수 있다. '중간 빠르게→ 빠르게→ 조금 느리게'로 전개된다. 말하자면 언어를 운용하는데 있어 내용을 더불어 감안하였다는 얘기가 된다. 첫 수의 "흰죽 쑤다 뿌려놓은 은하길 그 언덕 넘어"의 상은 결국 둘째 수의 "물도 설고 낯선 타국"을 거쳐 "허기로 핀 산수유꽃" "울 너머"로 연결된다. 이 과정을 유추하기 위해서는 이 작품 여러 차례 읽어보지 않으면 안 된다. 이시인의 독특한 언어 운용의 결과이다. 그 과정에서 우리는 "어린 누이"가 단순하게 청초한 느낌으로만 다가오지 않고 "만주 방직공장 돈벌이 꾐에 끌려"갔으며 "풀벌레 목 쉰 울음 환청"을 지닌 "깡말라 벌집 된 몸"의 역사성을 가진 누이라는 점을 간과할 수 없다. 아마 재미성과 동시에 깊이성을 느끼게 하는 지점이 바로 여기일 것이다. 결국 이것은 후술하겠지만 "마음과 머릿속을 푸른 칼로 난타를"치고 있는 실체라고 볼 수 있다.

어스름 안개비가 알몸으로 춤을 춘다.

풀이파리 골의 생명 적셔주는 은실 나비

살포시 달뜨는 숲에 스친 물빛 가렵다.

산허리 휘어 감듯 유혹하는 욕정 한 고비

무릎 젖는 처마 자락 느실난실 옷을 벗는

녹녹한 이 밤 어딘가 꽃이 벙그는 날이다.

　　　　　　　　　　　　　　　　─「안개비」 전문

　재미성은 에로티시즘으로도 연결된다. "알몸으로 춤을"추는 "은실 나비"로
비유되고 있는 것은 "안개비"다. 이 보드라운 이미지는 "살포시 달뜨는 숲에 스
친 물빛 가렵다."고 한다. 달빛과 안개비는 잘 어울린다. 합해지면 신비감을 자
아낸다. "물빛 가렵다."로 본 것이 이채롭다. 이 물빛이 바로 안개비인데 이것은
"달뜨는 숲에 스친 물빛"이다. 스치기만 한 물빛이니 가려울 법도 하다. 하늘하
늘하게 흩어지는 물빛의 이미지다. 그런데 이 물빛이 드디어는 일판을 벌이고
만다. "산허리 휘어 감듯 유혹하는 욕정 한 고비"를 넘어가고 있기 때문이다. 손
에 바로 닿지 않지만 안개비 속을 가다 보면 젖기 마련. 무릎도 젖고 사타구니도
젖는다. "무릎 젖는 처마 자락 느실난실 옷을 벗는" 점입가경의 "꽃이 벙그는" 홍
취를 보여주고 있는 것이다.

1
몸 푸는 산 처마 밑에 자부름이 스며든다.
한 줄기 는개 비구름 남녘으로 길을 열고

밭머리 봄동 캐는 아낙
먼지잼이 상긋하다.

지난가을 낙엽 위에 풍화의 잔해는 남고
흰 발목 스란치마 끌며 오는 빗소리는
하 세월 헐고 찢긴 상처
은빛 실로 깁는다.

— 「봄의 바이러스」 전문

「봄의 바이러스」에도 읽는 맛이 느껴진다. 생동감이 넘치고 있는데 버들개지가 실눈 뜨는 모습을 "초록 피 링거 줄 꽂"는 것으로 그려내고 있다. 1에서는 "바이러스"와 관련된 "자부름이" "먼지잼", "풍화" 등의 단어가 마치 거부반응을 보일 듯이 배치되어 있다. 결국 이 이미지는 "먼지잼이 상긋하다."→ "흰 발목 스란치마 끌며오는 빗소리"→ "은빛 실로 깁는다."라는 치유의 과정을 보여주고 있다. 비가 겨우 먼지나 날리지 않을 정도로 조금 오는 것은 바이러스가 오기 전의 단계인데 이에 감염되면 이것은 빗소리로 바뀌게 되고 다음은 상처난 부위를 은빛실로 깁는(사실은 비가 내리는 것이지만) "하 세월 헐고 찢긴 상처"의 치유의 과정을 보여주게 되는 것이다. 1의 과정 뒤를 잇는 2에서는 "삼천대천 몸살 앓는다."→ "메말라 누운 산협" 개울물에 잠을 깨고→ "버들개지 실눈 뜨는."→ "살 비린내 여인 산통"으로 연결되면서 자연을 거쳐 사람들의 마음까지 감염시키는 봄의 가역반응을 단계적으로 잘 보여주고 있다.

긴 텃밭 콩노굿이 어린이 놀이터다.
밭고랑 미끄럼틀 줄지어 타 내리고
깔깔깔
손뼉을 치는
콩대 그도 신명 난다.

개구쟁이 여문 콩알
뭔 삶이 그리 급한지
딱, 딱 튀어 길섶께로 또르르 달아나고
누렇게 타는 풀숲은
농부 아재 봇짐 벗긴다.

밭두렁 어깻죽지 내려앉는 겨운 볕뉘
풀이파리 얼대 쳐져 뼈와 살을 다 내주고
이제는 더 줄게 없는
빈집 적막 콩깍지다.

— 「콩밭으로 오는 저녁」 전문

    이 시인의 작품은 읽고 나면 상큼한 느낌을 주는 작품이 많다. 「콩밭으로 오는 저녁」도 역시 그러한데 이 작품에서는 "콩대"가 마치 장난꾸러기 아이 역할을 하고 있는 느낌이다. 여기에서 "콩대"는 "밭고랑 미끄럼틀 줄지어 타 내리고/ 깔깔깔/ 손뼉을 칠뿐만 아니라 "딱, 딱 튀어 길섶께로 또르르 달아나"기도한다. 그러니 "긴 텃밭"을 "어린이 놀이터"로 봄직도 하다. 그러던 콩밭의 저녁은 더할 나위 없이 적막감이 휘돈다. "풀이파리 얼대 쳐져 뼈와 살을 다 내주고/ 이제는 더 줄게 없는/ 빈집 적막 콩깍지"이기 때문이다. 콩대의 속성을 변하기 잘하고 삶이 급한 현대인들의 일상에 빗대어 그려내면서도 재미성을 잃지 않고 있다.

엘니뇨 현상인가, 가늠할 수 없는 몸짓
주홍색 혀 빼물고 향을 게운 늦봄이다.
열세 살
계집애 초경初經 같은
꽃물 그득 차오른다.

성긴 가지 열매 달고 수런대는 어느 오후

살풀이 춤사위로 흐느끼는 무희舞姬 같이

뎅그렁

풍경을 불러

밤의 혼을 흔드네.

— 「석류꽃 랩소디」 전문

아마 "석류꽃"에서 "주홍색 혀 빼물고 향을 게"웠다던지 "열세 살/ 계집애 초경初經 같은/ 꽃물"이라든지 하는 표현들을 쉽사리 연상시키지는 못할 것이다. 이런 표현들은 이 시인이 단단한 시적 자질을 가지고 있음을 가늠케한다. "살풀이 춤사위로 흐느끼는 무희舞姬 같이/ 뎅그렁/ 풍경을 불러/ 밤의 혼을 흔드"는 부분에서는 오히려 원숙함마저 느껴진다.

2. 푸른 난타와 역사성의 시학

그렇다면 시인은 "마음과 머릿속을 푸른 칼로" 어떻게 난타를 치고 있는가. 시인이 우선 주목하는 것은 거주하고 있는 진주의 역사에 대해서다. 고대로부터 현대에 이르기까지 경상남도 진주시의 역사는 간단치가 않다. 진주시는 경상남도의 서남부에 위치한 도농 복합형 통합시로, 예로부터 예술의 도시이며 지방문화의 총본산으로 유서 깊은 곳이다. 수려한 남강을 끼고 임진왜란의 흔적이 있는 많은 유적들이 산재해 있고 그 정신을 이어받은 문화가 면면히 흐르는 곳이다. 고려·조선 양조에 걸쳐 하공신河拱辰·강민첨·정을보鄭乙輔·하륜河崙·하연河演·강희안姜希顏 등 많은 인물이 배출되어 나라와 지역을 빛나게 하였다.

임진왜란 때 김시민의 진주성대첩… 의기 논개論介가 왜장을 껴안고 남강에 몸을 던진 것도 이 시기였다. 1862년(철종 13)에는 진주민란이 발생하였다. 삼정의 문란과 이곳 병사 백낙신白樂莘의 횡포로 농민들이 봉기한 진주민란의 파문은 각지로 퍼지기도 했다. 1909년 도내 유지들이 장지연張志淵을 주필로 맞이하여 우리나라 최초의 지방신문인 『경남일보』를 창간한 곳도 진주다. 1923년에는 천민 해방을 위한 형평사衡平社가 진주에서 결성되어 그 운동이 전국으로 퍼져나가는 역할을 하기도 한 곳이다. 역사와 전통에 빛나는 교육도시이자 문화도시로, 현재는 첨단산업 단지가 입지한 혁신도시로 거듭나고 있는 진주에서 시인은 역사와 삶에 대하여 "푸른 칼"을 벼리고 있는 것이다.

남강에 흐른 아비 은빛 주름 수심 재듯

강바닥 옹이로 굳는 강 돌멩이 속내마저

저 달빛 헤집어가도 물밑에는 흔적 없고.

들 가녘 쑥물 마신 채 찬밥 한술 못 넘기고

바람도 익는 햇살에 보리 튀밥 터져날 듯

헐벗고 거친 숨소리 곡괭이 들고 외친 물목.

어둠 밟고 오지 않음 여명黎明 볼 수 없다던가.

동학 때 헤진 가슴, 들풀 자라 말은 없는데

수몰지 엉겅퀴 할배 너덜겅 깁고 있다.

　　　　　　　　　　　　　　　　　　— 「굴바위 찢겨진 너우니」 전문

"너우니"는 진주시 판문동 남강댐 부근의 지명으로 진주 동학농민군 봉기 장소로 알려져 있다. 시인은 이 역사적 장소에서 "바람도 익는 햇살에 보리 튀밥 터져날 듯"한 "헐벗고 거친 숨소리"를 듣는다. "들 가녘 쑥물 마신 채 찬밥 한술 못 넘기"던 어둠의 시대였다. 그러한 역사에 대해 세월은 무심함을 더하기만 할 뿐이다. 시인은 이러한 무심함을 "들풀 자라 말은 없"고 그 거기에 엉겅퀴만 너덜겅 깁고 있다고 하고 있다.

성 안 길녘 잡귀 쫓는 배롱나무 초병 두엇
속내 보인 염천 하늘 불태우듯 꽃등을 달고
숨 겨운 그날 그 얘기, 여태까지 흩는 건지.

혼쭐 난 아메바균 왜적 숨통 잘라놓고
허물어진 숲 그늘 제 살 지펴 다독이던
의병들 놀뛰는 숨결, 뒤태 환히 피어난다.

풀꾹새 우는 소리 예나 제나 같을 건데
늙은 나무 산그늘 깔고 앉아 듣는 소리
투구 깃 정점에 맺혀 목이 쉬어 나풀대고.

내 언제 눈물겹게 칼 벼린 강을 지었든가,
계사년 항전의 사초史草 꽃망울 저리도 피어
웅어리 사려 문 그가 멀리 독도를 위무한다.

— 「배롱꽃 피는 뜻은」 전문

이 작품에는 "김시민 장군 동상 앞에서"라는 부제가 붙어 있다. 김시민은 임진왜란 때 진주목사로 부임하여 진주성 싸움에서 전사한다. 임진왜란 시 왜군이 대대적으로 진주성을 공격해오자, 당시 진주성을 지키고 있던 그는 3,800여 명의 군대를 이끌고 탁월한 용병술과 전략전술로 적장 하세가와長谷川秀一가 이끄는 2만의 군대를 맞아 대승을 거두었다. 배롱나무의 붉은 꽃에 항전의 의미 담아 이를 비유적으로 그려낸다. 목백일홍은 꽃도 백일동안 갈 정도로 끈질기지만 꽃이 피어나는 모습이 옹골차고 매우 단단한 느낌을 준다. 이 짜글짜글함을 "웅어리 사려 문" 모습으로 비유하면서 "독도"문제까지를 언급한다. 특히 "배롱나무 초병 두엇"이라고 하여 아예 배롱나무를 초병과 동일시하여 꽃이 절정에 달한 모습을 "투구 깃 정점에 맺혀 목이 쉬어 나풀대"는 것으로 그려내는 것은 시인의 독특한 심미안이 아닐 수 없다.

동시대를 배경으로 하고 있는 「등나무 그늘에서 족보를 보다」에서는 "6일 항전 진주성의 더듬더듬 족보를 찾아/ 할아비 그 할아비의 미늘 갑옷 짜기까지"의 "한지에 밴 핏빛 먹물, 묵은 얼룩 상처 자국"을 그려내고 있으며, 「남강 근처」에서는 "강물 위엔 수천 불빛 비늘처럼 일어나서/ 금물결, 논개가 끼던 가락지로 반짝"이는 남강," 임진년의 그 장렬함"을 추모한다.

그러나 시인은 이러한 역사의 연장 위에 있는 오늘의 삶에 대하여도 분명한 시각을 가지고 있다. 그것은 다소 불편하고 부족한 것이라 할지라도 민중의 모습을 눈여겨 바라보고 이를 증언하고 있다는 점이다.

> 몇 날 몇 밤 미친 듯이 허우적댄 허방 진창
> 갈가리 알몸 찢긴 채 오방 깃발 펄럭이고
> 억대로 뛰는 전세금
> 복덕방 웬 춤사원가.
>
> 하루 벌어 하루 사는 언감생심 내 아파트,
> 은전 급전 담보대출 바람은 멈출 줄 몰라
> 해마다 잰걸음 치다
> 전세 신음 월세 간다.
>
> 해무 섬을 겁탈하듯 떠밀리는 드난살이
> 비명 삼킨 텃새, 멧새 한뎃잠에 쫓겨나고

고래 등 그 저택 말고

처마 낮은 집 찾고 있다.

―「떠도는 섬」 전문

도시의 삶에서 집 없는 서민들이 겪는 고통은 날이 갈수록 심해진다. "억대로 뛰는 전세금" 마련을 위해 "급전 담보대출 바람"으로 급한 불을 끄지만 어디에도 출구가 보이지 않는 삶은 "해무 섬을 겁탈하듯 떠밀리는 드난살이"의 "떠도는 섬"의 삶이다. "고래 등 그 저택 말고/ 처마 낮은 집 찾고 있"는 소시민들의 작은 소망을 그려내고 있는 것이다.

생의 날빛 이울다 진 구슬땀의 서편 골목

헌 종이 줍고 있는 옹송그린 야윈 몸에

허기진 하루 햇살이 주름 한 줄 긋고 있다.

허리 휜 지난 세월 할미꽃도 백발인가,

반백 할머니 유모차 파지 한 줌 얼러 간다

덜 덜 덜 닳고 닳은 뼈마디 저문 하늘 후유 소리.

마른 풀잎 시린 저녁 물고 나는 새 한 마리

저승길 노잣돈인 양 폐지 위에 흰 삶을 얹고

노을 길 깜박 신호등, 잃은 길을 재촉한다.

―「저물녘 유모차」 전문

현재 우리나라는 노인문제가 심각한 사회문제로 대두되고 더욱이 이들의 절대빈곤 문제가 이슈화되고 있다. 폐휴지를 수거하여 하루하루를 살아가는 노인들의 삶은 이제 도시의 낯익은 풍경이 되고 있다. "저승길 노잣돈인 양 폐지 위에 흰 삶을 얹고/ 노을 길 깜박 신호등, 잃은 길을 재촉"하는 풍속도에는 현대인의 고단함이 실감 있게 투영되고 있다.

할미새 물고 나는 하루가 또 식어간다.
고랭지 섬은 싸늘해 제 살 심는 등이 휘고
해거름 간물 밴 삶이
얼음벽에 몸을 넌다.

뼛속꺼정 얼고 나야 더러는 잊힐까 몰라,
서걱거린 옥수숫대 살붙이 죄 털어주고
노을이 왔다가 가듯
소신공양 떠난 햇살.

침묵을 쪼는 새는 가는 귀도 먹는 게다.
서성대는 찬바람만 문을 열라 징징대고
성에 낀 창백한 쪽창
달빛 몸에 감고 있다.

— 「냉장고의 신음」 전문

냉장고의 속성을 독거노인의 삶과 아주 적절히 연관시킨 수작이다. 어디에도 다 버린 삶을 "고랭지 섬은 싸늘해 제 살 심는 등이 "휜다고 하였다. "해거름 간물 밴 삶이/ 얼음벽에 몸을" 뉘니 얼마나 춥고 서러울 것인가. "서걱거린 옥수숫대 살붙이 죄 털어주"듯 모든 것을 걷어내서 다 나눠준 삶이니 더욱 그렇다. 노을마저도 왔다 가 버린 불 끼 하나 없는 냉골방 "성에 낀 창백한 쪽창"의 설움이 냉정하면서도 정밀하게 묘사되고 있다.

종군 위안부에 대해서는 묵묵부답이면서도 "독도를 탐한 섬 오리/ 눈먼 야욕 넉장거리"를 보이는 일본을 겨냥하고 있는 「왜, 이제 오리발」, 바로 옆에서 살면서도 "돌보다 더 딱딱하게 굳어버린 이웃사촌"의 무표정한 일상을 그리고 있는 「아파트, 소통의 문」 "눈과 눈이 교감하던 젖 물리는 엄마 없고/ 난자를 주신 이와 자궁을 빌려 주신 이/ 호적에 이름 올려준/ 난 어머니가 세 분이다."라고 하여 "차가운 유리접시 속 몸을 섞어 부대끼"는 현대인의 척박한 삶을 그려내고 있는 「난임 시대」도 같은 맥락에서 현대인들의 비정한 일면을 진솔하게 그려내고 있는 작품들이다. 시인의 정신이 형형하게 살아 "마음과 머릿속을 푸른 칼로" 난타를 치고 있는 것이다. 이 시인은 이러한 시적 자세를 계속 견지하면서 더 웅숭하고 깊은 성찰적 자세를 보여주는 시편들을 보여줄 수 있으리라 믿어 의심치 않는다. ▨

재미와 본격문학으로서의 시조

― 정별샘론

1. 시조문학사에 남을 작품 『밀물 소리 또왈뚤렁』

정별샘의 첫 시조집 『밀물 소리 또왈뚤렁』에는 삶 속에서 우려낸 56편의 작품이 실려 있다. 4부로 나뉜 작품은 살아가면서 느낀 희로애락喜怒哀樂을 순서대로 엮어냈다고 판단되는데 주조적인 정서는 노애怒哀보다는 희락喜樂에 맞춰져 있다. 시인에게 노여움이나 슬픔의 부정적 자세보다는 기쁨이나 즐거움으로 바라보려는 긍정의 자세가 더 충만하다는 것을 반증한다. 불화보다는 화해를 추구하려는 자세야말로 서정시의 가장 큰 장르적 특성이다.

> 처음 듣는 맑은 공명 또왈뚤렁 또왈뚤렁, 해안 도로 그 돌벽을 노크하는 밀물 소리.
> 하루에 두 번씩 들려
> 또왈뚤렁, 또왈뚤렁.
>
> 먼지 쓴 바위너설 걸어가던 흥거운 밤, 이 섬 저 섬 에둘러 와 촉촉이 간 맞추며
> 목 붉은 저 물소리가
> 내 몸 감고 또왈뚤렁…….
>
> ―「밀물 소리 또왈뚤렁」 전문

「밀물 소리 또왈뚤렁」에는 이러한 시인의 시적 자세가 잘 드러나 있다. 시인에게만 들리는 밀물 소리를 "또왈뚤렁"이라고 적고 있다. "또왈뚤렁"이라니! 물결 소리를 어떻게 이렇게 적어낼 수 있었을까. 사실 소리는 너무도 순간적이어서 이를 바르게 적어낸다는 것은 어려운 일이다. 시인은 밀물 소리를 수십, 수백 번을 들으면서 문득 이 단어를 생각해냈을 것이다. 그렇다 치더라도 우리에게 너무 낯익은 "철썩 차르르……" 정도의 물결 소리가 보편화되어 있는 상황에서 "또왈뚤렁"을 과감하게 쓴다는 것 자체가 힘들 수 있다. 그런데 시인은 이를 과감히 가져왔다. 그러나 생각해보라.

"또왈뚤렁"의 자리에 "철썩 차르르……"를 대신 넣어보라. 이 작품의 묘미는 완전히 사라지고 만다. 그만큼 이 시에서는 "또왈뚤렁"이라는 시어의 역할이 중요하다. "또왈뚤렁"이라는 조어는 "또왈"이라는 의태어적 속성의 단어와 "뚤렁"이라는 의성어적 속성의 단어가 결합된 것이다. 사실 밀물 소리로 "또왈"은 어느 정도 부합되는 단어이지만 "뚤렁"처럼 명쾌하게 들린다고 보기에는 어려운 면이 있다. 그러나 시인은 이 어휘를 쓰면서 그냥 쓰지를 않았다. 마음의 심리 상태를 얹은 것이다. 첫 수의 "처음 듣는 맑은 공명"이 바로 그것이다. 처음 들으니 우선 전혀 생소한 소리가 와도 괜찮은 것이 된다. 동시에 "맑은 공명"이니, "뚤렁"이라는 소리가 갖고 있는 경쾌함을 물결 소리로서 전혀 이상스레 들리지 않게 보전하는 역할을 수행한다. 이는 둘째 수로 이어지면서 더 설득력 있는 심리묘사를 곁들이게 된다. "흥겨운 밤"의 설정과 "이 섬 저 섬 에둘러 와 촉촉이 간 맞추며"에서 보이는 정황과 "목 붉은 저 물소리"에서의 감흥에 주목할 필요가 있다. "먼지 쓴 바위너설 걸어가던

흥겨운 밤"의 설정은 시인이 어떠한 상황에서 이 소리를 들었는지를 보여주는 중요한 단서다. 시인은 지금 해안 도로를 걷고 있다. 그 해안도로는 달리는 차들의 매연과 도로의 먼지를 뒤집어쓴 바위너설이 있는 조금은 삭막한 곳이다. 그러나 그것과는 상관없이 마음은 가볍다. 왜냐하면 일상의 번잡함에서 벗어나 여행을 왔기 때문이고 바로 옆에는 탁 트인 바다가 있기 때문이다. 콧노래가 나올 법한 흥겨움이 함께 있다. 그 흥겨움이 있다면 당연히 들려오는 밀물 드는 소

리가 흥겹지 않을 수 없지 않은가. "또왈뚤렁, 또왈뚤렁" 그렇게 들렸을 법도 하다. "이 섬 저 섬 에둘러 와 촉촉이 간 맞추며"에서 보이는 정황 또한 이에 기여하고 있다. "에둘러" 오는 것은 직선으로 곧바로 오는 것과는 다른 어감을 갖는다. 아마 직선으로 왔다면 소리는 "찰싹"이나 "철썩"이 더 적절할 것이다. "촉촉이 간 맞추며"의 표현도 재미있다. "또왈뚤렁"에서의 'ㄸ'의 반복과 'ㅗ'와 'ㅏ', 'ㅜ'와 'ㅓ'의 어울림에 주목해보면 조음소의 배합이 그렇게 간이 맞을 수가 없다. 또한 "목 붉은 저 물소리"에서의 감흥 또한 이에 일조하고 있다. 목 붉으니 상기되었다는 것이고 그러니 차분히 가라앉는 "─ 차르르"가 아니라 "─ 뚤렁" 하는 울림을 동반하는 소리가 사뭇 적절할 수밖에 없는 것이다. 말하자면 이 작품은 "또왈뚤렁"이라는 시어를 중심으로 그 주변 정황과 언어 감각이 절묘하게 어우러진 수작이 아닐 수 없다. 시조문학사는 이 작품의 존재를 기억할 수밖에 없으리라.

2. 서사성과 재미성의 문제

시조는 일정한 형식 안에서 내용을 풀어내기 때문에 서사성과 재미성을 담아내는 것이 결코 쉽지가 않다. 오늘의 시조가 직면하고 있는 문제 중 어쩌면 가장 중요한 사안이 아닐까 필자는 생각하고 있다. 시조가 일반인의 사랑을 받지 못하는 주요한 원인도 여기에 있고, '시조는 고루하다'라는 인식이 상존하고 있어 젊은이들이 크게 흥미를 못 느끼는 것도 여기에서 연유한다.

다 같지 않은 밥맛, 어느 밥 으뜸일까?
불렸다가 냄비에 한, 고슬고슬 고소한,
자르르 윤기가 도는, 햅쌀로 지어낸 밥.

무엔가 골몰하다 깜빡, 탄내 훅 풍긴다.
말 못 하는 그 냄비를 박박 또 긁어대지만

숭늉은 끓탕하는 혀를 뜨겁게 포옹하네.

― 「말 못 하는 냄비」 전문

「말 못 하는 냄비」는 일차적으로 재미있게 읽힌다. 냄비에 햅쌀로 갓 지어 낸 밥을 먹어본 사람은 그 맛을 안다. 첫 수에서는 이 맛과 모양을 "고슬고슬 고소"하게, "자르르 윤기가" 돌도록 그려냈다. 그렇지만 이러한 묘사로만 끝냈다면 이 작품은 그냥 단아한 작품에 그치고 말았을 것이다. 둘째 수는 다른 생각에 그만 밥을 태운 것을 그려냄으로써 이로 인해 벌어지는 일을 재미있게 그려내고 있다. 박박 냄비를 긁어대지만 사실 냄비가 무슨 죄인가.

두 눈 말똥 뒤척이다 깊은 잠에 빠졌다.
별 중의 별 두 개가 서서히 움직이다
슬프게 울던 내 곁에 가볍게 내려왔다.

그곳은 고요한 산속, 그 둘은 헬리콥터.
듬직한 남자가 내렸다. 이 세상 처음 보는
그이에 안기는 순간 황홀함에 젖었다.

아쉽게도 눈이 번쩍, 내 비행기 사라졌네!
하나는 리모컨 조종? 잊지 못할 하늘 남자
꼬리가 붙은 잠자리 한 쌍, 잔디밭에서 보았다.

― 「이상한 꿈」 전문

「말 못 하는 냄비」가 피부에 와닿는 직접적인 재미성을 지니고 있다면 인용한 작품 「이상한 꿈」은 잘 드러나지 않은 은근한 재미성이 있다. 동시에 그 행간에 서사성도 숨기고 있다. 첫 수와 둘째 수는 꿈속의 내용이다. 멀리서 보였던 "별 두 개"는 "헬리콥터"였고 그 "헬리콥터"는 다시 "듬직한 남자"로 바뀐다.(헬리콥터에서 듬직한 남자가 내렸다고 하지만 실은 그렇지 않다. 꿈속이니 가능한 얘기다.) 그러고 나서 셋째 수에 이르러 잠이 깬다. 비행기도 남자도 다 사라지고 없다. "꼬리가 붙은 잠자리 한 쌍"만 보인다. 방금 전 꿈속에서 자신과 포옹하던 남자처럼 잠자리 한 쌍이 사랑을 나누고 있는 것이다. 그것을 바라보는 시선이 다소 민망하고 무안하다. 재미성은 그 표정을 생각해보는 바로 이 대목에서 온다. "별 두 개→ 헬리콥터→ 잠자리" "나와 하늘 남자→ 잠자리 한 쌍"의 관계 설정도 신선해 보인다.

　　살아가며 가끔 만난다, 길고 짧은 터널들을

　　산허리 고속도로 쌍용 코란도 옆 좌석, 한강 따라 구불구불 얼마 안 가 국회의사당 둥근 돔을 보며 민생 좀 챙기라고, 그만들 싸우라고 화살기도 날려본다. 앞산이 옆 산 되고 옆 산이 뒷산 되는 비탈길 오르내리며 용틀임하다 치악산과 청태산 끼고 돌며 숨 돌리는데, 터널 몇 개 입 벌리고 자동차를 삼켰다가 뱉어내면 빨대를 빠져나온 비눗방울인 양 홀가분하다. 전면과 우측 요지경엔 북쪽 기슭 비스듬히 인삼밭도 보이고 샛노란 애기똥풀 한들한들 흔들리며 날벌레 날아들다 툭 터져 얼룩지네. 풀물 든 5월의 산, 봉평터널 들어가면 천장에 매어 달린 통 두 개 안경 같다. 안경원숭이 두 눈도 저렇게 생겼겠지. TV에서 본 동물의 왕국, 내셔널 지오그래픽이 제작한 프로그램에선 필리핀 보홀 섬에 사는 애완동물이라는데 두 손안에 들어온단다. 멀리서 바라보면 영락없는 그 원숭이, 경유 먹은 자동차가 뀐 방귀를 날름 받아먹곤 콩팥처럼 걸러내고

　　어느새 '날 잡아봐라' 약 올리며 달아나네.
　　　　　　　　　　　　　　　　　　　　　　　－「안경원숭이 － 터널 속 환풍기」 전문

「안경원숭이 － 터널 속 환풍기」는 사설시조다. 사설시조는 특히 서사성과 재미성이 요구되는데 이를 잘 구현해내고 있어 주목된다. 터널의 환풍기 통을 안경원숭이로 보고 있는 점이 의외의 발상이다. 그 원숭이가 "경유 먹은 자동차

가 뀐 방귀를 날름 받아먹곤 콩팥처럼 걸러내고" 하는 대목에선 환풍기 통과 장난기 많은 원숭이의 속성이 그럴싸하게 맞아떨어진다. 더욱이 "자동차가 뀐 방귀"라는 표현은 바깥의 풍경을 보며 날카로운 비판을 한 대목, 즉 "한강 따라 구불구불 얼마 안 가 국회의사당 둥근 돔을 보며 민생 좀 챙기라고, 그만들 싸우라고 화살기도 날려본다"는 부분과 상응되면서 오히려 터널이 이 원숭이에 의해 정화 작용이 되는 공간이라는 점을 일깨워 주고 있다.

먼 듯 가까운 듯 천둥소리 우르릉 쾅

장대비 쏟아붓던 운룡들 여러 마리, 앞다리로 태양 잡자 다른 용이 낚아채네. 뜨거워 뱉어냈나 또 다른 용이 빼앗았나? 바닷물 반짝반짝 이쪽저쪽 반짝 응원, 넘실넘실 반짝 출렁출렁 반짝 수평선도 일제히 반짝. 파도 소리 높아지네, 쫘르르 쫘르르 쫘르르륵 쫘르르 퉁! 아침 해란 여의주 재빨리 달려나가 길고도 긴 햇발로 성큼 성큼 성큼
……

모텔 방 창가에 앉자 벌린 입으로 달려오네.
　　　　　　　　　　　　　　　　　　　　　　　－「여의주 쟁탈전」 전문

「여의주 쟁탈전」 역시 비가 갠 뒤의 쏟아지는 태양을 "여의주"에 비유하여 실감 있고 활기차게 형상화하고 있다. 중장에서 보여주는 '반복 － 열거 － 절정'의 기술 방식이 사설의 본래 속성인 엮음의 원리를 잘 구현하고 있다. 동시에 이 작품은 무언가를 위해선 악착같이 달려드는 소유욕에 불타고 있는 현대인들의 생활 단면을 우회적으로 그리고 있다고 판단된다. 이처럼 시인의 사설시조 작품에서는 평시조와는 달리 사회에 대한 비판과 아울러 서사성과 재미성이 동시에 잘 구현되고 있다.

3. 서정성과 본격문학으로서의 시조

시조가 서정 장르라는 점은 다른 무엇보다 서정성이 무시되어서는 안 된다는 말과 상통한다. 서정성은 많은 경우 시적 대상의 형상화가 어떻게 이루어지고 있는가에서 비롯되고, 형상화는 이미지나 비유 등의 묘사를 통하여 구체적으로 실현된다.

부슬비 부슬부슬 고추밭 적시다가
배롱나무 가지마다 진눈깨비 짓궂다가
더러는 라이트 앞에서 흘림체로 비틀다가.

온천수에 땀을 섞은 부부탑을 엿보고는
깊은 산속 호텔 방, 이불은 야하다며
밤새워 하얀 대지에 눈꽃 수 다 놓았네.

― 「백암산 눈꽃 이불」 전문

꾸밈없는 겨울 정원 얼음꽃 만발했네.
한 켜 돌 덮고 나서 또 한 켜 황토 깐 위에
얼녹은 성엣장 밀고 물도 꽃을 피웠네.

이삼일 비 오다 주춤 여우눈 날리는 아침
팽이버섯 머리 대신 하얀 물기둥 세워
무채를 뿌려놓은 듯, 찬바람에 들뜬 유혹.

칼바람 몰아치던 날 여리고도 예리한 비명
숨 쉬는 토지를 딛고 햇빛을 기다렸다가
카메라 찰칵 소리에 제 모습을 찾았네.

― 「빙화 ― 일기 3」 전문

「백암산 눈꽃 이불」이나 「빙화 ― 일기 3」은 눈을 소재로 쓴 작품이다. 눈 내리는 과정으로만 본다면 두 시는 연작시라 할 만하다. 눈이 내리기 전부터 시작해서 눈이 내려 쌓인 과정은 전자에, 그런 눈이 내린 뒤의 눈이 그려내는 그림을 순간 포착하는 것은 후자에 그려져 있다. 전자의 작품은 눈 내리는 과정이 단계적으로 잘 묘사되고 있다.

단계	대상	장소	묘사
초장	부슬비	고추밭	적시다가
중장	진눈깨비	배롱나무 가지	짓궂다가
종장		라이트 앞	흘림체로 비틀다가

둘째 수에서 시인의 시선은 이렇게 내린 눈의 내면으로 파고들어 간다. 그래서 눈이 백암산을 덮은 이유를 "깊은 산속 호텔 방, 이불은 야하"니 "하얀 대지에 눈꽃 수"를 놓은 것으로 읽어낸다. 이것은 동시에 「백암산 눈꽃 이불」이라는 제목과도 잘 맞아떨어진다.

「빙화 ― 일기 3」은 전자의 작품과는 다른 구성을 보여준다. 시간의 경과나 시상의 전개를 보면 원래 둘째 수가 첫 수로 나와야 맞다. 그러나 시인은 둘째 수를 앞세웠다. 그것은 무엇보다 "얼음꽃 만발"한 광경을 강조하기 위해서다. 모든 꽃들이 시들고 나뭇잎도 다 떨어진 황량하기만 한 겨울 정원을 일시에 꽃의 정원으로 바꾼 대자연의 신비를 먼저 앞세운 것이다.

팽이버섯 머리 대신 하얀 물기둥 세워
무채를 뿌려놓은 듯, 찬바람에 들뜬 유혹.

이 대목을 접하면 정별샘 시인이 확실하게 살아 있는 비유를 쓸 줄 아는 시인이라는 사실을 알게 된다. 크게 보면 원관념(하얀 물기둥)과 보조관념(들뜬 유혹) 사이도 거리가 가깝지 않아 병치diaphora적이지만 한 문장 내의 원관념(무채를 뿌려놓은 것)과 보조관념(찬바람에 들뜬 유혹)도 생생하게 살아 있기 때문이다. 살아 있는 비유가 되려면 무엇보다 비유하고자 하는 대상이 신선해야 한다. 신선하려면 양자의 거리가 가까워서는 안 된다. 원관념과 보조관념이 각각 구상과 추상이라는 점도 이에 기여를 하고 있다.

곤히 자다 볼 때리네, 앵앵 소리 안 멈추네.
눈 속의 모기 한 마리 영영 잡히지 않고
불 끄면 눈에 번쩍 불빛, 상모가 휘익 돈다.

— 「비문증飛蚊症」 전문

성묘 행렬 끼어든다, 한가위 다가오고
부모님 무덤가에 두 마리 방아깨비
풀 꽃대 꼭 그러안고 애저롭게 날라간다.

바람은 쓰다듬고 해와 달은 굽어본다.
살은 삭아 흙이 되고, 수분 흘러 물이 되고
육탈肉脫의 저문 시간이 흔적 없이 흩어지네.

— 「풍장風葬」 전문

「비문증飛蚊症」이나 「풍장風葬」의 경우도 마찬가지다. 비문증vitreous floaters은 유리체 부유물, 날파리증으로도 불리는 것으로 눈앞에 먼지나 벌레 같은 뭔가가 떠다니는 것처럼 느끼는 증상을 말한다. 하나 또는 여러 개의 점이 손으로 잡으려 해도 잡히지 않고, 위를 보면 위에 있고, 우측을 보면 우측에 있는 등 시선의 방향을 바꾸면 이물질의 위치도 따라서 함께 변하는 특성을 지니는 면을 눈 속에 모기 한 마리가 있음으로 비유해서 세밀하게 그려낸다. 이 세밀함은 「풍장風葬」에도 그대로 이어진다. "풀 꽃대 꼭 그러안고 애처롭게 말라"가는 "무덤가에 두 마리 방아깨비"가 풍장 되고 있는 모습을 "살은 삭아 흙이 되고, 수분 흘러 물이 되"는 "육탈肉脫의 저문 시간"으로 품격 있게 그려낸다.

해도 반쪽 달도 반쪽

코스모스 씨를 받다 날이 슬금 기울었네.
저녁놀 주황 반 해에 검은 산도 출렁이고
고니 떼 서녁 가면서 하얀 낮달 건져 올리네.

착시 현상

잠실실내체육관이 투명 누에고치 같다.
관중석 여기저기 파도타기 응원할 땐
넉잠 든 누에처럼이나 꿈틀꿈틀 춤을 추네.

부들

늪 물속에 뿌리박은 가난한 선비 모습
분홍색 연꽃잎도 부끄럽다 오므리네.
또 갈까? 한택식물원, 웃고 있는 부들 보러.

— 「세 개의 주제를 위한 파반」 전문

「세 개의 주제를 위한 파반」에서도 우리는 시적 대상이 잘 형상화되고 있는
것을 느낄 수 있다. 파반이란 손잡이가 달린 목판의 뜻을 가진 파반把盤이 있고,
16세기에서 17세기에 유럽에서 유행한 궁정 춤곡의 2박자 또는 4박자로 된 느
린 곡을 지칭하는 pavane이 있는데 여기에서는 후자의 뜻으로 쓰인 듯하다. 소
제목으로 제시한 세 편은 각기 다른 내용을 담고 있다. 「해도 반쪽 달도 반쪽」은
낮과 밤이 교차하는 시간의 고니 떼를 보면서 한 공간에 공존하는 상반된 의미
를 잡아내고 있다. 「착시 현상」은 체육관을 누에고치로 보고 관객들을 누에로
비유하여 그 흥취를 적은 작품이고 「부들」은 늪 물속 부끄러운 부들의 모습을

가난한 선비 모습에 비유하여 그리워하고 있는 작품이다. 소재와 주제는 다르지만 한 작품으로 묶인 이유는 "날이 슬금 기울었네" "검은 산도 출렁이고" "파도타기 응원" "꿈틀꿈틀 춤을 추네" "부끄럽다 오므리네" 등의 표현들이 파반과 연관을 맺고 있어서다. 이를 대체적으로 묶을 수 있는 요소는 '느림의 미학'이다. 동시에 세 개의 소제목이 제시한 대상들은 상당한 거리감을 가지고 있어 이를 한눈에 조명하기란 쉽지가 않다. 시적 대상에 다가가되 그 대상을 보다 여유 있게 바라보려고 하는 노력이 숨어 있다. 이러한 이유에서 이 작품은 종전의 읽고 읊조리는 식으로 작품을 감상하는 태도보다는 오래 두고 되풀이해서 감상해야 하는 본격문학으로서의 접근 태도가 요구된다 할 수 있다. 이 점은「두 개의 주제를 위한 칸타타」역시 마찬가지다. 이 작품에서 소제목으로 제시한「가리비」「함허동천涵虛洞天」역시 거리가 멀다.「가리비」에서는 "벌린 입 오므리며 딱, 토닥, 딱, 투덜"대는 가리비에 덩달아 "바다 그립다며 그 위에 후추 뿌"리는 나 사이에 짓궂음이 보인 반면「함허동천涵虛洞天」에서는 "함허 대사 놀던 하늘 지우려도 지워지지 않고/ 옛 시간 감아쥔 오늘, 따라 쓰는 손가락 있네"라고 하여 함허동천涵虛洞天이 지니는 뜻, 즉 구름 한 점 없이 맑은 하늘에 잠겨 있는 곳이라는 의미를 새김하는 서정성이 깊게 배어 있기 때문이다. 이 작품들은 두고두고 의미를 새기면서 읽게 만드는 힘이 있다.

이상에서 우리는 정별샘의 시조에 나타나고 있는 서사성과 재미성, 서정성과 본격문학으로서의 시조에 대해 살펴보았다. 시인의 첫 시집이 그동안 자신과의 외로운 싸움에서 살아남은 습작 과정의 작품을 결산하고 새롭게 도약하기 위한 디딤돌로서의 역할을 했다고 본다면 정별샘의 이번 시조집이 갖는 의미는 결코 작지 않다.「밀물 소리 또왈뚤렁」이라는 작품을 시조문학사에 남을 작품이라고 말한 것은 결코 과장이 아니다. 정별샘의 시조집을 통해 새롭게 느낀 것은 오늘날의 시조가 이제 결코 자유시에 뒤지지 않는 탄탄한 기반 위에 서고 있다는 자부심이었다. 아울러 선배 시인으로서 이런 후배 시인이 있다는 것이 자랑스럽고, 나 또한 이런 후배 시인들에게 떳떳할 수 있도록 좋은 작품을 쓰기 위해 정말 노력해야겠다는 생각을 하게 되었다. ▨

확장과 에코이즘과 낮은 자리의 서사

— 이행숙론

1. 확장과 서사, 자연의 가락으로 빚어낸 언어의 집

이행숙 시인의 작품은 자연스럽게 읽힌다. 흐르는 강물 위의 달 같다. 강물도 흐르는데 실은 달도 서녘으로 가고 있다. 가지에 걸리더라도 아파하지 않는다. 바위에 긁혀도 강물이 몸에 흔적을 남기지 않듯이. 장과 수의 매듭이 시상의 전개에 잘 녹아있다. 어떤 작품을 읽어보아도 매듭이 잘 보이지 않는다. 시조는 오랜 세월을 두고 창작을 해도 이가 잘 맞지 않아 더덕거리기 십상인데 가락과 내용의 조화가 잘 어우러지고 있는 것이다. 게다가 단순한 한 번의 은유만으로 시상을 이끌어가지 않는다. 말하자면 언어의 집이 잘 형상화되어 있는데 시인으로서의 단단한 재질과 지켜야 할 본분을 잊지 않고 있음을 반증하고 있다고 판단된다.

> 의식의 자궁 속에 잉태된 욕망의 씨
> 태동이 시작되고 부른 배를 들킬 무렵
> 낙태는 시기를 놓쳐 칠삭둥이 낳았다.
>
> 설익은 생각들이
> 양수처럼 터져 나와

논리도

어떤 수사修辭도

갖출 겨를 없었는데

툭! 투둑!

떨어진 땡감

주워 담지 못했다.

태중에 남은 씨는 지켜야 할 고갱이

석 달은 더 기다리고 땡볕도 참아낸 뒤

무서리 창에 칠 때쯤 익은 말 해야겠다.

—「말言語 1」 전문

　　결국 "익은 말" 하나를 위해 시인은 자신의 모든 열정과 욕망을 담금질하는 것이 아니던가. 출산의 과정을 통해 하나의 작품이 이루어지는 과정을 가져오고 있다. 이니시에이션通過儀禮의 과정을 거치기에 확장 은유로 상을 이끌어가고 있다. 확장 은유는 시의 트리플 악셀이다. 그만큼 쓰는 것이 쉽지가 않다. 한 번의 비유가 아니라 연첩의 비유이다. "의식", "설익은 생각", "논리", "수사", "익은 말"은 언어적 측면을 따라간 원관념이고 "자궁", "태동", "부른 배", "낙태", "칠삭둥이", "양수"는 생명의 탄생과 관련된 보조관념들이다. 이 둘은 따로 떨어져 존재하는 것이 아니라 단계적으로 조응하여 언어가 한편의 시로 빚어지는 과정을 형상화하고 있는 것이다.

　　그런데 이 작품은 여기에서 한 걸음 더 나아가 다른 가닥의 심상을 더 연결하고 있다. 그것은 "욕망의 씨", "땡감", "고갱이", "땡볕", "무서리", "익은 (감)"으로 연결되고 있는 것인데, 시인은 이를 통해 얻어지는 결과물을 자연의 과실로 비유하고 있는 것이다. 한 작품을 통해 하나의 원관념과 두 개의 보조관념이 단계적으로 전개되는 확장 은유의 진수를 보여주고 있는 셈이다. 확장은유가 '시의 트리플 악셀'이라는 이유는 그만큼 구사하기는 어렵되 독자들에게 강렬한 인상을 심어주기 때문이다. 더욱이 두 개의 보조관념이 더구나 확장은유를 보여주고 있으니 시인의 사유는 실타래처럼 얽혀 가닥을 잘 훑어내지 않으면 안 된다. 그런데도 이 작품은 이 가닥을 잘 구분하여 독자적인 두 가닥의 흐름을 끌고 있어 결코 만만치 않는 사유를 보여주고 있는 것이다. 그러나 하늘에 닿는 하나의 작품을 얻기는 어려운 법. 시인은 이것이 얼마나 어려운 지를 잘 알고 있다. 조심스레 서로의 조응을 통해 하나의 결실을 맺고 싶은데 세상은 "떨어진 땡감"을 요구하는 것이다. 시인의 자정 노력은 마지막 수에서 도드라지게 나타난다. "태중에 남은 씨는 지켜야 할 고갱이"로 보는 것도 시인의 심성을 잘 보여주고 있지만 "칠삭둥이"에 결코 연연하지 않고 "땡볕"과 "무서리"를 견뎌내고자 하는 의지를 보여주고 있다. 이 의지는 시인의 시를 창작하는 태도와 관련된 것으로 다른 작품들에서 잘 나타난다.

> 의식의 바닷가에 헝클어진 매생이 밭
> 수많은 상념 가닥 물결 따라 흔들릴 때
> 한 마디 건져 올릴 말 그림자도 못 잡고
>
> 손 갈퀴로 거춤거춤 몇 가닥 집어내니
> 비린내 진동하고 서푼어치 값도 안 돼
> 황망히 부끄러운 맘 풀어 다시 침전하기를
>
> 두어 숨 고른 후에 물 밑을 바라보다
> 한순간 저 깊은 곳 함초롬한 해초밭
> 투명한 에메랄드빛 시어 하나 건졌다
>
> ─「시를 쓰다가」 전문

「시를 쓰다가」에서도 시인의 진정한 시쓰기의 고민이 잘 그려지고 있다. 이 작품에서 시를 쓰는 과정은 "매생이 밭"에서 채취하는 노동으로 비유되고 있는

데 "손 갈퀴", "비린내", "침전", "물 밑", "해초밭" 등은 이와 관련된 심상들이라 할 수 있다. 그러나 시인은 '질 좋은 매생이'를 건져 올리고 싶지만 "그림자"도 못 집어 올리고, "몇 가닥 집어내"봐야 "서 푼어치 값도 안"되는 것을 잘 알고 있다. 시인이 마지막까지 갖고자 하는 것은 "투명한 에메랄드빛 시어 하나"일 것이다. 이처럼 이 시인의 작품들은 이미지와 내용이 겹무늬를 만들며 다층적으로 전개되고 있는 특징을 보여준다.

이행숙 시인의 시 쓰기 방식에서 또 한 가지 주목되는 것은 서사성이다. 시조는 대부분 아주 절제된 형태를 취하기 때문에 관념적이기 쉬운데 시인의 작품은 서사를 통해 구체성을 확보하고 시에 활력을 불러일으킨다.

떠날 맘은 없었는가 플랫폼에 앉은 사내
그녀와 그녀 아닌 자들의 끝없는 오버랩
시간은 그의 곁에서 흐르기를 거부했다.

때 이른 장맛비가 흙냄새를 일으키고
늘어진 가지마다 글썽이는 초록 잎
침묵은 기다려야 할 그 남자의 침묵

저러다 녹아내리겠다 발끝부터 다리까지
또 그 위 갈색 가방도 자갈 새로 스미겠다.
형형한 눈빛 하나만 그 자리에 멈췄다.

— 「플랫폼에서」 전문

때이른 장맛비가 내리는 플랫폼에서의 상황을 그려낸 작품이다. 한 사내가 등장하는데 그 사내는 말이 없이 앉아 있다. 다들 부산스럽게 뭔가를 준비하고, 챙기고 떠나기에 황급한 장소에서 멍하니 앉아 있다. 아니 멍하지는 않다. "형형한 눈빛"만이 거기 오롯이 살아있기 때문이다. 이 사내가 어디로부터 왔는지, 무얼 하는지, 왜 기다리는지 그 구체적인 것은 알 수 없다. 혹자는 불만일 수 있다. 뭔가가 더 필요치 않느냐고. 그렇지만 소설과는 달리 시이기에 더 이상의 상황이 설정될 필요는 없다. 단지 그 사내는 흙냄새 일어나는 장맛비에도 아랑곳 않고 기다리고 있다. "저러다 녹아내리겠다 발끝부터 다리까지/ 또 그 위 갈색 가방도 자갈 새로 스미겠다."라는 염려가 은근히 들기도 하는 것이다. 시인은 이 풍경을 그려내면서 지극히 밋밋하고 단순한 광경을 정적이고 물기 젖은 광경으로 그려내기 위해 힘을 쏟고 있다. "끝없는 오버랩", "글썽이는 초록 잎"이라든지 "녹아내리겠다", "스미겠다" 등의 표현에서 붓질을 더 세미하게 하는 시인의 손길을 느낄 수 있다. 사실 얼마나 단조로운가. 아무 사건의 전개 없이 한 사람이 그냥 앉아있는 플랫폼… 그러나 읽고 난 독자들은 그 사내의 녹아내릴 듯한 기다림의 자세와 "형형한 눈빛"에 매료된다. 여운이 적지 않게 남아돈다. 이를 의도하는 시인의 의도가 아름답게 느껴진다.

이러한 서사성은 다음의 작품들에서도 여실하게 잘 드러나고 있다.

남들이 걸어갈 때 아이는 기었다.
세월을 앞질러서 모두가 달려갈 때
아이가 어루만진 시간은 꽃이 되어 남았다.
— 「어떤 인생」 둘째 수

골 깊은 주름 타고 흘러 내린 눈물에
그제야 가슴을 치며 속삭이듯 쉰 목소리
"여그다 아들을 묻고 더 살아서 뭣허겄어."
— 「낙동강 18공구」 둘째 수 전문

그 사람 지난 얘기에
다시 한번 놀랐어.
그 영혼 만들어낸 눈보라 속 거친 삶이

역설의 설중매雪中梅되어

암향暗香조차 풍기더라.

— 「설중매雪中梅, 그 사람」 셋째 수

　뒤처지고 외진 삶을 살아가는 한 인물에 대한 담담한 기록을 보여주는 「어떤 인생」, 자신을 먹여 살리려고 공사현장에서 죽은 아들을 그리며 쪽방촌 팔순 노모의 한탄을 그리고 있는 「낙동강 18공구」, 못생긴 겉모습과는 다르게 깊은 속내를 보이는 한 사람을 설중매를 통해 그리고 있는 「설중매雪中梅, 그 사람」의 작품들도 모두 이러한 서사성을 담고 있어 단단한 시상의 흐름을 보여주고 있다고 하겠다.

2. 파랑, 에코이즘의 세계 그 생존을 위한 몸부림

색을 깨우는 염료공의 발길질에

파랑이 일어난다.

초록 옷을 벗는다.

가난을 걱정하지 않는

하늘만큼 파란 마음

비우고 또 비우면

나도 저리 물이 들까

하늘에서 땅으로

땅에서 또 그 아래로

구원은 파랑에서 온다.

바다보다 낮은 마음.

— 「파랑」 전문

시인은 구원이 파랑에서 온다고 한다. "파랑"은 오염되지 않는 세계이다. 현대의 욕망과 속도의 세계는 인간 주변을 계속적으로 오염시키고 있다. 채워지지 않는 부분을 비생명적인 것으로 채우고 탐욕의 더러운 오수를 들이붓고 있다. 속도 또한 마찬가지다. 직선을 강요하기 때문에 틈새가 숨 쉬는 곡선을 모두 지운다. 그래서 시인은 "비우고 또 비우면/ 나도 저리 물이 들까"라고 묻고 있는 것이다. 비우는 것이 욕망을 억제하는 것이고 파랑을 추구하는 가장 실제적인 행동임을 알고 있는 것이다.

1.
놀이공원 무희처럼 넓은 날개 치켜 올린
파초 허리 꼿꼿하다 서울의 한 화단에서
목마른 달팽이 하나 더듬이가 늘어졌다.

2.
시베리아허스키는 어물어물 해고됐다
썰매를 쓸 수 없는 백야의 그린란드
질퍽한 물웅덩이만 자꾸자꾸 커진다.

3.
산을 깎고 강을 파는 바벨탑 공사 현장
어제와 달라져야 내일이 행복하다는
뻐꾸기 거짓말에 속아 울음을 뚝 그쳤다.

― 「온실 효과」 전문

온실효과greenhouse effect는 대기를 가지고 있는 행성 표면에서 나오는 복사 에너지가 대기를 빠져나가기 전에 흡수되어, 그 에너지가 대기에 남아 기온이 상승하는 현상이다. 지구 온난화가 바로 이 온실효과로 인한 것이라 보면 된다.

둘째 수에서 보게 되듯 온실 효과로 인해 지구의 기온이 상승하면 남극이나 북극 등에 있는 얼음과 만년설이 녹는다는 것인데 문제는 이로 인한 해수면이 상승이다. 해수면이 상승하면 침수지역이 늘어날 수밖에 없는데 21세기 말이 되면 경작지 면적의 1/3을 차지하여 약 10억 인구의 생활터전이 없어지게 되는 끔찍한 결과로 이어진다는 것이다.

온실효과로 인해 기후가 급변하게 될 것이고 수많은 생물이 기후에 잘 적응하지 못하여 생태계의 평형이 깨지면서 큰 혼란을 초래할 것이다. 시인은 이를 "목마른 달팽이 하나"를 통해 그려내면서 이를 정당화시키는 환경파괴론 자를 셋째 수에서 강도 높게 비판하고 있다.

멸시도 비웃음도 견딜 수 있었어요.
어설픈 상념으로 별빛을 우러르다
그 빛깔 꼭 빼닮은 꿈을 가슴 깊이 품었기에

귀 기울여 담아 뒀던 바람의 결을 타고
온몸으로 스며들던 빗방울 시어들이
문열이 천덕꾸러기도 사랑할 수 있다기에

—「호박꽃」 전문

목구멍이 포도청이라 립스틱은 빨간색
몇 마디 말만 하면 노란 속내 다 보이는
그녀는 양공주였다. 피란살이 서럽던

된바람에 얼어버려 눈물도 못 떨구고
눈서리 덮어쓰고 홀로 견딘 그 세월에
멍이 든 가슴조차도 반질반질 윤나던

어제는 가지 않고 끝없이 오고 있다.
역풍의 소용돌이 온몸을 흔들어도
입술은 여전히 붉다. 땅바닥에 누웠어도

―「동백꽃」 전문

아스팔트 바닥과 콘크리트 담벼락
가는 몸 뿌릴 내릴 흙 한 줌 없는 거기
벌어진 틈새의 고통
자줏빛으로 피었다.

두드려볼 문도 없는 차가운 바람벽에
손가락 부르트게 헛손질하다가도
무릎은 꺾지 않았다.
벽 너머를 꿈꾸며

―「과꽃」 전문

「호박꽃」「동백꽃」「과꽃」의 작품들은 시인이 자연에 얼마나 큰 애정을 잘 가지고 있는지를 보여주고 있다. 그러나 시인은 이 세 가지 꽃을 그저 아름다운 실체로만 그려내지 않는다. "꿈을 가슴 깊이 품"어 "문열이 천덕꾸러기" 사랑을 실천하는 「호박꽃」, "역풍의 소용돌이 온몸을 흔들어도" "땅바닥에 누웠어도" "입술은 여전히 붉"은 「동백꽃」, "무릎은 꺾지 않"고 "벽 너머를 꿈꾸"는 「과꽃」이다. 이들은 모두 악조건을 견디고 찬란하게 피어나고 있다. "멸시도 비웃음도 견"디어 내면서 "피란살이 서럽던// 된바람에 얼어버려 눈물도 못 떨구고/ 눈서리 덮어"쓰거나 "아스팔트 바닥과 콘크리트 담벼락/ 가는 몸 뿌릴 내릴 흙 한 줌 없는" "벌어진 틈새의 고통"에서 모진 악조건을 극복하며 찬란하게 피어나고 있는 것이다.

자연을 무조건적으로 신비화시키는 것은 현실을 보지 않고 관념 속을 유영하는 일과 같다. 이렇게 자연을 신비화시키면서 시를 쓰는 시인은 그것이 관념인지도 모르고 자신은 혼자 황홀경에 빠질 수도 있을 것이다. 왜냐하면 본래 관념은 속성상 현실보다 아름답고 매력적이며 황홀하기 때문이다.

— 정효구,「최근 생태시에 나타난 문제점」, 327~328쪽
(신덕룡 엮음,『초록 생명의 길』, 시와 사람사, 1997년)

말하자면 자연도 생존을 위해 척박함을 견디는 것이 인간과 다르지 않다는 것이다. 인간과 자연이 모두 다 생존을 위해 치열하게 싸우는 것이 전제된다면 공존하며 살아가는 것 또한 동등한 입장에서 모색될 수 있다. 시인은 험준한 과정에서도 굴하지 않는 자연의 생명성을 통해 별빛의 영롱함과, 반질반질한 윤기와 정직한 꿈을 그려내고 있는 것이다. 약자도 서민도 그러한 꿈을 품을 수 있는 것이 아닌가. 에코이즘의 미학은 1990년대 중반 이후 문민정부의 출현과 더불어 민중시가 약화된 자리를 대체하며 상당히 큰 진폭으로 우리 시단의 중요한 이슈가 되어왔다. 여기에서 더 나아가 에코페미니즘까지 나아간다면 21세기 새로운 시학의 한 접점을 열어 보일 수도 있을 것이다.

3. 손때 묻은 질그릇의 아날로그, 무명을 위하여

시인의 기본적인 시선은 낮은 곳에 있다. 겸손의 미덕을 잘 알고 있으며 낮은 곳에 처한 이웃들을 가까이에서 바라본다.

고운 얼굴 단장하고 손님상에 나서는
미끈한 본차이나 부럽지는 않았어요.
날마다 당신 손때로 옷 입으며 사는 걸요.

무심한 그 손길에 시나브로 금이 가도

홀리시는 눈물마저 내 몸 안에 스미기를
질박한 꿈 하나 담고 부대끼며 살아요.

치유 못한 상처로 내 삶이 깨지거든
가꾸시는 화단가에 맘 한 자락 놓아줘요.
흙 한 줌 눈비에 말아 민들레꽃 피울게요.

— 「질그릇의 노래」 전문

시집의 표제작이기도 한 「질그릇의 노래」는 이러한 세계관을 잘 보여주는 작품이다. 첫 수에서는 "고운 얼굴"의 "미끈한 본차이나"와는 다른 평범한 삶을 얘기한다. 말하자면 "날마다 당신 손때로 옷 입으며 사는" 삶이다. 전자의 삶이 화려하지만 겉치레뿐인 삶이라면 후자는 수수하지만 내실을 기하는 아름다운 삶이라 할 수 있다. 그 수수한 삶의 실제적인 면이 둘째 수에는 차분하게 그려진다. 그릇에 흠이 나고 금이 가고 그래서 낡고 옹색한 그릇이지만 "흘리시는 눈물마저 내 몸 안에 스미기를"바란다. 낮고 곤궁한 곳에 놓였어도 착하고 어진 마음을 지니고 있는 것이다. 마지막 수에서는 질그릇이 결국 깨졌을 때의 바람을 담고 있다. "가꾸시는 화단가"에 놓아달라는 것이다. 그것도 갸륵하지만 "흙 한 줌 눈비에 말아 민들레꽃 피울"것이라는 다짐에는 눈물겨운 사랑이 넘치고 있음을 본다. 이 질그릇의 진정한 생명성은 그것이 살아 있을 때나 죽어 깨어질 때라도 이타를 위한 희생의 삶이 바탕이 되고 있다는 것을 잔잔하게 깨우쳐준다.

살아가는 날들 가운데 쓰리고 아픈 순간이 사람에게는 없으랴. 그릇보다 더한 것이 살아가는 인생사이다. 그렇다면 이 「질그릇의 노래」는 서민들의 노래이고 시인의 노래이기도 하며, 우리 모두의 노래인 셈이다.

누가 그 이름을 망국초라 불렀는가
숱한 눈흘김을 하얗게 견뎌내고
변두리 서너 평 공터에 저희끼리 절정이다.

해를 묵힌 가슴앓이 곪아서 짓물러도
건들바람 불 때마다 꽃으로 봐 달라며
저항도 시위도 없이 노란 웃음 날린다.

—「개망초」 전문

「개망초」 역시 한민한 것들에 대한 애정을 잘 보여주고 있는 작품이다. 홀
대와 업신여김을 받으면서도 이를 극복해나가는 서민들의 애환을 "숱한 눈흘김
을 하얗게 견뎌내고"에서 보듯 "개망초"의 특성을 잘 잡아내어 형상화하고 있다.
"숱한 눈흘김"은 마치 자잘하게 흩어져있는 "개망초"의 모습과 흡사하기도 하지
만 저들끼리 부대끼며 그것을 꽃으로 받아넘기는 유연하고도 질긴 모습을 통해
서민들의 모습을 압축적으로 보여주고 있는 셈이다.

디카를 마다하고 필름 현상을 맡겼지.
초점은 맞았을까 눈을 감진 않았을까
가슴은 새가 되었다. 1박2일 그 사이.

보조개 예쁘게 팬 몇 장을 골라 놓고
손편지 또박또박 수 놓듯 써 내려가
이틀 후 당신 손에서 피어나라 함박꽃.

어쩌면 그 사람의 마을을 얻을지 몰라
물 고운 단풍잎을 웃음 묻혀 함께 넣고
겉봉에 250원짜리 그리움 한 장 붙인다.

—「아날로그 연애」 전문

이러나저러나 시인은 그래서 디지털과는 거리가 멀다. 편리하고 재빠른 속
도를 중시하지 않는다. 기다리는 초조와 애끈함을 누릴 줄 안다. 사실 우리는 얼

마나 감각적이고 즉흥적인 시대에 살아가고 있는가. 방금 얘기 나눈 것들이 동영상으로 탑재되고 사방에 퍼져나가는 디지털의 천국에 살고 있다. 그러나 시인은 이 디지털의 세계에는 "그 사람의 마을"은 없다고 얘기한다. "그 사람의 마을"은 하루 이틀을 묵힐 줄 아는 기다림과 "손편지 또박또박"한 아날로그 속에 있는 것이다. 아날로그적인 삶은 장미나 본차이나가 아닌 개망초나 질그릇의 삶이다.

벌거벗겨 씹히다가 팽 당한 몸뚱어리
껌보다 더 차지게 땅에 발을 붙이고
더럽고 구차한 시간 견뎌내고 있었다.

햇볕 한 줌 들지 않는 지하 계단 구석에
5월이 온다 한들 발 뻗고 잘 수 있나.
자존은 꿈도 꾸지 못할 가진 자의 장신구.

한때는 속옷까지 화려하게 갖춰 입고
인공의 달달한 향 너를 유혹했었지.
세 치 혀 그 위에서 춤추던 곱사등이 기억 속

― 「노숙자」 전문

현대인의 우울한 표징인 "노숙자"의 실상을 담담하게 그려내고 있다. 서민들은 먹고살기 위해 최선을 다한다. 그러나 궁핍은 대물림되어 "벌거벗겨 씹히다가 팽 당"하기 일쑤다. 그렇지만 "껌보다 더 차지게 땅에 발을 붙이고 더럽고 구차한 시간 견뎌내"야 한다. 노숙자만 그러한가. 세월호 특별법을 호소하며 단식농성을 하는 사람들도 그렇고 어디가 좀 더 싼가 양파를 그냥 준다니 끝도 없이 늘어선 줄 속의 시민들도 그렇고, 양파를 내버리고 있는 농민들도 다 그렇다. 권력과 물질에 치여 희생양이 되고 있는 서민들, 그 서민들의 애환을 이시인은 사랑한다. 변함없는 애정을 보이고 낮은 자세를 갖는다. 모두冒頭에 확장 은유의 하나의 전범이 될 만한 작품을 보여주면서도 늘 자신의 낮은 자리에 두어 "땡볕"과 "무서리"를 견뎌내고자 하는 의지를 보여주고 있는 점도 시인의 이런 면모를 잘 보여주는 실례이다.

우리는 지금까지 이행숙 시인의 작품을 살펴보았다. 이 시인의 작품은 확장 은유와 서사적인 골격을 가지고 있어 고밀도의 시상 전개와 탄탄하고 구체적인 구성을 보여준다. 농촌의 환경문제에 남다른 관심을 보여주며 자연도 그 생존을 위한 몸부림이 누구보다 강렬함을 보여주고 있다. 파랑이 가지는 에코이즘의 세계가 21세기 구원을 열어줄 구체적 대안임을 수긍하며 이들에게 근접하고자 노력한다. 또한 장미나 본차이나가 아닌 개망초나 질그릇의 삶, 곧 디지털이 아니라 아날로그의 삶을 살아가고자 한다.

무엇보다 시인의 가장 큰 시적 특장은 자연의 가락으로 빚어낸 언어의 집을 단단하고 견실하다는 점이다. 앞서 얘기한 세 가지의 장점들로 가득 차 있기 때문이다. 앞으로도 이 정신을 계속 이어가 새로움을 추구해나가는 시인이 되길 바라는 마음 간절하다. ▨

역동과 탄력, 존재론적 생의 성찰

— 변우연론

변우연 시인의 작품에는 역동과 탄력이 넘치고 있다. 역동은 대개 우직하게 밀고 나아가는 힘에서 연유하고 있다. 무계획적으로 여기저기 기웃거리는 난만함이 아니라 세상의 흐름에 민감하게 응전하지 않고 지긋하게 끌고 가는 믿음에서 비롯되고 있다. 탄력은 대개 사물의 인식을 새롭게 열어가는 데서 비롯한다. 나타내고자 하는 대상에 대한 자신감에서 탄력은 생겨난다. 그러고 보니 시인은 미술가로도 활동하고 있다. 미술에서 얻어진 심미안이 시조로 새롭게 열리고 있는 셈이다. 문방사보文房四譜가 활력을 얻는다. 붓글씨가 검은 씨앗이 되더니 이내 꽃을 피우고 나무가 되고 숲이 된다. 그만이 갖고 있는 독심술이 독특한 시적 상상력을 불러온다.

1. 우직함과 역동성

세상 물정
모른 뚝심
IMF 앞에 무릎 꿇고

길게 흰 객기의 힘 잊은 듯 애면글면

꽃 진 뒤,

운감* 다 바쳐

시집詩集 한 권

펼

    처

      들

        고.

— 「시집 한 권」 전문

「시집 한 권」에는 시인이 어떻게 시 창작을 하면서, 시인으로서의 삶을 살아갈 것인지에 대한 심경이 잘 나타나 있다. 여럿이 모여 있을 때 우러나오는 따뜻한 기운으로 세상의 모든 물정을 상관하지 않고 "뚝심"있게 밀고 나아가겠다는 의지를 표명하고 있다. 그래서 서두에 나온 이 한 편의 시는 시집 전체의 향방을 가늠해준다. 그냥의 뚝심이 아니다. "IMF 앞에 무릎 꿇"은 겸손함이 있다. "길게 휜 객기의 힘"을 "애면글면" 지키고자 한다. 끈기와 집요함이 있는 것이다. "꽃 진 뒤"라도 "운감 다 바쳐" 최선을 다한다. 화려한 것, 좋은 것만이 능사가 아님을 안다. 아픈 것, 버려진 것을 눈여겨보겠다는 각오다. 그러니 이 시는 시인이 스스로에게 보내는 창작 지침서다. 시인은 이를 새김하며 이 시집의 작품 전편을 창작했으리라.

마당 어귀

터줏대감

행세하던 그 시절

토막 난 절굿공이 조는 듯 허기졌다

한 축 간

묵은 뼈 하 나

쉰 소리 한껏 찧는다.

—「베란다 절구통」둘째 수

　　베란다에 있는 "모 닳은 절구통", 이제는 한물간 절구통을 이렇게 포착하고
있다. "토막 난 절굿공"을 "조는 듯 허기졌다"고 보는 것은 예사의 표현이 아니
다. 허기진 것으로 보아 이 절굿공은 깡말랐다. 그래서 마치 "묵은 뼈 하나"같이
강파르게 마른 것으로 표현하였다. 졸고 있으니 어떤 기력도 없어 보인다. 그런
데 그린 질굿공이 "쉰 소리"를 "한껏 찧는"것이다. 질 나가던 젊은 시절 바로 "디
줏대감 행세하던 그 시절"에 부리던 오기로 마지막 힘을 거기에 쏟아 붓고 있는
것이다. 찧는 정수리에 와 닿는 아픔이 느껴진다. 바로 이런 우직함이 그의 시에
는 있다. 마치 이는 「폭포」에서 "백두산/ 오르는 길/ 두 가닥/ 하얀 물기둥// 아
글쎄/ 그 적막 속/ 우르르 꽝/ 하늘 문 열리"더니,

절벽 끝,

두 마리 백룡白龍

승천하려

꿈

　　틀

　　　댄

　　　　다.

　　에서 보듯 꿈틀대는 역동성이 느껴진다. 말하자면 변시인의 작품에는 이러
한 생생한 기운이 살아 넘친다. 청년의 기백과 호연지기가 넘치고 있는 것이다.

2. 탄탄하고 선명한 묘사력

동시에 변우연 시인은 우선 탄탄하고 선명한 묘사력을 가지고 있다. 미술에서 일찍이 터득한 사물에 대한 묘사의 안목이 사물에 대한 또렷한 이미지를 간명하게 잡아내는 데 기여하고 있는 것으로 판단된다.

촘촘한
검은 묵언
씨앗으로 박히고

불꽃 튄 망치 끝에 각인된 한 필획

죽지 휜
참죽 등걸에
요철凹凸 꽃피운다

귀도 없는
나무가
선인의 말씀 알아듣고

오가는 사람들의 눈길을 멈추게 한다

저 옥루玉樓,
말씀 한 점을
이마에 걸고 꽃피웠다.

—「서각書刻」 전문

「서각書刻」은 제목에서 나타난 것처럼 글씨를 각刻한 요철凹凸이 촉각으로

와 닿을 듯 묘사하고 있다. "촘촘", "묵언", "씨앗", "불꽃", "망치", "각인", "필획", "요철凹凸 꽃" 등의 단어들이 강하게 살아있다. 이 단어들은 단단하게 뭉쳐서 마치 빈틈이 없는 결의들로 차있는 느낌을 준다. 집약화된 명사를 효율적으로 배치하고 있기 때문이다.

네 가닥으로 맺어진 인연 한 뿌리

1. 남편我
연당硯堂에 물 몇 방울 송연묵 부드럽다. 사향과 송진 태운 그을음 속에 있다. 고였던 무거운 마음 까맣게 우러나온다.

2. 아내
구름무늬 둥실 떠있는 백운상석白雲上石 남포연, 연지硯池의 검푸른 먹물 마름 없이 고여 있다. 제 속살 내준 앙가슴에 명필 가슴도 푹 파였다.

3. 아들
다듬어진 탄력에서 직선곡선 점, 점, 점 연지에 몸을 담가 검은 씨앗 알알이 심는다. 황모필 휘두른 필획 문자 향 절로 절로.

4. 딸
닥나무 껍질에서 태어난 흰 종이. 불경지佛經紙는 석가탑의 다라니경에 천년 세월 간직하고, 후려친 소심 난 한 촉 화선지에 꽃피운다.

가족은 한 울타리의 문방사보로 묶였다.

─「뿌리」 전문

이 작품은 「뿌리」라는 제목 하에 시인과 시인의 아내, 아들, 딸의 가족을 문방사보文房四譜에 연결하여 그 이미지를 가지고 형상화 시킨 작품이다. 가족들에 비유하되 시인 자신은 먹에 비유를 하고, 아내는 벼루, 아들은 붓, 딸은 종이에 비유를 한 것이다. 가족들이 각자 가지고 있는 개성이 각 사물이 지니고 있는 특성과 어우러지면서 상당히 이채로운 느낌을 준다. 시조 한수를 장 구분 없이 한 줄로 배행한 것도 제목「뿌리」에서 느끼는 연대감과 함께 일목요연한 느낌을 갖게 한다. 이 작품이 의미를 갖는 것은 전문가적인 용어들 예를 들어 "연당硯堂", "송연묵", "백운상석白雲上石 남포연", "연지硯池", "황모필" 등의 단어들이 지닌 의미에 맞게 각 대상 안에 용해되어 쓰이고 있다는 점이다. 그림과 글씨를 그리고 쓰는 시인의 전문적인 체험을 형상화하고 있기 때문이다. 이를테면 "남편我"의 작품에서 중장 "사향과 송진 태운 그을음 속에 있다"는 표현은 남편이라는 존재가 갖는 위상이 "사향"과 "그을음"이라는 이상과 현실 가운데 흔들리는 존재를 암시하고 있는 것으로 해석할 수 있지만 실제적 의미는 송연묵松煙墨이 만들어지는 과정 곧, 소나무송진을 태워 생긴 그을음을 아교로 굳혀 만드는 것을 의미한다고 볼 수 있다. 아내와 아들, 딸을 형상화 하고 있는 부분에서도 유감없이 체험적 요소들이 시적 대상과 잘 어우러져 시적 효과를 높이고 있다.

> 길게 휜 실바람 이파리에 손 내민 순간
>
> 고독한 이슬의 집 한 마디 남기지 않고
>
> 천애天涯의
>
> 절벽 아래로
>
> 동백인 듯, 뚝 떨어진다.
>
> —「이슬 방울」셋째 수

"이슬방울"을 시인은 첫째 수 초장에서 "바람조차 들 수 없는 둥그런 방 한 칸"으로 묘사하고 있다. 아주 연약하기는 하지만 누구에게도 간섭당하지 않는 또록한 실체의 절대 고독의 공간을 이렇게 얘기한 것이리라. 셋째 수에서는 아무 미련도 없이 뚝 떨어져 사라지는, 마치 주변의 불의와 사악한 것들과는 전혀 어울릴 수 없는 결곡한 성품을 "동백"에 비유하여 형상화하고 있다. 다른 작품들에서도 이미지가 잘 형상화된 작품을 찾아보는 것이 그리 어렵지 않다.

> 산과 들/ 말문 확 트여/ 마을로/ 내려온다. (「봄의 소리」 종장)
> 저 봄밤./ 흰 발꿈치가/ 꿈인 듯 멀어져 간다. (「하얀 밤」 둘째 수 종장)
> 차도르 쓴 저 여인 옛 그늘 품에 안고/
> 꽃 진 뒤/ 잘 익은 속살/ 점 찍 듯 톡톡 쏜다 (「석류石榴」 첫째 수 중,종장)

3. 선경후정先景後情의 원리, 생의 깊이를 보이다

> 흰 구름무늬/
> 둥실 떠 있는/
> 백운상석白雲上石 남포연硯//
> 몇 방울의 맑은 물 연당硯堂에 자리 잡는다//
> 연지硯池의/
> 검푸른 먹물/
> 깃 젖은 삶의 무게.
>
> —「벼루」 전문

> 대나무에/
> 매달린/
> 가늘고 탄력 있는 긴 털//
> 연지 에 몸을 담궈 검은 씨앗 촘촘히 심는다//
> 황모필/
> 한 필획으로/
> 시詩서書화畵 우뚝 선다.
>
> —「붓」 전문

「벼루」나 「붓」은 시인 자신이 늘 함께 같이 한 사물들이다. 그런데 시인은 이들을 소재로 하면서 앞서 살핀 바와 같이 새로운 각도에서 이를 조명하고 형상화하였다. 시를 창작하는 것이 비유를 통해 보다 선명하게 그리는 작업이라는 것을 상당히 밀도 있게 실천한 셈이다. 그런데 이들 작품을 보면 흥미로운 사실을 목도할 수 있다. 「벼루」나 「붓」 등 사물을 묘사할 때 우선 사물의 윤곽을 먼저 잡아내고, 이 사물들의 중요한 특징을 간명하게 기술한 다음 우리의 삶과의 연관성을 내면화하고 있다.

장구분	작품 「벼루」	작품 「붓」	작가의 의도
초장	흰 구름무늬/ 둥실 떠 있는/ 백운성석 남포연//	대나무에/ 매달린/ 가늘고 탄력 있는 긴 털//	벼루와 붓의 외연 묘사
중장	몇 방울의 맑은 물 연당에 자리 잡는다//	연지에 몸을 담궈 검은 씨앗 촘촘히 심는다//	벼루와 붓의 주요 역할
종장	연지의/ 검푸른 먹물/ 깃 젖은 삶의 무게.	황모필/ 한 필획으로/ 시서화 우뚝 선다.	삶과의 연관성 내면화

남포연은 충남 보령 성주산의 단단하고 흰 구름무늬가 있는 최상급 벼루를 말한다. 황모필은 너구리 목털로 만든 최상품으로 쥐수염붓과 함께 최상품이다.

햇볕을 그러모아 진흙 속 뿌리 내렸다

잔잔한 물결위에 고요히 피어난 꽃

은은히 맑고 깊은 향, 옷깃에 스며밴다

중생들 환한 염원에 활짝 퍼진 염화미소

하얀 목 내밀어 햇살을 곱두르고

그림자 드리운 구름 초록빛으로 서늘하다

연밥의 칸칸방에 촘촘히 밝힌 말씀

정좌한 씨앗들은 석존의 경전이다

잠자리 살포시 앉아 그 불경을 읽고있다

꽃씨는 태어난 곳 사방에 흩어지고

진흙밭의 연못을 뒤 덮는 푸른 불씨

은비늘 달궈낸 꽃불, 연꽃은 소우주다

―「연밥 경전」 전문

「연밥 경전」 작품은 선경후정先景後情의 원리가 잘 드러나고 생의 깊이를 보이는 작품이다. 이채로운 것은 선경후정先景後情의 원리가 각 수에서도 나타나고 있지만 전체적으로도 내포되어 나타나고 있어 구조적으로 균형과 절제가 잘 안배된 작품이다. 1수에서 선경先景은 진흙 속 뿌리내리고 잔잔한 물결 위의 피어난 연꽃의 묘사라고 할 수 있고, 후정後情은 은은한 향이 옷깃에 스며듦으로써 시적 자아에게로 동화되는 교감으로 그려지고 있다. 2수에서 선경先景은 중생들의 기원에 피어나는 하얀 연꽃의 모습에서, 후정後情은 연꽃이 주는 평안함, 곧 초록빛 서늘함의 존재로 모아진다. 3수에서 선경先景은 연밥을 "칸칸방에 촘촘히 밝힌 말씀"으로 비유하고 "씨앗들"을 "석존의 경전"으로 비유하고 있다. 후정後情은 잠자리 같은 미물도 체감하는 무아경(살포시 앉아 그 불경을 읽고 있다)

에서 나타난다.

4수에서 선경先景은 "진흙밭의 연못을 뒤덮는 푸른 불씨"의 씨앗들에 있고, 후정後情은 연꽃을 소우주로 해석하는 곳에 있다.

그런데 이를 첫 수에서 넷째 수까지 전체적으로 보았을 때 선경先景은 연꽃의 일생(연꽃의 피어남과 만개의 모습과 이후의 연밥과 꽃씨)에 있다는 것이고, 후정後情은 연꽃은 소우주라는 진술에 있다는 것을 알 수 있다.

변우연 시인의 작품은 이처럼 선경후정先景後情의 원리를 잘 활용하여 존재론적 성찰과 생의 깊이를 보이고 있다.

	선경先景	후정後情	선경후정先景後情
1수	진흙 속 뿌리 내린, 잔잔한 물결 위의 연꽃	은은한 향 옷깃에 스밈	선경 : 연꽃의 일생(연꽃의 피어남과 만개의 모습과 이후의 연밥과 꽃씨) 후정 : 연꽃은 소우주
2수	하얀 연꽃의 모습	연꽃의 평안함 — 초록빛 서늘함의 존재	
3수	연밥 — 석존의 경전	미물도 체감하는 무아경	
4수	꽃씨의 흩어짐	소우주의 연꽃	

4. 단정하게 맺고 푸는 사설의 가락

변우연 시인은 첫 시집을 내면서도 적지 않는 사설 작품을 창작하고 있다. 사설의 가락적 운용은 평시조가 능란해야 가능한 법인데 빠른 시가 안에 이에 대한 주법을 관통하고 있는 것이다.

뚜껑 열린

장독대

감꽃 떠있다

뒷마당 옹이진 땡감나무. 여물통 뒤척이던 코뚜레 낀 송아지 씰룩거린다. 바람도 자고 가는 빈 들 끝. 핸드폰 신호음 기척을 알린다. 멀리서 외손자 말 재롱 옹알종알 다가온다. 할배의 깊은 주름 골이 엷어지고, 할미의 함박웃음 부엌 쪽문 들썩인다. 무너진 돌담 가장자리 하얀 감꽃 수북하다.

꽃 울음
지는 소리에
저녁이 문턱 넘는다.

—「감꽃」 전문

중장이 길어진 사설시조다. "감꽃"을 통해 농촌의 넉넉하고 한가로운 저녁 풍경을 잘 잡아내고 있다. 각기 다른 "감꽃"의 모습이 각 장에 여운 있게 그려지고 있는데 이 점에 주목해보면 시인이 과연 어떤 점을 부각시키기 위해 애를 쓰고 있는지를 읽을 수 있다. 초장의 감꽃은 장독에 떠있는 감꽃이다. 동동 떠 있는 감꽃. 중장의 감꽃은 수북하게 떨어진 감꽃이다. "무너진 돌담 가장자리" "하얀 감꽃"이다. 이 감꽃들에는 "할배의 깊은 주름 골이 엷어지고, 할미의 함박웃음 부엌 쪽문 들썩"이는 모습이 들어 있다. 그 움직임이 아마도 감꽃을 떨어뜨린 것 같다. 그러니 수북한 "하얀 감꽃"은 환하다. 이 "꽃 울음이 지는 소리"에 저녁이 조용히 오고 있는 것이다. 안온하고 고즈넉한 저녁이다. 평안하고 아름다운 저녁이다. 이런 행간의 의미들이 담겨있다. 단정하게 맺고 푸는 사설가락이 오는 저녁의 운치를 더해주고 있다.

결 고운
저 적백선赤白線
허공에 핀 꽃이여

화폭에 산 솟고 물 흐르고 검은 씨앗까지, 제자리에 들어선 모 닳은 낙관의 침묵, 비로소 산이 되고 내川가 되고 꽃이 핀다.

요철凹凸로
촘촘히 박힌
낙성관지, 돌 속의 꽃

—「낙관落款」 전문

　「낙관落款」 또한 사설시조다. 중장이 길어졌는데 길어진 부분이 "①화폭에 산 솟고 물 흐르고 검은 씨앗까지, ②제자리에 들어선 모 닳은 낙관의 침묵, ③ 비로소 산이 되고 ④내川가 되고 꽃이 핀다."는 네 마디로 자연스레 나누어진다. 초, 중, 종장이 각각 끝 부분에서 "꽃이여 — 꽃이 핀다 — 돌 속의 꽃"으로 이어지는데 물론 꽃은 낙관을 의미하지만 이 꽃들에 각기 다른 의미를 주고 있는 것이 주목된다. 초장의 꽃은 낙관의 첫 이미지를 잡아냈는데 "허공에 핀 꽃"이라는 요체를 콕 집어내고 있다. 중장은 "꽃이 핀다"의 마지막 배치에서 알 수 있듯 꽃이 피게 되기까지의 과정을 그리고 있다. 다시 말하면 그림을 그리고 낙관을 찍기까지의 과정을 간명하게 그려내고 있는 것이다. 꽃 중의 꽃은 역시 종장의 "돌속의 꽃"이다. "요철凹凸로 촘촘히 박"혀 좀체 뽑아낼 수 없는 도저한 힘이 느껴진다. 종장의 묘미를 잘 살리고 있다.

　화선지 펼쳐놓고 검은 씨앗 심는다

　마포문화원 문인화반 79세 할머니 오메메 요것이 왜 이렇게 안 된다요, 보기는 참 쉬운디 내가 하면 잘 안 된당께, 선상님 이건 어짜요. 난을 칠 땐 긴 잎의 끝은 날렵한 쥐꼬리같이, 잎과 잎 교차할 땐 봉황의 눈으로, 솟는 잎 후려칠 땐 필히 삼전법으로, 꽃잎은 삼장이단으로 담묵처리 하고, 꽃술은 농묵으로, 미인의 눈처럼 뫼산山자를 초서로 마무리 하세요. 아, 이제 알았어라우, 그렇게 하면 정말 쉽게 되는디, 오메메 좋은 거 아이고, 고마워요. 나도 이제 농담묵이 째끔 나올라고 한당께요.

그해 봄 소심난 한 촉 결 곱게 환해진다.

―「사군자 시간」 전문

    사설시조가 갖는 사실성이 잘 구현되고 있다. 대화체를 잘 활용하여 실감을 높였는데 실은 사설의 오랜 전통이기도 하다. 사설시조는 전통적으로 '다성적多聲的 양상'을 잘 보여주는 장르이다. 바흐친이 말하는 '다성성多聲性'이란 하나의 언술에 둘 이상의 다양한 의식이나 목소리가 공존하는 것을 말한다. (김욱동, 『대화적 상상력-바흐친의 문학이론』, 문학과 지성사, 1988.) 선생님인 서정 자아와 79세 할머니의 대화를 통혜 독자들은 저간의 내용을 디잡아 이혜한다. 그리고 둘 사이의 대화에 어느덧 끼여 들어가는 듯한 친근감을 느낀다. 이러한 '다성성多聲性'의 원리가 사설시조를 창작하는 하나의 좋은 방법이 된다는 것을 이 작품은 잘 보여주고 있는 것이다. ▨

섬세한 서정과 따스한 사랑의 향기
― 손예화론

1. 짧은 스타카토의 서정

손예화 시인은 아주 섬세한 서정성을 가지고 있다. 특히 단시조를 중심으로 이미지를 잘 형상화시키면서도 간명하게 감각적인 인상을 잘 포착해내고 있다. 잘 알다시피 단시조는 고도의 집중력을 요구한다. 웬만한 창작 연륜을 가진 시인이라도 성공한 단시조를 보기 어렵다. 3장 6구 45자 내외의 짧은 형식 안에서 모든 성패가 좌우되기 때문이다. 그런데 여기 손예화 시인은 첫 시집임에도 불구하고 적지 않은 단시조 작품을 발표하고 있는데 이들 작품 모두가 깔끔하게 정리되어 태작이 없다. 이 점은 손 시인이 시조가 가져야 하는 율격과 내용의 정제미를 잘 살려낼 줄 아는 솜씨를 가지고 있으며 동시에 시조시인으로서의 단단한 자질을 확보하고 있다는 예증이 아닐 수 없다.

햇살 꽃 사운 댄다
꽃망울에
숨은 여울

여린 잎새
스민 울음도

망사처럼 아른거려

갈채 속
라흐마니노프 물빛 선율
저 팔분음표 스타카토

— 「봄비」 전문

봄비를 정감 있게 그려내고 있다. 초장은 가까이서 잡았다. 비가 내리는데
사운거리는 것으로 보아서 그리 거세지는 않다. 꽃망울에 스며드는 빗빙울을
"꽃망울에/ 숨은 여울"로 본 것이 재미있다. 내리자마자 재빠르게 스며드는 빗
방울이니 '여울'이다. 중장은 어린 잎새로 옮겨 왔다. 잎새에 어룽거리는 빗방울
을 "망사처럼 아른거"린다고 보았다. 그림이 그려진다. 종장은 허공에 내리는
빗방울로 시선을 옮긴다. 짧고 경쾌하게 내리는 모습을 "팔분음표 스타카토"라
고 비유했다. 빠른 템포를 음악적 비유법으로 그려낸 것이다. 그런데 이 작품을
구조적으로 보자면 보이는 대상을 단순히 묘사한 것이 아니라 상당히 과학적으
로 잘 직조하고 있음을 알 수 있다.

장 구분	배경	빗방울 비유	비 내리는 양태
초장	꽃망울	숨은 여울	사운거림
중장	어린 잎새	망사	아른 거림
종장	허공 속	라흐마니노프 물빛 선율	팔분음표 스타카토

배경은 '꽃망울→ 어린 잎새→ 허공 속'이니 근경에서 점점 원경으로 이동하
고 있다고 볼 수 있으며, 빗방울은 '숨은 여울→ 망사→ 라흐마니노프 물빛 선율'
로 변환되고 있으니 단순한 자연(물) 이미지에서 음악적 이미지로, 미시적· 가시
적 이미지에서 추상적 · 거시적 이미지로 차원을 높이고 있다. 비가 내리는 모양
은 '사운거림→ 아른 거림→ 팔분음표 스타카토"로 점점 빠르게 내리고 있는 모

습을 포착하고 있다. 요컨대 보이는 물상을 단순하게 옮긴 것이 아니라 주도면
밀한 구조를 통해 형상화하고 있음을 알 수 있다.

출렁이는 불꽃을
앙금으로 가라앉히니

곰삭은 저녁처럼
사그라진 노을 빛

어머니 속울음 경전
종소리가 맑게 뜨네

―「불씨」 전문

울타리 세상 밖
가까스로 넘보며

까치발 딛고선
땡볕 한 섬
받쳐 올리니

쏟을라
흔들린 소반

하늘 한 켠
환하다

―「키다리 접시꽃」 전문

두 작품 다 구상적인 소재를 대상으로 하고 있는데, 구상의 경우로 창작할 경우 창작자들은 하나의 난점을 해결해야 한다. 시는 대개 관념을 육화하는 이미지를 사용하여 묘사를 하게 되는데 문제는 묘사할 대상이 구체적이니 따로 애쓸 필요가 없게 된다. '관념의 육화'가 따로 필요치 않다는 얘기다. 그렇다면 어떻게 쓰는 것이 가장 바람직할까. 이에 대한 답을 우리는 위에 인용한 작품에서 찾을 수 있다. 「불씨」를 시적 대상 중심으로 보면 ①"출렁이는 불꽃"→ ②"사그라진 노을 빛"→ ③"어머니 속울음 경전"으로 이미지가 전개되고 있다. ①과 ②는 친숙한 비유인 치환에 해당된다. ③은 다소 낯선 비유인 병치에 해당된다고 볼 수 있는데 작품의 성패는 비로 여기서 결정된다고 할 수 있다. 어머니가 오랜 세월 동안 겉으로 드러내지 않고 울던 "속울음 경전"이라는 것이니, 이것은 보통의 비유가 아니다. '속울음'도 그렇지만 이를 다시 '경전'으로 다시 이중 비유한 부분이 돋보인다. 어머니의 속울음은 모든 잘못을 자신에게 두고 고난과 아픔을 다 덮어두는 것이니 아주 소중하고 고결해서 마치 '경전'과도 같은 존재가 아니지 않겠는가. '불씨'를 바로 '경전'으로 바꾸는 것보다는 중간의 단계를 거침으로써 시의 융숭한 맛과 깊이를 더해주고 있음을 알 수 있다. 「키다리 접시꽃」은 ①"땡볕 한 섬"→ ② "쏟을라/ 흔들린 소반"→ ③ "하늘 한 켠/ 환하다" 로 전개되고 있는데 특히 ②부분이 잘 구사되었다. 층을 이루며 피어있는 꽃의 모습에 주목하여 작은 밥상이 바람에 날리는 위태한 상황을 정감 있게 잘 포착하여 리얼리티를 보여주고 있는 수작이다. 다른 작품에도 섬세한 서정성이 돋보이는 가구佳句가 많다.

풀잎 위/ 떨리는 이슬// 내 맘인 듯/ 아슬하다(「까치소리」 종장)

실바람 꽃대에 올라/ 설레는 음표인가(「봄바람」 첫 수 종장)

얼음 꽃, 은비늘 물살(이대로 고쳐주기 바람)/ 차고 넘친 이랑이여(「나무서리」 종장)

「까치소리」에서는 빨랫줄에 앉아 "새벽을 붉게" 여는 까치소리와 "이마 환한/ 합격 소식"을 기다리는 조마조마한 마음을 섬세하게 묘사하고 있고 「봄바람」

에서는 "겨우내 웅크렸던/ 그림자 빠져"나가는 자리에 꽃의 웃음 방울이 돋아나도 그 꽃대에 살랑거리는 바람을 '음표'로 형상화하고 있다. 「나무서리」는 눈 내린 겨울 숲의 나무 모습을 시각적 이미지로 치환시켜 신선함을 더하고 있다.

2. 빈 들 느릿, 어머니,

시인이 애정을 쏟는 가장 큰 관심사는 어머니에 대한 것이다. 적지 않은 작품들이 어머니 생애와 아픔들에 대한 헌사적 성격을 지니고 있다. 모든 잘못을 자신에게 두고 고난과 아픔을 다 덮어두는 어머니의 속울음을 '경전'에 비유한 앞서의 「불씨」라는 작품에도 잘 나타나 있지만 시인에 있어서 '어머니'란 각별한 존재임에 틀림없다. '어머니'는 시인이 살아가는 삶의 구석구석에 시시때때로 찾아온다.

> 아파트 입구에 버려진 장롱 한 짝
> 조개들의 하얀 속살 그 물결 넘겨받아
> 은 빛살 칼바람 소리
> 어머니가 울고 있다.
>
> ——「자개장 기러기 울음 새기듯」 첫 수

> 황망한 들판 속
> 등 굽은 놀을 봐라
> 점점이 짙어가는 치매의 흔적들로
> 어머니 부르는 소리
> 빈 들
> 느릿
> 지나간다
>
> ——「노을」 둘째 수

아파트에 버려진 장롱 한 짝을 보면서도 시인은 어머니를 생각한다. 들판을 지나다가 노을을 보고서도 어머니를 생각한다. 장롱에 새겨진 문양을 활용하여 시적 정서를 효율적으로 나타내고 있는데 인용 작품의 중장 "조개들의 하얀 속살 그 물결 넘겨받아"가 그러하다. 중장의 삽입으로 다음에 전개되는 배경이 탄력을 받아 한층 살아나고 있다. 「노을」은 점점 정신이 혼미해져가는 어머니의 근황을 "등 굽은 놀"에 비유하고 있다. 어머니의 노쇠한 모습을 노을의 느릿한 움직임 즉, "빈 들/ 느릿/ 지나간다"에 투사하여 효과적으로 나타내고 있는 것이다.

삼바가 할퀸 자리

무심히 바라보니

맨발로 찍어 놓은

수채화 같은 비명소리

저만큼 생을 넘고 있는, 어머니가 보인다

폐농의 텃밭구석

두고 떠난 호박덩이

허옇게 내린 분이

행간 속을 오고 간다

옥수수 낡은 치맛단에, 서걱이는 신발 소리

— 「여운」 전문

어머니가 떠난 이후 폐농한 농촌의 한 모습을 실감 있게 잘 잡아내고 있다. 특히 "맨발로 찍어 놓은/ 수채화 같은 비명소리"의 인상적인 표현이 강렬하다. 동시에 어머니에 대한 사랑이 그만큼 선명하게 다가온다. "옥수수 낡은 치맛단에, 서걱이는 신발 소리"가 스산한 폐농의 분위기를 고조시키고 있다. 어머니에 대한 시편들은 아주 다양한 층위에서 폭넓게 창작되고 있다.

유리그릇 안개 자욱 떡 속에 숨은 꽃들

여린 잎 제 맛이라며 웃으시던 어머니

오늘도 먼 길 돌아서 날 찾아와 반긴다

— 「봄을 버무리다」 4수

하루를 머물다가 말없이 돌아가신

어머니 고인 침묵 사방에 사운거려

핑그르 도는 눈시울, 실눈 뜨던 샤터 소리 --- 셔터 소리

— 「디지털 카메라」 2수

「봄을 버무리다」에는 쑥 잎사귀를 멥쌀가루와 버무려 "창밖에 한창인 봄, 시루에 김 올리니" 향내가 번지고 그 중간에 어느새 어머니가 와 계심을 본다. 평소에 하시던 어머니 말씀을 생각하며 바로 옆에서 얘기하는 듯한 생동감으로 이에 대한 실감을 포착해내고 있다. 「디지털 카메라」에서는 카메라에 담은 어머니의 모습을 컴퓨터 화면에 띄워 그 모습을 보면서 애틋하게 그리고 있다. "그 늘진 속 비늘까지 인화될 수 있"기를 바라는 마음에는 어머니에 대한 애정으로 감실거리고 있다.

쓰다듬고 매만지는 정다운 손의 대화

시나브로 휘어진 등뼈를 들먹인다

자식들 흔들어 깨우는 워낭소리, 깊고 슬픈

— 「어머니의 손」 3수

머언 길을 돌아와 허물 벗고 어루만져

꽃 진자리 화려한 연밥의 보시 하나

그늘 속 아련히 오시는 환한 등불 어머니

— 「연꽃이 질 무렵」 3수

어머니와의 대화는 "쓰다듬고 매만지는 정다운 손의 대화"임을 시인은 「어머니의 손」에서 보여준다. 그 손에는 자식들에게 늘 경계하며 살아가라는 "깊고 슬픈" "워낭소리"가 있다는 것이다. 그러므로 시인이 생각하는 어머니는 연에 비유하자면 활짝 우아하게 핀 연꽃이 아니라 그 연꽃이 다 진자리 "연밥의 보시 하나"에 있다고 말한다. 화사한 아름다움 이후의 모든 것까지를 기꺼이 헌납하는 어머니의 희생을 "아런히 오시는 환한 등불"로 그려내고 있는 것이다.

이외에도 어머니에 대한 사랑을 그리고 있는 작품들이 많이 있다. "나이만큼 서로의 간절한 힘이 되어/ 덩굴손 삶의 무게를 내려놔도 좋으련만" 늘 자식 걱정을 달고 사시는 어머니를 "화사한 철쭉꽃 수런대는 길목에 서서" 그리고 있는 「어머니」, "휠체어 속 고운 안식安息 2등급 순번 달고" 봄날 섬진강 가의 벚꽃 구경을 하면서 아버지를 생각하며 눈시울이 젖는 모습을 그려낸 「여좌천 가는 길에」, "흩날리는 눈보라 긴장의 눈초리"속에서도 "가는 눈 깊게 뜨고 환히 웃는" 모습을 그려낸 「결빙」, "오래 앓은 기침소리"가 안개 속에 젖는데 "아른아른 흔들려" 멀어져 가고 있는 모습을 그린 「겨울안개」 등이 이에 속한다.

한편 시인의 어머니에 대한 사랑은 친어머니에 대한 애정에 그치지 않고 시어머니에 대한 마음 씀씀이로도 연결되고 있음을 볼 수 있다.

뒤란에 저녁 하늘 풀잎처럼 넌출 되고
감나무 걸친 달
돌확에 몸을 푸니
켜켜이 시어머니 손길 여릿여릿 쉬어간다

쑥부쟁이 떡메 치는 온기는 간데없고
마른 소沼 더듬는
귀뚜라미 은빛 울음
우물가 맨살로 미는 민달팽이 졸고 있다

　　　　　　　　　　　　　　　　　－「섬돌아래 머무는 이야기」 2, 3수

시어머니의 손길이 여릿여릿 머무른 곳이 돌확이다. 이 돌확에 "감나무 걸친 달"이 몸을 푼다고 하였다. 정감이 어린 시골 풍경이 아닐 수 없다. 둘째 수의 배경은 첫째 수와는 완연히 다르다. 그 시어머니가 떠난 시골 마을로 보인다. "우물가 맨살로 미는 민달팽이"에는 시어머니에 대한 잔상이 남아있다. 친정어머니에 대한 마음이 애틋하니 시어머니 또한 같은 마음이리라.

아무튼 시인이 어머니를 이렇게 간절히 사모하는 것은 시인의 성품과 무엇보다 관계가 깊을 것이다. 이들 모녀간의 남다른 포옹이 이를 잘 보여준다.

피붙이에 연연한

창 바라기 어머니에

잠시 상한 마음들을

돌려놓고 싶어서도

얼마나 비바람 견뎌야 오늘 밤을 보낼까

모가 난 생각들에

발목이 시려와

다시 찾아뵈오니

차디찬 온기에 떨며

언젠간 너도 몰라보것제, 어깨에 등 기댄다

—「포옹」전문

너무 가까이 있고 믿는 구석이 있어, 때로는 남보다도 못하다는 욱하는 섭섭함에 늘 잘못하는 게 친 동기 간이다. 그것을 어머니는 마음 삭히며 견뎌야 한다. 어떤 자식이라고 깨물어 안 아픈 손가락 있을까. 작별 인사를 하고 나섰다가 혼자 견딜 어머니가 안쓰러워 다시 찾아보고 포옹하는 모녀간의 따뜻한 포옹이 눈물겹다. 또한 어머니와 딸을 관계를 시인은 "마주 보고 앉아도 아련한 향기 같은/ 둘이어서 아름다운" 데칼코마니의 사이로 본다. "촉촉한 젊은 날을 환하게 그려가는/ 접으면 하마 접혀질 듯 잔잔한" 호수 같은 데칼코마니라는 것이다. "찰랑이는 물결" 의 "풀잎 소리", "귀엣말 속삭이는 소리"가 밤새 들려오는 "다독이는 정"이 (「데칼코마니」) 넘쳐나는 사이인 것이다.

3. 흰 뼈의 시간을 빨으며

시인은 약사藥師로 오랜 세월 동안 보내왔다. 이에 대한 경험의 시편들이 눈에 뜬다. 국내 시인 중에는 약사 시인들이 그리 많지 않고 더구나 시조시인 중에는 이 분야에 종사하는 분이 거의 없는 것으로 알고 있다. 그러기에 약사를 하면서 경험한 내용들을 작품화하는 것은 새로운 소재의 영역 개척이라는 측면에서도 의미가 있는 일이 아닐 수 없다.

독초는 혀끝에서 톡 쏘고 아리는데
피부에 가려운 알레르기 있기 마련이고
발가한 통증 하나도 반점으로 남는 법

눈 감아도 결이 아닌 검붉은 절편들
자분자분 지는 해가 노을 딛고 사라져도
콧잔등, 더듬는 햇살 표백 내음 얼얼하다

까맣게 볶아내고 굽거나 쪄 말리면
이내 잠도 오게 하고 심장도 치료한다
말없이 옮긴 발걸음, 환히 웃는 속살들

— 「한약에 관한 생각」에서

의료인이 아니면 도저히 감지할 수 없는 소재를 잘 다듬어 전혀 문외한인 사람도 쉽게 이해할 수 있도록 보여주고 있다. 주를 적절하게 활용하고 있는 것도

좋은 방법이다. 생으로 쓰는 것과 "까맣게 볶아내고 굽거나 쩌 말리"는 차이가
크다는 것을 통해 삶의 내면도 이리 다를 수 있음을 암시하고 있다.

> 혼자서 선채로 조제실서 밥을 먹고
> 허겁지겁 달려 나와 묻은 밥을 털어 내는
> 으스스 한기가 돌며 치미는 한술 밥에
>
> 나른하고 힘든 오후 숨결을 고르다가
> 딸 있어도 외롭다는 친정어머니 생각난다
> 불현듯 어머니가 그리워 전화를 돌린다
>
> ― 「약사」 후반부

"혼자서 선채로 조제실서 밥을 먹고/ 허겁지겁 달려 나와 묻은 밥을 털어 내
는" 약사로서의 쉽지 않은 삶을 그리고 있는 이 작품은 자화상에 다름 아니다.
외로운 생을 떠올릴 때면 "친정어머니"였는데 이제 시인이 곧 '어머니'의 삶을 살
아가고 있는 것이다.

> 뜨겁게 웅크린 바이러스 찾아서
> 쪼로로 소리로 물주름 번져간다
> 말없이 그 환한 둘레를
> 달빛처럼 적셔주듯
>
> ― 「약藥」 첫 수

전문적인 지식일수록 이를 창작하는 데는 더 세심한 주의가 따르게 된다.
자연스럽게 용해되도록 쓰는 일이 무엇보다 중요한데 시인의 작품들은 하나같
이 이 점에 대하여 철두철미하다. 「약藥」의 경우도 이것을 먹으면서 치료되는
과정을 "쪼로로 소리로 물주름 번져간다/ 말없이 그 환한 둘레를/ 달빛처럼 적

서주듯"이라고 하여 부드러운 '달빛'의 촉감으로 비유하고 있다. 셋째 수에서 암을 퇴치하는 과정을 "몸 안에 스며있는 수많은 햇살이/ 누수의 흔적 따라서/ 물 그림자 다독인다"고 묘사하는 것도 같은 맥락으로 이해된다.

약사를 신뢰하지 못하는 현대인들의 모습을 씁쓸한 심경으로 그려내고 있는 다음의 작품에서는 이를 직접적으로 그리지 않고 에둘러 얘기한다.

가만히 디미는 달팽이의 촉수처럼
거느린 그늘을 살그머니 지우고
다시금 성역을 찾아 떠나기는 햇살들

자존심 한 자락씩 바스러져 나리고
푸른 마음 한 가닥 빈털터리로 돌아오니
멍석 위 빗장 푸는 열정
병명 없이 아프다

— 「영원한 단골은 없다」 전문

첫 수에서는 현대인들의 민감한 반응을 달팽이에 비유하고, 둘째 수에서는 그것으로 인해 약사도 어쩔 수 없는 직업의 하나로 치부되는 비애를 그리고 있다. 여기서 우리가 주목하고자 하는 것은 시인의 시적 대상을 요리하는 솜씨다. 있는 사실이나 있을 법한 얘기를 재미있게 엮어나가는 것이 소설이라면 시는 보이는 것 너머의 눈을 가지고 있어야 한다. 동시에 이에 잘 스며들 수 있도록 배합을 해야 한다. 시인은 말하자면 어떤 현실적 소재라 할지라도 서정적으로 육화할 수 있는 능력을 가지고 있어야 하는데 인용한 작품에서 이를 잘 보여주고 있다는 얘기다. 이것은 다른 작품 「곁에 약국이 생기다」에서도 잘 드러난다. "바짝 엎드려 반짝이는 눈빛 하나/ 제법 골목 안이 바쁘게 수런거린다/ 등불을 밝혀 보지만 흔들리는 마음들"에서 보듯 미세하게 변하는 마음의 부침을 잘 형상화시키고 있다.

전문 직종에 종사하다 보니 이에 대한 에피소드가 없을 수 없다. 이에 관한 두 작품을 보면서 마무리를 짓고자 한다.

뜨겁게 웅크린 붉은 가슴 날을 세운다
더 이상 오를 곳 없는 서성이는 햇살들
잘못된 처방전 하나
물고 있는 소금 꽃

떨리는 가슴 열어 굽이굽이 음표 줍고
선잠을 걷어내니 119 소리 들리는 듯
따가운 눈총들 모여
수근 대는 귀엣말

— 「뒤바뀐 처방전」 초반부

길 위에 야문 햇살 아픔을 걸러내도
자기 세포 공격하니 눈앞이 캄캄하다
알레르기 꽃 핀 문양들 뒤범벅인 베체트병
…(중략)…
얄팍한 가려움증 환부까지 드러나도
웅크린 그림자를 흔들어 깨워서
갸우뚱 걷는 뒷모습 낮달처럼 말갛다

— 「일곱 발로 걷는 사내」에서

전자는 결코 일어나지 않아야 할 중대한 일이 발생했다. 처방전이 바뀌어 버린 것이다. 이에 대한 잘못을 확인하는 순간부터 시인은 좌불안석坐不安席, 이에 대한 묘사를 심리적인 미세한 부분까지 잘 훑어 내린다. 후자의 작품은 독특한 병을 앓고 있는 약국 손님을 사실적으로 그려내고 있다. "자기 세포 공격하니 눈앞이 캄캄"한 해쓱하게 여윈 얼굴의 환자지만 그 환자의 뒷모습을 통해 시인은 "낮달처럼 말"간 밝은 모습을 그린다.

손예화 시인의 시편들은 지금까지 살핀 바와 같이 따스한 마음을 지녔다. 섬세한 서정성에서도 기인하고, 어머니에 대한 각별한 사랑에서도 기인한다. 약사로서의 신성한 일을 함에 있어 타자를 위한 마음의 배려에서도 기인한다. 이 따스한 마음이 잘 아우러져 시편들에서는 맑은 소리와 향기가 인다. 이 소리와 향기가 그치지 않고 늘 주변을 적시는 맑은 그늘이 되길 바라면서 이 글을 마친다. ▨

순수와 정죄와 삶의 궤적으로서의 돌

― 김승재론

김승재 시인의 『수석열전』은 시 편 편마다 이에 관련된 수석이 하나씩 실려 있는 (간혹 두 개의 수석이 실려 있는 경우도 있지만) 특이한 작품집이다. 돌에 대한 사랑이 곳곳에서 느껴진다. 일찍이 돌에 관한 애정을 보여준 시인으로는 박두진 선생과 전봉건 시인이다. 두 분 다 돌에 대한 사랑이 극진하여 돌에 관한 연작 시집을 냈으며, 장윤우 시인도 얘기했듯 전국 각지로 탐석探石을 다니면서도 마음에 꼭 드는 이가 아니면 절대로 동행하지를 않았고, 유명지를 찾고 돌을 고르는 안목도 대단하셨다.(「悲劇의 희생양犧牲羊」) 귀하게 얻은 돌들이라 이에 대한 애정도 대단해 누구에게도 함부로 주지 않았다. 전봉건 시인이 마지막까지 혼신의 힘으로 붙드셨던 ≪현대시학≫에 시를 연재하던 인연으로 필자는 생전에 돌 한 점을 하사받아 〈한국예술가 애장박물관〉에 잘 보관 중이다. 전봉건 시집 『돌』에 대하여 평론가 윤재근은 "……〈돌〉의 시들은 마음을 맺히게 하는 것이 아니라 풀어내게 한다. 얽혀져있는 마음은 갖가지 삶의 사물들 때문에 이미 상처받고 있었음을 뜻한다. 그 상처들을 되새겨서 그 아픔을 다시금 느끼게 하는 것이 아니라 그 상처의 아픔을 넘어서 정리해 두려고 할 때 마음속의 사물들은 하나씩 하나씩 풀려나게 된다."고 적고 있다. 여기 김승재 시인의 경우는 어떠한가. 김 시인의 경우 돌은 대개 다음의 세 가지의 특징적 면모를 보여주며 시인의 곁에 가장 가까이 존재하고 있다.

첫째로 시인에게 있어 돌은 순수의 결정체이다. 미래적인 희망을 보여주고 그 희망을 예비하는 빛의 역할을 한다. 때론 그리움으로 자리한다. 아련함일 수도 있고 기다림일 수도 있다. 새벽이슬이 빛나듯 아무 생각 없이 빛난다. 순수하기 때문이다. 이를 데 없이 맑게 웃는 햇살이다. 해맑은 하늘이 담겨 있다.

밤안개/ 새벽이슬이/ 보석인 양 빛난다 (「새벽」 종장)

해거름/ 가는 석양빛/ 고향하늘 그리움 (「고향 녘」 종장)

밝은 빛 한 입 물고/ 환하게 웃는 속살 (「새벽을 열며」 중장)

아울듯 해맑은 하늘 담아놓을 항아리 (「항아리석」 셋째 수 종장)

대개 "새벽"의 맑은 기운과 연결되면서 희망을 연출한다. 돌이 보여주는 본래적 의미의 견고함과 건강성이 특징적으로 잘 드러나고 있다고 볼 수 있을 것이다. 예를 들어 「항아리석」에는 정말 항아리가 닮은 돌이 등장한다. 첫수와 둘째 수에서는 항아리석이 빚어지는 과정을 단계적으로 보여준다. 셋째 수에서는 이 항아리석이 "다듬고 연마하며 흘러"와서 결국에는 "해맑은 하늘"을 담아놓을 것이라는 예견을 한다. "해맑은 하늘"은 돌이 지향하는 순수한 세계의 지표이거나 목표점이라고 볼 수 있다. 이 지향점이 「고향 녘」에서는 "고향하늘"이고 「새벽」과 「새벽을 열며」에서는 각각 "새벽이슬"과 "밝은 빛"이라고 볼 수 있다.

둘째로 시인에게 있어 돌은 뜨거운 정이며 정죄의 정신이다. 따뜻한 핏줄의 체온이 흐르고 살아있는 정신이 면면히 흐르고 있다. 무생물이고 광학적인 속성으로서의 돌이 아니라 생명체로서의 의미를 얘기하는 것이니 보다 탄력적이고 능동적인 존재로서의 돌을 얘기하고 보여주고 있다고 할 수 있다.

가슴에서 뼈골까지/ 같은 핏줄 같은 혈이 (「모자봉」 초장)

살랑살랑/ 꼬리 하나/ 빼어가는 뭇 가지 정 (「재롱」 초장)

표 한 장 꼭 쥔 손아귀 그리움에 젖는다(「고향 생각」 종장)

제 살 깎아 몸을 열고 자비로 비워진 몸 (「불심 1」 중장)

파르르/ 떠는 전율/ 희미한 그림자들(「태화루」 첫 수 중장)

「모자봉」에서는 어머니와 아들의 형상을 보여주는 두 개의 돌이 하나로 연결되어 있다. 사람만이 친 혈육이 있는 것이 아니라 "가슴에서 뼈골까지/ 같은 핏줄"로서의 모자와 같은 친숙한 관계가 돌에도 있음을 보여준다. 「재롱」에서는 "살랑살랑"이는 가벼움이 산뜻하게 느껴진다. 「고향 생각」에서는 "저 모퉁이 돌아가면 고향 가는 길목이다"라고 하여 돌을 통해 고향 가는 길을 읽어내고 있다. 그러니 마음을 앞세운 귀향길에 "표 한 장 꼭 쥔 손아귀"의 그리움이 촉촉할 수밖에 없는 것 아니겠는가. 「불심 1」에서는 "제 살 깎아 몸을"여는 정죄의 정신이 오롯하고, 「태화루」의 "파르르/ 떠는 전율"에서는 잃어버린 평화와 고요가 새삼 큰 울림으로 다가온다.

셋째로 시인에게 있어 또 돌은 삶의 궤적이며 세월의 흐름, 역사의 흔적이다.

돌은 구르면서 모난 부분을 지운다. 돌은 기암괴석을 제외하고는 모난 부분이 지워져야 수석으로서의 기본 자질을 갖추게 된다. 그러니 세월의 흐름이 묻어나게 되고 삶의 궤적이 나타나게 된다. 동시에 역사의 흔적이 그 안에 스미게 된다. 이러한 내용들이 적지 않은 시편들에서 나타나고 있다.

무게도 흔들다가/ 세월도 흔들다가 (「돌의 미학」 중장)

한 세상/ 왔다 가는 길/ 구름 같은 삶인 걸 (「구름 같은 삶」 종장)

곱상한/ 색동 적삼에/ 감아 넘는 태평세월 (「태평 산」 종장)

울퉁불퉁/ 갈갈한 몸/ 뼈를 깎던 그 아픔 (「변화의 멋」 종장)

고랑에서 흘러내린/ 깊숙이 파인 골골 (「저 돌을 바라보니」 초장)

바람이 들랑날랑/ 수억 년 고행 길 왔다 (「뼈돌」 초장)

「돌의 미학」이나 「변화의 멋」, 「뼈돌」에서는 각각 돌이 오랜 세월 동안 정제되어오면서 독자적인 몸을 갖게 되는 아픈 과정을 그려내고 있다. '독자적인 몸'은 부드러운 몸만을 의미하는 것은 아니다. 「돌의 미학」의 돌은 이를 데 없이 매끄럽게 다듬어져 있지만 「변화의 멋」에 나타나는 돌은 날카롭기 그지없다. "움푹움푹 첩첩 쌓인 긴긴 고난이 엿보이고" 까칠까칠하고 비늘돌 같고 예리하기가 칼날 같다. 「뼈돌」도 "앙상한 뼈대"를 세워 놓은 것 같다. 언뜻 보기에 세월에 덜 닳아진 듯 보이지만 그러나 그 사이에 들락날락한 세월이 흐름이 적잖아 보인다. 바람에 풍화된 세월의 흔적이 역력하다.

김승재 시인은 돌을 사랑한다. 그 돌은 앞서 살핀 대로 첫째로 순수의 결정체이며 미래적인 희망을 보여주고 그 희망을 예비하는 빛의 역할을 한다. 둘째로 돌은 뜨거운 정이며 정죄의 정신이다. 따뜻한 핏줄의 체온이 흐르고 살아있는 정신이 면면히 흐르고 있다. 셋째로 시인에게 있어 또 돌은 삶의 궤적이며 세월의 흐름, 역사의 흔적이다. 결과적으로 종합해보면 시인에게 있어 돌은 인생이며 삶 그 자체라고 볼 수 있다.

이 시집이 갖는 남다른 의미는 크게 두 가지로 압축할 수 있겠다. 이 시집은 시조에서는 처음 보게 되는 돌 연작시집으로 돌과 시를 연결하는 대작업은 아직까지 없었던 큰 성과 중의 하나라고 판단된다. 동시에 돌 하나하나에 생명성을 부여하는 작업을 동시에 보여주고 있는데 이는 시인의 섬세한 심미안이 아니면 불가능한 일이 아닐 수 없다.

이 시집은 시인의 첫 시집이다. 첫 시집치고 거둔 성과가 만만찮다. 시적 긴장을 늦추지 말고 계속 정진해서 더 높고 탄탄한 결실을 거둘 수 있기를 바란다. ▨

| 고요아침 叢書 035 |

현대시조 작가론 IV
역동과 초록정신의 시조시학　이지엽 연구집

초판 1쇄 인쇄일 · 2023년 08월 24일
초판 1쇄 발행일 · 2023년 08월 31일

지은이 | 이지엽
펴낸이 | 노정자
펴낸곳 | 도서출판 고요아침
편　집 | 정숙희 김남규

출판 등록 2002년 8월 1일 제 1-3094호
03678 서울시 서대문구 증가로 29길 12-27 102호
전화 | 302-3194~5
팩스 | 302-3198
E-mail | goyoachim@hanmail.net
홈페이지 | www.goyoachim.net

ISBN 979-11-6724-142-9(04810)

* 책 가격은 뒤표지에 표시되어 있습니다.
* 지은이와 협의에 의해 인지는 생략합니다.
* 잘못된 책은 교환해 드립니다.

* 본 저서는 2021학년도 경기대학교 연구년 수혜로 연구되었음.

ⓒ 이지엽, 2023